忒弥斯之剑

テミスの剣

［日］中山七里 著

张佳东 译

天地出版社 | TIANDI PRESS

图书在版编目（CIP）数据

忒弥斯之剑 /(日) 中山七里著；张佳东译. — 成都：天地出版社，2024.4
ISBN 978-7-5455-7648-1

Ⅰ.①忒… Ⅱ.①中… ②张… Ⅲ.①推理小说－日本－现代 Ⅳ.①I313.45

中国国家版本馆CIP数据核字(2023)第049279号

TEMISU NO TSURUGI by NAKAYAMA Shichiri
Copyright © 2014 NAKAYAMA Shichiri
All rights reserved.
Original Japanese edition published by Bungeishunju Ltd., in 2014.
Chinese (in simplified character only) translation rights in PRC reserved by Rentian Ulus (Beijing) Cultural Media Co., LTD., under the license granted by NAKAYAMA Shichiri arranged with Bungeishunju Ltd., Japan through East West Culture&Media Co., Ltd., Japan.

著作权登记号　图进字：21-2022-327

TEIMISI ZHI JIAN

忒弥斯之剑

出 品 人	杨　政
作　者	[日]中山七里
译　者	张佳东
策划编辑	王　玉
责任编辑	袁静梅
责任校对	张思秋
封面设计	Vasos
内文排版	刘　颖
责任印制	白　雪

出版发行	天地出版社
	（成都市锦江区三色路238号　邮政编码：610023）
	（北京市方庄芳群园3区3号　邮政编码：100078）
网　　址	http://www.tiandiph.com
电子邮箱	tianditg@163.com
经　　销	新华文轩出版传媒股份有限公司

印　　刷	北京文昌阁彩色印刷有限责任公司
版　　次	2024年4月第1版
印　　次	2024年4月第1次印刷
开　　本	880mm×1230mm　1/32
印　　张	11.75
字　　数	253千字
定　　价	49.00元
书　　号	978-7-5455-7648-1

版权所有◆违者必究

咨询电话：(028) 86361282（总编室）
购书热线：(010) 67693207（营销中心）

如有印装错误，请与本社联系调换。

目录

终幕	终冤	冤祸	冤愤	雪冤	冤狱
363	299	223	165	97	1

静将视线转回明大身上,

不由得倒吸一口凉气。

既没有悔恨,也没有绝望,

更没有一丝带着温度的情感。

过去的努力全部归零,

全部化为徒劳。

灵魂的火焰已经熄灭,

对生命的执着也尽数消散。

1

昭和五十九年①十一月二日,深夜十一点三十分,埼玉县浦和市。

三天没洗澡了。渡濑走出浴室,可还没等他钻进妻子的被窝,电话铃就响了起来。拎起话筒,一个低沉的声音从对面蓦然传来——

"有命案,我这就去你那儿,准备一下。"

还没等回答,对面就挂了电话。渡濑叹了口气,转身对辽子说:

"好像出事了,我过去一趟。"

"又有事?"

辽子皱着眉头抱怨起来,

---

① 昭和元年为1926年,昭和五十九年即1984年。

"不是刚回家吗？"

"工作上的事，没办法。"

辽子噘着嘴巴钻出被窝。渡濑一周只回来三天，而且一被叫出去就整天整宿地不着家。虽说是职责所在，可新婚还不出一年，也难怪妻子会这样。

浦和分局与渡濑住的机关宿舍相距不远，不出所料，他刚换好衣服，门铃就响了起来。

"我走了。"

辽子没回话。渡濑忍住咂嘴的冲动打开家门，那张他百般不愿看到的面孔出现在面前。

"刚洗完澡？"

鸣海嗅了嗅。尽管两人之间有将近一米的距离，可洗发水的味道还是逃不过他的鼻子。

"刚打算和老婆找点乐子是吧。年轻人精力旺盛，又是新婚，你也怪不容易的。"

鸣海挑起嘴角，渡濑只当没看见，迅速关上房门。尽管早已习惯了鸣海的粗俗下流，但他还是不愿意让这家伙用猥琐的眼神往自己屋子里乱瞟。

刚一走出宿舍，大雨就毫不留情地拍打在两人身上，宛如无数根银色长枪从天而降，冷空气也砭人肌骨。受十八号台风逼近的影响，从傍晚开始，滂沱大雨就下个不停。尽管这个季节特有的雨水分外冰冷，但刚刚洗过澡的身体还能扛得住。要是因为这个而感冒，恐怕又要被鸣海挖苦一番——"和老婆在家就没穿过衣服吧"。渡濑不想这么被戏弄,于是他特地扣紧了外套的领口。

两人匆匆坐进停在宿舍门口的便衣警车里。从这儿前往案发现场,一向是渡濑开车。

"案发现场在哪儿?"

"浦和高速入口的旅馆一条街。那里有家房产中介,独栋小楼,好找得很。"

话刚说完,鸣海就在副驾驶席上抽起烟来。这下就算没感冒,刚洗好的头发也要沾上好大一股味道。渡濑强忍着,不露出任何表情。

渡濑过去只是个派出所的片警,执勤的时候例行盘问,恰巧查出一名连续抢劫事件的嫌疑人。好事成双,没过多久,他又恰巧逮捕了一名被通缉的纵火犯。

仗着这些功绩,他如愿成为一名刑警,被分配到浦和分局。到这儿都还算走运,但问题在于,挑中了渡濑的,正是他如今的师傅兼搭档——鸣海。

鸣海健儿,五十五岁。花白平头,中等身材,相貌极其普通,唯独一双眼睛犹如狐狸般细长,里面透着股狡诈劲儿。他深耕刑侦领域,侦破率在局里可谓数一数二。论指导新人,他确实是最佳人选,但要谈到人格,那就得另当别论了。

两人终于来到浦和高速入口附近。尽管午夜已过,这一带的霓虹灯光却依然昏暗且妖艳。因地价低廉、法规宽松,这种地方通常遍地都是情人旅馆。而两人所要前往的案发现场,就夹在这片旅馆之间。

那是一栋二层小楼,上面挂着"久留间房产中介"的招牌。如今它已被好几辆警车和一群警察围得水泄不通。

渡濑往门口一瞥,发现玻璃门外侧的把手连同它周围一圈的玻璃都被人彻底挖走了。

鸣海向屋内走去,恰好与刚刚出来、手持证物的鉴定科同事擦肩而过。鉴定工作已经完成,犯罪现场接下来将由重案组接手。

屋内靠近门口的位置,先来一步的重案组同事堂岛正与法医末永谈话。

就在此时,渡濑闻到一阵血腥味,伴着失禁的骚臭味。

不,还不仅仅是骚臭味。

尽管屋外的暴雨拍打在柏油路上哗哗作响,然而在案发现场却根本感受不到,因为这里已经被死亡的气息所笼罩。耳后汗毛直竖,却不是因为寒冷。

"喔,鸣海老哥,刚到?"

"说说怎么回事。"

鸣海走上前去,渡濑这才看清整个案发现场。

案发现场就位于办公区,木地板上摆放着一套用来接待客人的沙发与茶几,后面是两张办公桌。店门与东侧是一整扇玻璃墙,内侧贴着各种房产信息。

尸体俯卧在办公区深处。渡濑先是低头合掌,继而向尸体望去,发现死者不只侧腹和后背两处,连身上的睡衣都被染得血迹斑斑。

"被害人是男主人久留间兵卫以及他的夫人咲江,没有其他家人同住。咲江就倒在前边不远的走廊里，也是被刺死的。"

鸣海一边听堂岛讲解状况，一边低头紧紧盯着遗体。渡濑也走过去，但血液与失禁的尿液在地上蔓延开来，让他没法继续往前。鉴定科在地上贴出来的通道仅能勉强容纳他站在里面。

"刺、切、创共七处，全部集中在后背与侧腹。"末永继续讲解状况，"致命伤是从后背左肋刺入的，伤口深及心脏。虽然还要等司法解剖的结果，但出了这么多血，死因应该是失血过多无疑了。"

身体正面之所以没有伤口，看来是被害人四处逃窜的缘故。

"夫人是在楼梯下方被一刀刺中胸口。从伤口的形状看来，凶手很有可能用的是同一把凶器。从胸口刺入的刀具穿过肋骨，同样深及心脏。如果是在走下楼梯的过程中被人从下方刺中，就与尸体的状态吻合了。因为在下楼的过程中没那么容易转身。"

"你觉得凶器是什么？"

"从伤口的深度和形状来看，应该是尖头的单刃刀具，不像市面上出售的那种大型刀具。"

"推测死亡时间呢？"

"两人都是晚上九点到十一点之间。由于发现得早，误差应该不会太大。"

"发现尸体的是谁？"

鸣海望向堂岛。

"对面情人旅馆里的员工是第一发现人。为方便配合调查，先让她等着了。"

"大半夜的，为什么情人旅馆的员工会发现对面店里的事？这不大对劲吧。"

"雨啊，是因为雨。"

堂岛指了指天上。

"那家情人旅馆的地下停车场过去因为下大雨淹过水。今天雨不是下得也很大嘛，那个员工担心，就走出来看看，结果发现房产中介的店里虽然没亮灯，门却大敞着。她觉得不对劲，走到跟前一看，才发现办公区有人倒在地上。"

"喂，办公区的电灯不是关着的吗，她又怎么能看见里面有人倒在地上呢？"

"刚才我试了下。你看，这里的外墙不是一整面玻璃嘛，所以就算没开灯，外面霓虹灯光一照，里面的状况也基本看得见。"

出于谨慎，渡濑离开鸣海向玻璃门走去，发现正如堂岛所说，尽管玻璃墙上贴着几张房产信息，但由于彼此之间的缝隙很大，外面的灯光依然能够轻易穿透。

"看到有人倒在地上，她心想大事不好，走近一看，发现那人浑身是血，于是慌忙跑回旅馆，打了110报警。"

随后他们又找来目击者本人询问，其证词与堂岛说的并无矛盾。鸣海露出一副无趣的表情，打量着尸体周边，在办公桌后发现了一个高约三十厘米的防火保险箱。保险箱的门被人撬开，里面空无一物。问了鉴定科的同事，他们表示除了久留间夫妇，上面还有其他人的指纹。

玻璃门被玻璃切割器打开，保险箱也被撬开，说明凶手原本是入室盗窃，但因被住户发现转而行凶——即使经验尚浅的渡濑也对眼前的状况一目了然。问题在于犯案之后的逃跑路线。无论凶手是驾车还是徒步逃走，留下的痕迹都会被这场大雨抹得一干二净。

再就是凶器的问题。浦和高速入口的东侧有一条流经埼玉县警察局高速公路交警队的小河，那条小河如今也因暴雨而水位激增。万一凶器被凶手扔进河里，就很难找到了。

渡濑能想到的，鸣海自然也能想到。这会儿鸣海正用漫不经心的语气询问堂岛：

"在附近开展搜查了吗？这是高速入口附近，凶手可能还没跑远。"

"局长已经向总部提出申请，离高速入口最近的警察局应该已经行动了。"

"办得挺周到的。"

说罢，鸣海走向办公区内侧通往楼梯的走廊，渡濑连忙追了过去。

"鸣海老哥，你要去哪儿？"

鸣海没有回答，只是跨过倒在楼梯下方的咲江，继而沿着楼梯向上走去。

渡濑知道鸣海向来不尊重遇害者的遗体，但这样的行为还是令人有些气愤。

"你觉得这是起盗窃杀人案吗？"

鸣海冷不防问道。

"表面上来看算是吧。"

"如果我是强盗，就不会挑这家来偷。"

"为什么？一个房产中介，怀疑他有钱不是很正常吗？"

"就算是房产中介，把店开在这种偏僻的地方，谁会觉得他是个有钱人？凶手甚至还准备了玻璃切割器和撬棍，明显是有计划的犯罪。但你看，这一带都是些情人旅馆，而且从傍晚开始大雨就没停过，这种时候附近应该到处都是来过夜的男女和下高速避雨的司机，这样一来搞不好就会被他们发现，可为什么偏偏还要挑这种时候行凶？"

鸣海说得不无道理。这会儿两边的旅馆都已经亮出了客满的标识。

"而且就单纯的抢劫杀人来说，丈夫身上的刺伤实在是太多了。七处刀伤——好一顿乱捅。如果只是单纯为了抢钱，何必捅这么多下？到了妻子这边反而是一刀毙命，这样就更加可疑了。"

渡濑勉强点了点头，但还是觉得鸣海的说法略显武断。他想说丈夫被捅了那么多下，是因为凶手心存怨恨吗？但也有可能只是因为凶手在撬保险箱时恰好被丈夫发现，惊慌失措所致。在惊慌失措的时候，凶手可能会担心主人反击，因此挥舞凶器乱刺一通。

不过渡濑没有反驳，只是跟在鸣海身后。

二楼是夫妻俩日常生活的地方，有着宽敞的客厅和寝室，还有一间书房。与楼下朴素的办公区截然不同，这里的家具和日用品一看就都是值钱货。鉴定科也仔细检查过这里，还没有发现凶手闯入过的迹象。

鸣海往各个房间里瞥了一眼，继而径直冲进书房。

只见他从书架上拿下一本书，翻了几页后随手扔在地上，继而再拿，再翻，再扔。

鸣海不断地重复着，没过一会儿，地板上就乱糟糟地堆满了各种书。

"鸣海老哥，你到底在干吗？"

"我说过，在这种偏僻的地方开房产中介的人，不可能是什么有钱人吧？"

"是啊。"

渡濑在心里也认同这一点。

方才在查看贴在玻璃墙上的房产信息时就注意到了，那些房子的价格都很便宜，卖也卖不了多少钱，租金同样如此。房产中介最重要的收入是手续费，但根据《不动产交易商业法》的规定，手续费不能超过成交金额的一定比例。因此从那些贴在墙上的房产信息来看，即使达成交易也没什么油水可赚。

"可这里的家具都是值钱货，这就不太合理了。既然如此，我猜想这家的主人是不是还从事其他的副业。"

"你的意思是，这个房间里有他从事副业的证据？"

"毕竟办公区里的文件已经都被鉴定科带走了。而且最重要的是，跟副业有关的文件，肯定不会放得那么显眼，通常都放在离自己比较近的地方。"

尽管由有些牵强，却也不无道理。而通过强势的态度来补全案情薄弱的根基，也正是鸣海侦查的一贯手法。渡濑常常觉得这种做法不够稳妥，但在鸣海的高侦破率面前，这种想法也仅仅像是职场菜鸟在杞人忧天罢了。

在书房里翻完书架之后，鸣海转移到了卧室。他所经过的地方宛如台风过境，哪怕是名副其实的窃贼，也不至于把房间搞得这么乱。

卧室的两张床之间有个小小的床头柜，鸣海打开抽屉，把里面的东西一样一样地掏出来。

突然，他的动作停了下来。

只见鸣海的右手拿着一个笔记本。他随意翻开一页，盯着看了一会，然后把它递给渡濑。

"你觉得这是什么？"

翻开的页面上罗列着一大堆数字。每一行的开头都是人名，每一列的开头自左至右分别是金额、日期、天数、金额，随后又是金额。

"这是……记录贷款出入账的账簿。"

"我记得你擅长算数，上面的利率是多少？"

"远远超过投资法所规定的最高利率。"

"那我就懂了。看来这个被害人除了经营房产中介，还在背地里违法放高利贷嘛。"

渡濑忍不住重新看了看账簿上的姓名栏。

上个月刚刚发生过一起放贷人被客户杀害的案件，杀人的动机正是源于违法高利率和严苛的催收。

换句话说，这本账簿上记载的所有客户，全都有杀人的动机。

第二天一早，第一次侦查会议在浦和分局举行，但以鸣海为首的辖区探员却都被分配到会议室的后排，反而是县警一科的人坐满了前排。大雨依旧未停，浦和分局的人脸上也都是一片阴霾。

类似于抢劫杀人这种重案，如果身份不明的嫌疑人依旧在逃，那么主导权就始终归于县警那边。手上的案子被县警横刀夺去，渡濑也很不甘心。虽然看不惯借着侦查之名争夺地盘，但他成为刑警的初衷就是逮捕罪犯，因此不愿意被派去做后方支援。

连自己都这么想，鸣海想必更不愿意吧。于是渡濑往斜后方瞟了一眼，却发现鸣海仅仅是面无表情地望着前排。这倒有些令人出乎意料。如果说这是他在表现身为警察的自制力，不得不说还蛮了不起的。

会上首先公开了尸检报告。正如末永法医所判断的那样，兵卫与咲江的直接死因均为失血所导致的休克。推测死亡时间在晚上九点到十一点之间。对案发过程的推测也相当准确，兵卫在一楼想要逃跑，但被凶手从背后刺杀。咲江也是在楼梯上和凶手碰了个正着，无路可退的她被凶手自下而上用刀具刺杀。两名被害人及凶手的行动是根据现场的足迹推测出来的。此外，在尸体手上并未发现疑似凶手的皮肤碎屑和纤维，而这也是被害人毫无反抗余地，只能在凶手面前仓皇逃窜的佐证。

"凶手有什么东西留在案发现场吗？"

滨田警司问完，一名浦和分局的探员起身说道：

"除了被害人夫妇以外，在命案现场的一楼办公区还发现了许多其他人的鞋印。而在办公桌、墙壁、沙发、茶几以及防火保险箱上同样检测出多人的指纹。我们正在加急辨认。除此之外，还提取到了多人的毛发。"

一楼是业务区，只要不是每日打扫，会留下客人的指纹与毛发也不足为奇。

"如果是强盗闯入，总该留下足迹吧。难道说凶手还会彬彬有礼地脱掉鞋子换上拖鞋不成？"

"恐怕正是这样。"

探员稍显惶恐地垂下视线，

"从鉴定报告上来看，凶手应该是穿着袜子在地板上行走的。"

"哼，恐怕是为了避免发出太大的声音，以及尽量避免留下痕迹而这样做的吧。但昨晚雨下得那么大，如果是穿着一般的鞋子，想必鞋底会全是水，袜子也会湿透。既然凶手没有留下湿漉漉的足迹，就说明他穿的是长靴或鞋跟很高的鞋子。这样一来，即使在门口提取到多种不同的鞋印，应该也能缩小到一定范围之内吧。"

尽管滨田的口吻相当坚定，但渡濑却持怀疑态度。九月以来，埼玉频繁遭到台风袭击，当地许多人家的地板都淹了水。为了应对大雨，长靴和高跟的鞋子变得畅销，因此即使能采集到这种鞋子的鞋印，也难以从销售渠道筛选出具体使用者。

"接下来是失窃物品清单。"

这次起身的是县警察局的刑警。

"被害人的房子是一栋二层建筑,但在二楼居住区里就只发现了夫妻二人的指纹。此外,当浦和分局的探员接到报案赶来后,并未在二楼发现遭窃的痕迹。凶手似乎只对一楼办公区下了手。办公区里唯一有价值的物品就是那个被撬开的保险箱,但至于里面究竟有多少现金,或者除了现金以外是否还有其他物品……这家房产中介是夫妻店,没有雇用其他员工,所以具体状况不明。但过去一起交易中的司法代书人做证说,他看到保险箱里存放着大笔现金。"

滨田与其他警官无人对此提出质疑,这使渡濑多少有些焦躁。在房地产交易中固然会有大笔资金流动,但现金结算的情况却少之又少。即使是提供房贷服务的金融机构,出于安全考虑,一般也会通过银行转账进行交易。换句话说,当银行发放贷款时,会将款项同时汇入卖家、房产中介与司法代书人的账户之中。因此即使是房地产中介,保险箱里也不应该躺着那么大一笔钱。

渡濑回忆起昨晚与鸣海的对话。毕竟是非法高利贷,要是每天都有客户还款,就能轻易推测出那笔巨款的来历。正因为这些钱是从事非法副业得来的,所以才不会存入银行,而是放在保险箱里。

"存折和银行卡之类的呢?"

"都放在二楼客厅的一个抽屉里。可能凶手杀害男主人后原本打算前往二楼,但在此过程中又被迫杀害了女主人,所以才会落荒而逃。"

"可是依然不能理解凶手为什么要特地闯到一楼去偷东西，明明男女主人就睡在楼上。要是真的想偷东西，不应该趁家里没人的时候下手吗？"

一名负责侦查案发现场周边的县警探员回答了滨田的疑问：

"其实，昨晚两人本不该在家的。"

"本不该在家？"

"据留在案发现场的一份旅行社行程表显示，被害人与他的夫人原计划于昨天下午前往成田机场，去夏威夷进行为期三天的旅行。据邻居们说，当天店铺门上确实贴出了'临时休店'的告示。"

"他们把旅行给取消了吗？"

"由于台风逼近，他们原本要乘坐的航班被取消了。两人在机场得知这件事后，于傍晚回到家中，并摘掉了休业告示。"

也就是说在两人离家的几个小时内，任何经过店铺门口的人都会认为此处无人居住。于是凶手准备了工具，并在天黑之后闯入，却没想到被害人此时就在楼上睡觉。当他用撬棍撬开保险箱的时候，听到声音的久留间下楼察看，于是两人碰了个正着……

依据探员们的报告，案发当日的情况逐渐清晰起来。然而案情依然欠缺一块重要的拼图碎片，那就是渡濑他们所发现的，针对被害人的高利贷行为进行报复的可能性。而这块碎片，将极大程度地改变整幅拼图最后的模样。

然而，鸣海看上去却丝毫不像要发言的样子。

难道他想把功劳让给自己？

渡濑正小心翼翼地试图察看鸣海的表情，却恰巧与他对上了视线。

令人难以置信的是,鸣海皱着眉毛摇了摇头,这是保持安静的信号。

"接下来是凶器。

"通过伤口的形状来看,我们推测凶器是市面上贩卖的刀具。然而由于案发现场附近路况不佳、河水泛滥,搜寻凶器的工作遭受了阻碍。"

"向附近的人打听过了吗?"

"那附近原本就全是情人旅馆,鲜有民居和商店,再加上昨晚那么大的雨,没什么人出门,因此还没有得到有力证词。"

"这方面毫无头绪,是吗?

"至于人际关系、新仇旧怨、经济纠葛方面呢?"

渡濑迅速做好了发言的准备,但鸣海依然盯着这边。

"兵卫有个兄弟,但已经去世了。咲江的姐妹们住在东北地区。两人虽然有个叫作那美的独生女,但那美婚后在北海道和家人一起生活,不怎么回老家。"

方才提到过司法代书人证言的那位刑警站起身来,

"两人在房产交易中似乎并未与人发生过摩擦。由于是夫妻店,所以没雇其他员工。店址位于酒店一条街内,导致基本没有什么邻里关系。综上,可以认为两人并未与他人建立过较为密切的人际关系。"

"看来还是盗窃的可能性最大。既然如此,县警总部的探员负责筛选出在案的惯偷,注意不要放过最近发生的类似事件。案发辖区的探员则继续寻找凶器,并对死者的遗物进行追踪调查。我的话说完了,还有什么问题吗?"

在座的探员无人举手,于是局长宣布散会。

渡濑刚想说等一等,就被人使劲抓住了肩膀。

抓着他的人是鸣海。

"走,接着工作了。"

"鸣海老哥,昨天账簿的事……"

"少在这儿多嘴。"

鸣海用低沉的声音盖过渡濑的话。

"如果想从那些客户里筛选出嫌疑人的话,把信息分享出去会更快一些吧?而且最重要的是,万一事后被发现我们瞒着侦查组……"

"谁瞒着他们了,至少我报告给科长了。"

"科长?"

"被害人可能有隐秘的人际关系,但暂时拿不准的信息不适合在会上提出。我希望他让我继续调查一下,他痛快答应了。"

原来如此。尽管不是谎言,却也算不上坦诚。

"那本账簿上记了多少客户?"

"六十五人。"

"才六十五个,两个人查足够了。借款金额、借款过程中是否发生纠纷,以及不在场证明,主要查这些就够了。"

"两个人查也得将近一个月吧。要是加上侦查组,一天就能弄完。"

"渡濑,你知道特级寿司为什么好吃吗?"

"不知道。"

"因为上好的原料是由顶级的寿司师傅去捏制的。即使原料再好,让一个废物去捏,也捏不出好东西来。"

"你的意思是,侦查组的刑警们都是废物?"

话音刚落,原本捏住渡濑肩膀的手环住了他的脖颈。

"少自以为了不起了。你也是个废物,让你一起来,只不过是因为你知根知底罢了。"

望着鸣海那双浑浊的眼睛,渡濑终于明白为什么局里侦破率最高的这块老姜会甘于待在警部补[①]的位置上了。

作为刑警,鸣海无疑极其优秀。甚至渡濑觉得无论自己如何努力,也永远无法追赶上他。

但他不适合身居高位。

杉江班长命令鸣海和渡濑负责调查凶手留下的线索,尤其是留在现场的鞋印。每一家生产商,以及每种鞋子的底纹都是不同的,首先要确定凶手的鞋子是哪种商品。接下来根据生产商锁定批发商,根据批发商锁定商店,最后让商店列出购买者清单。然而除持卡购物的顾客外,使用现金购买以及初次来店购物的人,都难以查证到具体身份。此外,如果需要追查的是大批量生产的

---

① 根据日本《警察法》第62条,日本警察共分为9个层级,由高到低分别为警视总监、警视监、警视长、警视正、警视、警部、警部补、巡查部长、巡查。警部补通常担任警察总部的系主任、系长以及派出所的所长等职位,负责警察实务与现场监督的工作。

商品，搜查范围就会无限扩大，几乎不可能锁定具体使用者。

不过有关侦查方面的工作分配，鸣海已经事先与杉江商量过了。鸣海的能力与功绩杉江自然知晓，所以他也默许了二人单独进行侦查。想来也能理解，鸣海的功劳就是他这个班长的功劳，也是浦和分局的功劳。即使鸣海的计划不成功，他也可以推说自己并不知情，不用承担责任。也就是说鸣海在商量的时候，连杉江的心思也算计进去了。

账簿上记载的六十五名顾客，其中五十五人为浦和市市民，剩下的十人是埼玉县其他市①以及东京都②的人。有趣的是，在这六十五个人中，有一半以上的人曾委托久留间房产中介进行过房地产交易。

"是这样，虽然我顺利迁入新居，却因为每月的房租之类的支出而囊中羞涩，于是就去找久留间商量了。"

"签完合同后，久留间摆出一副和善的样子对我说：'相识一场也是缘分，要是今后在资金问题上遇到什么困难，就尽管来找我。'"

在询问过程中，渡濑已经听三个人说过类似的话了。看来久留间在主业之外，确实还在为自己的副业积极寻找客户。

对于那些刚刚买了房子、过上崭新生活的人来说，新居是他

---

① 相当于中国的"乡/镇"。
② 日本关东地方的一级行政区，也是日本实际上的首都。是日本唯一以"都"命名的行政区。截至2022年，全境人口已超过1400万，是日本人口最多的一级行政区。辖有23区、26市、5町、8村，其中都厅所在地为新宿区。

们最大的财产,是无论如何也不想放弃的。为了避免房子被回收或法拍,即使利息高点也能勉强接受。不愧是干这一行的,久留间对购房者的心理可谓了如指掌。

"别管余下欠款多少,只要催得紧,就有足够的动机杀人。马上就要还清债务的人也别放过,说不定他们在办公区看到过保险箱里的钱,因此起了贪念。最重要的是看他们究竟有没有不在场证明。"

对鸣海和渡濑来说,幸运的是案发当天下了一场难得一遇的大雨。雨势覆盖整个关东地区,几乎封锁了全部公共交通网络,导致坐电车和公共汽车的通勤人士成群被困,不得不住在公司或附近的旅店里。因此虽然案件发生在深夜,拥有不在场证明的人却有一半还多。

嫌疑人的数量被缩小到了二十人,他们自然全部否认犯下过罪行。

有人说为了等交通恢复,自己是在车站里过的夜。

有人说自己被突如其来的大雨困在路上,被迫在一些平时没去过的店里逛来逛去。

还有人说自己听从指挥,从浸水的车行道上前往高地,最后直接就地过夜。

待在家里的,有的和家人一起,有的是独自一人。

渡濑和鸣海进行了耐心细致的搜查。他们带着二十个人的照片,在车站站员、餐饮店店员等人之间奔走询问。

JAF①的询问记录、左邻右舍的证言……询问人数很快超过了一百。在此过程中,渡濑多次建议申请增援,但鸣海理都不理。

"耐心点,半吊子。难道你就不想凭一己之力把凶手给揪出来吗?"

在鸣海的揶揄和骂声中,嫌疑人也被一个一个从名单上排除。

另一边,县警察局与辖区分局的侦查都遇上了麻烦。许多惯偷的消息难以掌握,凶器也未能找到。留在案发现场的大量指纹和毛发,只有七成左右能够查清归属。此外,没有任何指纹与警方所保管的指纹档案相符。

当初期侦查得不到令人满意的结果时,案件往往会陷入泥潭。在后续的侦查会议上,滨田明显开始焦躁而愤怒。不知为何,他将愤怒的矛头指向了辖区警察局的探员。他在会议上开始越来越频繁地指责"辖区警察局行动迟缓"。而每当他这样做时,坐在他身旁的局长就会眉头紧皱,而杉江望向鸣海的眼神也会严厉起来。尽管侦查组的形式是联合会议制,但滨田是掌管县警的人,因此在关键时刻一定会把初期侦查怠慢的黑锅扔给浦和分局去背。

你得想想办法!——在渡濑看来,杉江的眼神分明是在恳求。

案件发生后的第二十天,经过层层筛选,一名嫌疑人终于出现在鸣海与渡濑眼中。

那是一个叫楠木明大的男子。

---

① 日本汽车联合会,全称Japan Automobile Federation。

2

楠木明大，二十五岁。住址，浦和市辻町 0-0。

在持续二十天的侦查中，他是唯一一个无法确定不在场证明的人。他的证词是，案发当天，他从早到晚都待在自己的公寓里。由于隔壁是空房，因此没有目击者能证明他所说的话。鸣海去过他家一次，因此渡濑也听过明大这个人。

在辻熊野神社后面有间被茂密的树林遮挡、整日不见阳光的木质公寓，明大就住在这间公寓的二楼。将便衣警车停在路边后，渡濑跟着鸣海从车里走出来。

走在边缘早已锈蚀不堪的金属楼梯上，每迈出一步，脚下都会当当作响。旁边的墙壁上布满裂纹，却丝毫没有修补的迹象。看着这栋公寓年久失修的状态，就能清楚感受到房东对它毫无关照之意。它在久留间房产中介的房源中也属于房租最为便宜的那一种，见过实物以后，一下子就能理解为什么会这样了。

明大住在二楼最靠内侧的205号室，抬头检查过电表指针在微微转动后，鸣海用力敲响了房门。

"楠木先生，楠木先生……"

敲到第五次时，房门打开了。一个穿着脏兮兮的运动套衫、身材瘦小的男人出现在门口。

"怎么又是你们。今天有什么事？"

"还是前几天的事，久留间夫妇的那起杀人案。"

"哎哟喂。"

明大挠了挠脑袋，似乎是嫌这件事很麻烦。

"之前不是说了嘛。我确实是从久留间老哥那儿借了点钱，但二号那天我没过去。还钱的日子在月底，我中间去找他干吗？"

"这个我知道了，有新问题。今天有事吗？"

"没什么事。"

"那正好，跟我走一趟。"

话音未落，鸣海就把明大一把拽出房门。

"干……干什么你？"

"带你到局里问几句话。甭担心，问完立刻放你回家。"

"等……等一下，喂！"

明大扭动身子抵抗着，但鸣海紧紧抓着他的双肩，把他推了出来。

"钥匙在门口，对吧？"

或许是还记得上次访问时的情况，鸣海往门口看了一眼，发现钥匙就放在鞋柜上。

"渡濑，把门锁了。"

渡濑锁上门后，与鸣海一左一右架住明大的胳膊向外走去。捉住明大的肩膀时，渡濑稍稍犹豫了一下，但还是配合了鸣海的动作。

"告诉你，可别在楼梯上挣扎，铁楼梯容易打滑，乱动的话，是要受重伤的。"

这句话与威胁无异。明大的身体顿时僵住了。

"好孩子，就这么乖乖的，我们不会伤害你的。"

走下楼梯后，鸣海将明大塞进警车。

"记住了，你可不是被我们抓来的，只是配合我们做调查。"

"这还不是抓……"

"抓你是要戴手铐的，难道你想戴手铐吗？"

"不想……"

"那就把嘴闭上，乖乖跟我们走。刚才也说过了，只是问几句话。"

被鸣海一瞪，明大缩起身子，有气无力地回了句"嗯"。

鸣海的恐吓并非没有意义。这是为了在后续做笔录时，将"不是被警察抓来的"的印象深深刻进明大的脑海里。被突然带进警车的人通常都会极为慌张，由于惊慌失措，会导致他们无法正常思考，记忆也更容易模糊不清。

类似于今天的场面，渡濑见得多了。这是将那些可恶的罪犯逼入绝境并促使其认罪的第一步。他知道这样做很粗暴，但对待罪犯不需要绅士风度。首先必须用强硬的态度，让对方见识到双

25

方力量的悬殊。

这家伙可是犯罪嫌疑人。

对他们来说，撒谎就跟家常便饭一样。

渡濑在心里不断重复着这句话。

抵达浦和分局后，鸣海让渡濑去告诉杉江，嫌疑人楠木明大已经成功逮捕。

杉江正在侦查组里一脸焦躁，听到这个好消息后，顿时喜形于色。

"嫌疑人抓到了？"

渡濑按鸣海的要求，讲述了他们将明大视为嫌疑人的原因。被害人在暗地里非法放高利贷，明大是他的顾客，而且他们又发现了明大与本案的其他关联之处。随着渡濑的讲述，杉江的表情先是喜悦，继而是惊讶、困惑，最后变为安心。

"好家伙，底牌每次都藏得这么深！"

杉江嘴上抱怨着，表情却颇为得意。如今搜查陷入困境，嫌疑人被逮捕可谓是起死回生的一剂良药。

重新冷静下来的杉江看了看自己的手表。

"上午十点四十分……应该能做完笔录吧？"

鸣海是用配合调查的理由将明大带来的，在这种情况下，最多只能关押一天。想要正式进行审讯，就必须当天完成嫌疑人的供述笔录，将其正式逮捕才行。正式逮捕之后，他们会额外获得四十八小时。鸣海等人可以在这段时间里将案件送检。

"应该行吧，毕竟审讯主任是鸣海老哥。"

渡濑的回答里既有期待，又带着一丝不安。期待是希望身经百战的鸣海能够顺利解决这起案件，不安则是不知己方的手段能对明大发挥多大作用。

不过杉江似乎只读到了渡濑脸上的期待。

"那就麻烦你了，渡濑老弟。一定要好好协助鸣海主任。"

听到对话的其他探员也点头催促着渡濑。走向审讯室的渡濑，不禁感受到身后有一股无形的压力。

进入审讯室后，渡濑发现鸣海已经在明大对面坐下了。在房间角落，一名叫作寺内的记录员正在文字处理机前准备做笔录。

只见明大一脸迷茫，坐立不安地四处张望着，然而在昏暗的审讯室里并没有什么可以张望的东西，他不得不把目光重新放回眼前的鸣海身上。

鸣海坐的是办公椅，而明大坐的却是一把折叠椅。尽管只是细节，但这种区别对待，也是为了让嫌疑人意识到自己与警察之间的等级关系。此外，折叠椅坐起来很不舒服，会让人难以承受长时间的审讯，而其不稳定的特点，也会破坏嫌疑人内心的安全感。

"那就开始吧。"

鸣海直勾勾地盯着明大，这令他平日里本就可怕的面孔显得更加凶狠。

"楠木，你从什么时候开始在久留间那儿借钱？"

"差……差不多是从去年开始。"

"借了多少？"

"最开始三万。"

"好好说话！是'最开始我借了三万'！"

鸣海突然敲起桌子，吓得明大连身子都僵硬起来。

"连正常话都不会说？"

"对……对不起。"

在说话方式上挑刺，一有机会就敲打对方，这也是鸣海的惯用手段。

"然后呢，不可能只借了三万块吧？"

"后来生活费就越来越不够用……我每次去找久留间老哥，他都会借我钱。"

"为什么越来越不够用？"

这个问题，其实只要看过搜到的账簿就一目了然了。至于钱越借越多的原因，也早在明大过去的公司询问清楚了，但鸣海就是想让他亲口说出来。

"之前的公司把我辞了……一时半会儿找不到工作。"

"之前你在哪儿工作？"

"在一家叫熊泽钣金的公司。"

"为什么被辞了？"

明大突然不回话了。

鸣海再次敲着桌子吼道：

"老实说！"

"我说，我说。是领导说公司业绩不好，要清退人员。"

明大垂下视线回道。其实他被辞退的原因，鸣海早就向熊泽钣金的总经理打听过了。但明大知道如果说出来，会让警察对他的印象变得更差，所以不敢承认。

"人员清退？什么样的人会被清退？"

"……工作熟练度不够之类的……还有年龄太大……"

"妈了个巴子的！唬老子呢是吧？"

鸣海暴喝一声。

声音响彻整个警察局，明大吓得不禁身子后仰。鸣海却猛然揪住明大的脑袋，一把按在桌子上。

"什么人员清退，警察你都想骗？丑话说在前头，就凭你那个猪脑子，编出来的谎话根本唬不了谁。你身上那点破事儿，警察早就查得一清二楚了！"

渡濑觉得明大之所以会撒谎只是为了维护自尊，但渡濑并未开口。

因为渡濑与明大是同龄人，所以大致能够理解他的心境。孤身一人住在那种破破烂烂的公寓里，一没工作，二没存款，三没对象，没有任何值得夸耀的资本。尽管如此，却依然有着毫无根据的自信和优越感，喜欢打肿脸充胖子，不想被他人瞧不起。所以即使是在警察局的审讯室里，他也要隐瞒自己不光彩的事情。

然而掩饰被揭穿后，口供便会更加容易获取。就渡濑所见，鸣海的审讯手段总是以此为基础。

"久留间讨债讨到你们公司去了，对吧？从早到晚搞电话轰炸，让你赶紧付清利息。因为久留间没完没了地纠缠让你们总经理不堪其扰，所以他才会辞掉你，我说得没错吧？"

"是……是的。"

"利息是八万三千块，光是因为还不起这点钱就遭到了公司的辞退。是这样没错吧？"

"是……"

"你到底一共借了多少？"

"……五十万左右……"

"是你傻还是我傻？"

鸣海拍打着明大的脸，仿佛把他的脸当成了玩具。

"再夸张的高利贷，借五十万本金，一个月利息能滚到八万三？你小子可真是鬼话连篇。给我听好了，久留间定的利率是年利百分之五十，倒算回去就知道你小子借了整整二百万，我没说错吧？"

"是……"

"是个屁！"

伴随着一声怒吼，鸣海将明大的身体猛地向后推去。

明大连人带椅仰天摔倒在地上。

"小兔崽子，嘴里没有一句真话是吧？"

渡濑有点看不下去，打算上前扶起明大，然而鸣海却给他使了个眼神——你先别管。

鸣海走近瘫倒在地上的明大，揪着他的衣领把他拽了起来。

"像你这样的人渣、混蛋我见过几百个，我可真是太懂你们了。在这个世界上，总有人需要借着别人的嘴才能说出真话，而你就是其中一个。知道吗！你就是这种人渣！"

鸣海揪住领口的力道越来越大，明大的面孔因痛苦而逐渐扭曲起来。

"我……我不行了……"

"鸣海老哥，他很难受。"

渡濑插手了，不过这是事先计划好的。鸣海唱红脸，渡濑唱白脸，这样的分工也是事先定好的。人类是脆弱的动物，一旦在紧要关头出现一根救命稻草，他们就会死死抓住，不愿放手。审讯同样如此。当有人安慰时，嫌疑人同样会对其产生依赖。尽管鸣海跟渡濑的演技并不完美，但当对方的精神濒临崩溃时，其观察力会大幅减弱，因此很难看穿。

鸣海直接撒手，明大的身体顿时像断了线的木偶那样跌落在地上。

"站起来。"

然而明大依然像条青虫一样蜷缩在地上不肯起来。

"让你站你就站起来！"

鸣海揪住明大的头发，硬是把他拽了起来。渡濑听到了"噼啪"的声音，估计是拽断了不少头发。

明大磨磨蹭蹭地坐回椅子上，但脸上依旧带着恐惧和不安。

"那我重新问你。是因为久留间不停地打电话催债，所以你才会被辞退的吗？"

"是这样的……"

"你们总经理当然会觉得麻烦了。在工作时间因为私事被电话轰炸，还是因为你欠了钱。身为一个局外人，我听着都受不了。"

"嗯……总经理……也是这么说的。"

"不过觉得最麻烦的人应该是你吧?"

被鸣海这么一问,明大的脸色和缓了。他的表情仿佛在说——眼前这个人总算是理解了他的心情。

"是,是啊,可不是嘛。我跟久留间老哥说过我都什么时候在家,让他等我回家再打电话,结果他还是故意打给公司。一直问我什么时候有钱、什么时候还钱,问个没完没了。最开始总经理还肯转接电话给我,可到后来,他一接到电话就教训我。"

"你是蛮不容易的。"

"就因为他,最后我被老板辞掉。补偿金本来就不多,还要拿去还给他一部分。后来我找不到工作,但是需要生活费和房租,就又向他去借……"

"真是太可恶了。你的大好人生,都被久留间这个人给祸害了。"

"可不是嘛。"

"所以你对他恨之入骨对吧?"

明大先是点了点头,紧接着霎时间变了脸色。

从表情就能够看出,他知道自己中计了。

"久留间害你丢了工作,又是你的债主,所以你才会杀了他,没错吧?"

明大哆哆嗦嗦地摇着脑袋,鸣海则面露微笑,接着说道:

"至于保险箱里的钱有没有都无所谓了,你会杀久留间,归根结底还是因为恨他。"

"不是这样的!我没有杀他!"

"哼,还说不是你杀的。那天你去久留间房产中介,发现店门上贴了通知,知道要从下午开始休店。你本来就囊中羞涩,又知道久留间家财不菲。于是到了晚上,你偷偷溜进一楼的办公区……"

"我不知道!我没想偷钱!"

"然而当你用撬棍撬开保险箱时,本应该已经出门旅行的久留间突然出现在你面前。你在行窃过程中被抓了个正着,于是用带在身上的刀子刺死了他。随后他的老婆咲江听到声音,从二楼下来,也被你在楼梯上刺死。最后你将保险箱里的现金搜刮一空,逃之夭夭了。"

"不是这样的!"

"哦?不是这样?也就是说你没有溜进办公区,没有撬开保险箱,没有杀害久留间夫妇,也没有抢走保险箱里的钱吗?"

"是的!案件发生那天,我一整天都在家里!"

"这些鬼话你已经说过了,要编也编点靠谱的!"

"我……我没骗你!"

"好,那我就再问一遍。你是不是说你既没抢劫,也没拿保险箱里的钱?"

"是的!"

"少扯了。既然如此,为什么保险箱上会有你的指纹?"

明大惊愕地瞪大了双眼。鸣海的表情虽然没有变化,但渡濑似乎已经听到了他面对猎物时舔舐嘴唇的声音。

这是证明明大与此案有关的一项最新证据。

头几天登门拜访时,鸣海在离开前将自己的名片递给明大,这是他一向的习惯。但明大表示"反正我这儿也没电话",就将名片还了回来。

于是那张名片就沾上了明大的指纹。而在化验后发现,它恰好与防火保险箱上遗留下来的其中一个相吻合。

"我说你小子……"

鸣海揪住明大的头发使劲摇晃。

"既然没靠近保险箱,上面怎么会留下你的指纹?混账东西,鬼话连篇!"

鸣海没有松手,而是扯着明大的头发把他的脑袋一次又一次往桌子上磕。

"疼疼疼!"

"闭嘴!你这个杀人凶手,偷东西的贼!"

鸣海怒吼着,把明大的额头按在桌子上蹭。

"杀了两个人,还卷款潜逃,混账东西,判你死刑!"

明大吓得身子猛一哆嗦。鸣海把他的脑袋拎起来,发现他的眼珠在眼眶里疯狂颤动。

"死……死刑……"

"杀了两个人还抢钱,不判死刑判什么?连这都不懂吗?"

"不,不是我,我没杀人……"

话音未落,鸣海再次扯着明大的头发,把他的脑袋猛磕在桌子上。

"还敢胡扯！那为什么保险箱上会有你的指纹？"

鸣海将明大的脑袋一把推开，明大再次连人带椅仰面摔倒在地上。

"赶紧给我说实话！是你杀了他俩吧？"

明大在地板上滚成一团。鸣海走到他身边，往他的肚子上狠狠踹了一脚。

随后又是一脚。

再一脚。

但没等鸣海踹出第三脚，渡濑就扑了上去。

"鸣海老哥，别踢了！"

其实这也是两人事先商量好的，只不过到了这会儿已经完全是假戏真做了。渡濑凑到明大面前，在他耳边低声说道：

"你也看到了，这个叫鸣海的对犯人就是这么凶。后续警方会将你送检，然后让你受审。至于法院怎么判，到时候也要看你在警察这边的态度。要是你在审讯过程中谎话连篇，认罪态度不诚恳，可是会往重了判的。"

渡濑想表现得和善一些，但明大毫无反应，光是哭丧着脸躺在地上挣扎。

还是换个方法审吧——渡濑用眼神偷偷向鸣海示了个意。只见对方耸着肩膀点了点头。

对着墙上的单面镜①使了个眼色后，不一会儿，两位新手刑警走进屋来。

选手交换——渡濑和鸣海与两人擦肩而过，走出了审讯室。俗话说凡事都要分个轻重缓急，而现在就轮到"缓"的那部分了。

有时光是严厉审讯，并不足以让嫌疑人招出一切，因为那样会让对方精疲力竭，无法做出完整的供述。重要的依然是要给对方留有退路。

只不过那条退路名叫"招认"。

"那家伙就是真凶。"

鸣海小声嘀咕道。

"提到保险箱的时候，那家伙脸色都变了。混账，自以为没在现场留下任何线索是吧？"

这个渡濑也看到了，但他经验见识不足，做不到仅从反应就断定明大是凶手，只好默不作声。

"就算是这样，鸣海老哥，咱们是不是做得有点过了？"

"蠢货！那些杀人凶手，一个个人品烂到骨子里，不强硬点，他们会说实话？"

除指纹以外，鸣海认定明大是凶手的另一个原因是别人对他的评价。

明大固然是因为久留间的催债电话而被解雇的，但这也并非

---

① 警察在审讯中使用的一种工具，能让人从审讯室外看到室内的状况，却无法从室内看到室外。

事实全部。在他过去的公司打听过后，鸣海发现明大的工作态度绝非端正，无故旷工和消极怠工也都是家常便饭。在总经理看来，他就是个彻彻底底的懒虫。

离开公司后，尽管依然从事日结的工作，但明大还是收到了诸多恶评。例如动不动就喊累，哪份工作都干不长；总是抱怨工作不好、自己赚得太少；除此之外还爱吹嘘，总和同事说自己将来要做摇滚乐手，要找个机会发上一笔横财，当上大富豪之类的。换句话说就是，他不喜欢踏踏实实过日子，只是个满脑子幻想的懒汉罢了。像他这样的人在缺钱的时候，大都会采取比较短视的行动。

不经意间，案发现场突然再次浮现在渡濑的脑海中。

躺在血泊里的久留间，以及他倒在楼梯下的妻子，凝固在两人脸上的表情绝非安详。虽说死亡后的表情不一定能完全体现死亡时的心情，但上面依旧充满了生命被无端剥夺的愤怒和不解。

他们生前或许确实给他人带来过痛苦，践踏过他人的人生，然而这不代表他们就可以被随意杀害。一个人不可能在所有时间里都是恶人，在某些情况下，他们应该也是好人。

渡濑开始设身处地地想象起被害人的遗恨，这是他平日里的习惯。通过想象被害人的遗恨，来唤起自己对犯罪者的憎恶。他不想以正义使者自诩，但至少身为一名警察，他有义务对那些遭到残害的生命予以慰藉。

回到刑警办公室后，杉江正在等着他们。

"情况怎样？"

"杀人犯就是他。当我提到保险箱时,他明显慌了。"

"今天能录完口供吗?"

听杉江问完,鸣海皱起了眉头。

"就不能用别的理由拿到逮捕令吗?"

"光凭指纹留在保险箱上这一点,不足以构成他非法入侵民宅的证据,毕竟保险箱被放在了可以自由出入的办公区。"

杉江一副心神不宁的样子,用手不断地揉着太阳穴。看上去事态有变。

"滨田警司的心情很差。"

他本想轻轻一笑,表情却没控制好,

"他向局长抗议,说咱们故意瞒着久留间放高利贷的事,是为了跟他们争功。"

鸣海憋不住笑了。

"这边已经说好了,要是今天做不完口供,就把他交给县警。"

也就是说,凭借保险箱上的指纹和账簿上的姓名,县警同样认定明大为嫌疑人,而且想要抢走这份功劳。

渡濑心想:真是幼稚。然而他马上察觉到,在想要争功这一点上,自己这边也是一样的。

"离明天还有十二个小时。"

鸣海扭了扭脖子,似乎在活动筋骨。

"我们稍微休息一会儿,麻烦你趁现在去准备逮捕令。"

听到这副自信的口吻,杉江用力点了点头。

鸣海人品方面虽然一般,但还是有值得渡濑学习的地方。

一是说到做到，二是锲而不舍——自从与鸣海组成搭档后，只要是被他认定的嫌犯，就从来没有漏网过。而这份成绩既是鸣海的金字招牌，也是杉江允许他独自侦查的原因。

鸣海向休息室走去，屋里其他的探员纷纷让路，宛如摩西[①]分开大海一般。

在剩下的时间里，探员会分成三组，轮番对明大进行讯问。即便如此，十二个小时依旧漫长。为了补上迟到的午餐，再恢复一下精力，渡濑也向休息室走去。

当鸣海和渡濑再次进入审讯室时，已经过了晚上七点。还剩五个小时。在这段时间里，他们必须获得明大承认自己杀害久留间的口供。从轮次安排上来讲，鸣海和渡濑还可以休息一次，但鸣海本人似乎丝毫没考虑过这点。

明大明显已经憔悴不堪。

连续八个小时的审讯。探员们固然可以换班休息，明大却始终要独自应对。而且在此期间，警方只允许他小便过一次，别说饭食，连水都没给过一杯，会显露疲态也是再正常不过了。铺天盖地的辱骂，叱责，安慰，同情，随即又是辱骂，这种胡萝卜加大棒的攻势，会使他的精神极度疲惫。

---

① 《旧约·圣经》《出埃及记》等书中记载的公元前13世纪时犹太人的民族领袖摩西，犹太教徒认为他是犹太教的创始者。他在亚伯拉罕诸教（犹太教、基督教、伊斯兰教）里都被认为是极为重要的先知。传说摩西在带领以色列人逃离埃及人追捕的过程中抵达红海边缘，他向海伸出手杖，红海便分开一条干地，以色列人得以通过。当埃及军兵赶到时，耶和华就使红海的海水复原，于是埃及军兵淹死于红海中。

本已迷迷糊糊的明大,见到鸣海后立即瞪大了眼睛。

"兔崽子,还敢睡觉?"

鸣海上去就是一巴掌。

"鸣海老哥,别激动。"

渡濑立刻拦住,明大这才松了口气。所谓地狱里见着活菩萨,恐怕也不过如是了。

"我错了,我错了。"

"怎么,打算招认了?"

"那个……能不能让我歇会儿……我肚子也饿了……"

"那要看你怎么回答。"

明大用恳求的眼神可怜巴巴地望着渡濑。

"说吧,为什么办公区的保险箱上会留下你的指纹?"

这是之前的探员们多次问过的问题,明大始终闭口不答。但事到如今,他也快坚持不住了。

"……我……我是打算偷钱来着。"

渡濑与鸣海不禁相对而视。

要承认了?

"接着说。"

"上个月的还债日,我去了久留间老哥那儿……付利息的时候,他手头没有账簿,就去了屋里……当时办公区就我一个,然后我看到了那个保险箱……"

"嗯,然后呢?"

"我……我真的只是一时鬼迷心窍……"

"少废话，说后边的。"

"我凑过去想要打开，但它是锁着的……我试了好几次，后来久留间老哥回来，我就立刻离开了。指纹肯定是在那时候留下的……"

话音未落，鸣海就"砰"地一拳砸到明大脸上。

"到了这种时候，还以为能抵赖？"

鸣海大发雷霆，整张脸变得通红，但其实依然是装出来的。只要憋着气使劲，任谁都能做出这副模样。可鸣海的举手投足在已经吓破了胆的明大眼里，简直如恶鬼般可怖。

不过就连渡濑也在为明大百般抵赖的态度而恼火。证据都摆到脸上了，还想为自己脱罪，真是个胆小懦弱、卑鄙狡猾的家伙。就在这一刻，渡濑心里仅存的一点对明大的同情心，也已经抛到九霄云外去了。

"像你这种厚颜无耻的家伙，就得这么对付！"

鸣海绕到明大身后，用双手手腕绞住他喉咙勒紧，不一会儿明大的面孔就憋得紫红。

"鸣海老哥！"

渡濑看准时机及时阻止了鸣海。明大按着自己的喉咙不住咳嗽，溢满泪水的眼里，只剩下恐惧。

时机到了。

渡濑开始对他说起事先准备好的话——

"楠木，刚刚那么说就是你不对了。就算你真的没做，说得也太不是时候了。你一直不肯痛快说话，彻底把主任惹急了。"

渡濑突然压低声音，让明大以为他是怕被鸣海听到，才故意这样做的。

"其实你没杀过人吧？"

明大带着惊恐的表情拼命点头。

"等到主任冷静下来后，我们再慢慢问你。这会儿你就先认了吧，到正式审讯的时候，你再解释就好了嘛。没关系，我会替你想办法的。"

"可是……"

"我是真心想要帮你，相信我。"

明大的视线涣散，集中不到一处，但这句话似乎说进了他心窝里。

就差一步了。

"听好，我们警察只负责抓捕嫌疑人，至于是否定罪要由法院决定。就算你在这儿认罪，到了法庭上否认就行了。法官会公平对待你的，如果你清白无辜，一定会将你无罪释放。"

前提是你真的清白——渡濑在心里嘀咕着。

"我先给你做一份简单的笔录，这样你就能吃饭了，还能在拘留室里舒舒服服睡上一觉。"

明大的眼神黯淡下去。

"……那就麻烦你了。"

说到最后，话语已经开始颤抖。

"请……请让我休息休息吧。"

这是成功的信号。

渡濑开始代替明大讲述起案情的大致内容。明大听着他的话，时不时地点点头。

与此同时，这些内容被记录员录入文字处理机中，不一会儿后便被打印出来。

案情笔录

【原籍】所泽市神岛町五丁目0-0

【住址】浦和市0-0阳明公寓205号

【职业】无业

【姓名】楠木明大

【生日】昭和三十四年六月七日　二十五岁

昭和五十九年十一月二十二日，上述嫌疑人在浦和分局对其阐明侦查职责之基础上，遵照自身之意愿供述如下：

本人于昭和五十九年十一月二日夜里闯入久留间房产中介店内，在意图盗窃保险箱内现金的过程中，杀害在场的久留间夫妇。详情如下，且与上述事实并无冲突。

上述文字是笔录中的固定内容，但鸣海和渡濑故意没有念给明大。

"来，在这里签上名字。"

明大接过圆珠笔签上了姓名。他手上软弱无力，字也写得歪歪扭扭。

以上内容均已记录在案,并向嫌疑人朗读完毕。经确认无误后,在此签名捺印。

渡濑在笔录的末尾签过姓名,按过指印后,等候在一旁的记录员抓起明大的左手,用他的食指在印盒里沾了印泥,然后按在他的签名上。这样一来,笔录就算是完成了。

记录员带着刚刚做好的笔录走出了房间,紧接着,另外几个探员便一拥而入。

他们将一份文件塞到明大面前,是逮捕令。

"楠木明大,我们现在以杀害久留间兵卫及咲江两人的嫌疑将你逮捕。"

明大的双手被人拽住,随即戴上了手铐。

他被逮捕的时候,是晚上八点十二分。

当鸣海与渡濑返回刑警办公室时,以杉江为首的探员们像迎接凯旋的勇士一样迎接了他们。

"干得漂亮,不愧是鸣海老哥。"

嫌疑人配合调查的当天便被逮捕。如此一来,这起案件就可以在浦和分局的主导下侦查,而大老远过来的县警自然要丢人现眼了。此刻探员们满脸的笑容里,自然也包含着对县警的嘲笑。只因为是辖区分局的人,在侦查会议上就要位列后排,而且只能负责提供后援。要知道这起案子可是发生在浦和分局的地盘上的!这样一来,他们总算是出了一口恶气。

不过明天才是重头戏。为了在四十八小时内将明大送检,必须准备好无懈可击的口供和物证才行。

　　第二天刚到上午七点，审讯便早早开始了。遭到逮捕后，本应在拘留所里吃过一顿饭，再好好睡上一觉的明大却和昨晚一样憔悴。问过才知道，由于焦虑，他根本没吃进去饭，更是一整晚都没有睡好。

　　这也难怪，渡濑心想。除了那些惯犯，一般人突然被关进拘留所，不可能还保持着正常的心态。

　　"那就赶快把笔录做完吧。这样一来，你就能放心吃饭，好好睡觉了。"

　　经过一整晚的养精蓄锐，坐在明大面前的鸣海连声音都提高了几分。与审讯之前相比，双方的境况更加悬殊了。

　　"先从案发当日的早晨开始说吧。早上那会儿还没下雨，对吧？"

　　"是的。"

　　"虽然你在十月末还了久留间的欠款，但由于生活难以为继，便打算再借上一笔。后来，你是在什么时候来到久留间房产中介，看到玻璃门上贴着临时休店的告示，并得知店里没人的？"

　　明大嘴里小声嘟哝着什么，没有要回答的意思。

　　"久留间夫妇出门前往机场是在下午三点左右，那张告示是他们出门之前贴的，时间应该距离那时不远，对不对？"

　　"差不多应该是那时候。"

　　"很好。四点左右。那会儿还没下暴雨，对吧？"

"是的。"

"你是怎么过去的？"

明大又缄口不言了。

"你在还钱的时候都怎么去？"

"骑自行车。"

"那天你是不是也是骑自行车去的？"

"是的。"

"很好。你得知久留间房产中介当晚没人，便萌生了对办公区保险箱下手的念头。你去过很多次，所以知道保险箱的位置，也知道它是防火式的，非常结实，对吧？"

"是的。"

"于是你在看到告示后先回了趟家，准备了玻璃切割器和撬棍。工具是你在做日结工时从工地上顺回家的，所以也不需要特地购买。"

这句话倒是事实。明大遭到逮捕后，警方立刻派出搜查队到他家里进行搜索。他们在房间角落处发现了各种各样的工具。虽然在里面无法找到玻璃切割器和撬棍，但搜查队认为它们是被明大在作案后处理掉了。

"傍晚之前下起了雨，后来又变成暴雨。到了晚上，你瞧准附近没什么人，便闯进了办公区。那是几点发生的事？"

明大又不吱声了。鸣海不耐烦似地用手指敲起桌子。

"那边好像到处都是情人旅馆？"

"嗯……"

"那些店平时到半夜十二点左右就没有客人出入了。而当天下了暴雨，十点左右就全部客满了。所以说……几点那里会没有人？"

"……十点。"

"所以你是在十点闯进去的，是吗？"

"是的。"

"玻璃切割器的用法是你以前上班的时候学到的，对吧？"

"是的。"

"撬棍你以前也用过，对吧？"

"那个……只是简单的工具而已，谁都会用……"

"很好，就是这样。当你进入办公区后，屋里不像是有人的样子，对吧？"

明大又不吭声了。在渡濑看来，每次问到关键部分，他就不肯开口。

认罪不够痛快的嫌疑人并不少见。明明人赃俱获，铁证如山，但他们总以为只要不肯招供就能逃脱罪责。

果不其然，鸣海又火了。

"混账东西。"

一声嘟哝过后，他从桌子下面飞起一脚踹中明大的肚子。明大猝不及防，连人带椅向后摔倒在地。

鸣海居高临下，又在明大的侧腹上踹了一脚。

"你以为不吭声就定不了你的罪？你这人渣，下三烂！"

踹到第三下时，明大吐出了黄色的固状物，看样子是他昨晚吃的东西。

再这样要闹大了——渡濑连忙从背后制止了鸣海。

"鸣海老哥,换二班来问吧。"

鸣海甩开渡濑的胳膊,不情愿地转过身去。与此同时,在隔壁等待的二班探员进入了房间。

还剩一天十三个小时,杉江派了足足九个人负责给明大做笔录。探员固然可以每两小时轮换一次,但他们可不打算给嫌疑人以喘息之机。

话虽如此,但渡濑觉得这个明大或许比想象中更加难缠。他既没有前科,应该也是第一次受审讯,所以在面对鸣海的诘问时,他总是摆出一副胆小如鼠的样子,然而每当警方要他供出作案时间、作案金额这种关键信息时,他就突然默不作声。

"他该不会知道我们的时限只有两天吧?"

渡濑不禁脱口而出。鸣海只是从鼻子里哼出一声。

"都怪最近那些刑侦剧,总泄我们这边的底。不过死不认账就能有用,也仅限于完全没有物证的情况下。"

"可是光凭保险箱上的指纹,是不是有些不够充分?这个可以成为他抢劫的证据,但不能直接证明他杀了人吧。"

"如果他是这么想的,那就正好。"

"咦?"

"因为指纹不是证明他杀人的铁证,所以只要撑过时间就好……哼,要是他有这种打算,那我就奉陪到底。"

鸣海得意地笑了,看样子他坚信自己已经赢了。

"难道你还有什么撒手锏？"

"算你有眼光。其实昨晚在他家搜查的时候，我找到一件宝贝。"

对明大的审讯表面上是三班交替，但主审说穿了只有鸣海一人，其他八人都不过是他的陪衬。而为了让鸣海的秘密武器发挥出最强劲的作用，其他两班人对明大进行了彻底的消耗。

被长时间拘禁在封闭而狭小的空间里，人的内心会感到不安，生物钟也会错乱。审讯室的墙壁上不挂时钟，目的也就在于此。受到单方面的诘问、刁难和责难，再加上对时间感的丧失，人的自我意识便会毁坏。无论内心多么坚如铁石的嫌疑人，一旦精神的根基彻底崩溃，便无计可施。如果审讯官恩威并施，拿捏得当，那么大多数嫌疑人都会开口招供。

在九名探员的轮番审讯下，明大无论是身体还是精神，都得不到丝毫的休息。他们并非一刻不停地对他责骂，而是采取痛骂一个小时再安慰十分钟的做法。被这么一折腾，明大的意识虽不至于丧失，却也已经细若游丝了。

在审讯过程中，明大不能吃饭睡觉，只能去上厕所。胃里没食没水，身体的耐力也会越来越差。明大似乎也发现，在之前的审讯中，非法入侵住宅罪与盗窃罪的供述，不过只是正戏的前奏罢了。

第一天的审讯持续到半夜十一点。经过连续十六个小时的供述后，明大已筋疲力尽，最后几乎是被拖回拘留室的。

正当鸣海等人在刑警办公室里商量第二天的计划时，杉江顶着一张烦躁的面孔出现了。

"听说明天楠木的爸妈要过来。"

就在鸣海一班人马试图撬开明大嘴巴的过程中,特别搜查队也同时赶赴他在所泽的老家,将明大的物品与可能属于他的物品全部进行了扣押。当时他们并没有将警方怀疑明大杀人的事告诉他的父母,但两人在电视里看到新闻提到明大,于是慌忙联络了警方。

"是和律师一起来的?"

"这个倒没问过。"

杉江之所以板着面孔,是因为如果在审讯过程中让明大与他父母见面,可能会让明大恢复气力。如果有律师在场就更麻烦了。而对计划用疲劳战术拖垮明大的鸣海等人来说,这是一个阻碍。

由于法院尚未做出拘留决定,因此警方没有拒绝父母探望明大的法律依据。如果有律师在场,恐怕其父母更会以强硬的态度要求见面。

"总之,明天必须尽早结束。"

杉江说这句话时像是在自言自语,但具体是对谁说的,在场所有人自然都心知肚明。

"我会想办法解决。"

鸣海只说了这么一句。杉江深深地点了点头。

我会想办法解决——迄今为止,鸣海已经"想办法解决"过无数次的麻烦事了。

第二天的审讯从清晨六点就开始了。在拘留室负责监视的探员表示，明大实际上只睡了大约三个小时。

连续十六个小时的审讯，不给饭吃，不给水喝，接下来是三个小时断断续续的睡眠。经历过这些后，明大的精神更加疲惫。思考能力大不如前，连自我防卫的本能也薄弱了下来。

只见被探员架着两只胳膊走进审讯室的明大面色发黑。渡濑过去听一位老警官讲过：光是在精神方面受到严重损耗，就足以让人的面色发黑。

身为审讯主任的鸣海被排到第三轮出场。警方采取的策略是，在浦和分局的王牌出马之前，先由其他人尽量削减明大的精力。第一轮和第二轮探员对他进行了一定程度的叱骂和责打，将他的精神和肉体都折磨到了濒临崩溃的地步。

正午一过，终于轮到鸣海出场了。

"兔崽子，给我起来！"

鸣海揪住明大的头发，硬生生把他的脑袋拽了起来。

"让我歇歇……"

"混账东西，还没睡够？来，接着昨天说！你从保险箱里偷走了多少钱？"

明大的眼睛如死鱼般毫无反应。鸣海"啧"了一声，把他的脑袋推开。

在询问过向久留间借了高利贷的客户与金融机构之后，警方在一定程度上推测出了保险箱的内容。保险箱里的钱一多，久留间就会去购买高额的无记名债券，再把它们存放在银行保险箱里。

无记名债券不需要背书①，在银行窗口购入，甚至不会留下记录。有价证券的确是隐藏资产的绝佳手段，但久留间在上个月月底打开过一次银行保险箱，所以侦查组认为他留在自家保险箱里的现金数目应该不多。

"警方仔细调查了久留间的财务状况。根据计算，保险箱里有二百五十万元现金。你抢走的数目也是二百五十万元对吧？"

鸣海恶狠狠地瞪着明大。看明大的眼神，简直像是一只被逼到绝境的小动物。

"我说的没错吧？"

"是……是这样的。"

"那好，下一个问题。你本想拿走保险箱里的二百五十万元，但就在这时，久留间突然从二楼下来。看到你这副样子，他当然吓得想要逃跑。你被他抓到现行，顿时就着了急，再加上平日里对他的怨恨，所以用随身携带的凶器从背后捅死了他，对吧？"

明大还是不能回答。

还要在这个问题上垂死挣扎？

正当渡濑暗地里咬牙切齿时，突然在不经意间瞥到了鸣海的侧脸。

只见鸣海扬起嘴角笑了笑。

"到底是几岁小孩啊？以为死不承认就能逃脱法律制裁，未

---

① "背书"是转让汇票权利的一种法定手续，就是由汇票持有人在汇票背面签上自己的名字，或再加上受让人的名字，并把汇票交给受让人的行为。

免也太天真了。告诉你吧，我们已经拿到你作案的证据了。"

明大猛然瞪大了双眼。

"哦？有反应了？没错，我们已经找到了。在你的房间里，我们发现了一件带有血迹的运动夹克。毫无疑问，沾在上面的血迹与久留间的血型一致。"

明大的嘴巴也微微张开。

那件被扣押的、带有血迹的运动夹克，正是鸣海所提到过的"宝贝"。

"我不知道……"

那声音像是挤出来的一样。

"我不知道那件夹克的事……"

"我们把夹克拿去鉴定，他们在上面验出了你的体液，也就是汗水。我早就说过，以为死不认账就能逃脱法律制裁？太幼稚了！现在都是靠科学查案，你赖不了账，法院更不会蠢到手握证据还让嫌疑人逍遥法外。而且在我们展示决定性的证据之前，你丝毫没有要招认事实的态度。对惨遭杀害的久留间夫妇，你非但没有一句谢罪的言语，反而还表现出对他们的恨意。知道吗？你说的每一句话，我们都记下来了，后面有什么问题，看这个就一清二楚。知道法官会在你的判决书上怎么写吗？"

鸣海用双手环住明大的脖子，就像将绞刑用的绳索套在他脖子上一样。

"既无悔改之情，又无反省之意，本庭认为被告人已无改过自新的可能，故判处死刑。"

明大的眼睛瞪得更大了。

"啊啊啊……啊啊啊……"

就连菜鸟渡濑也清楚，明大的双眼正因恐惧而发红。看来即使是这种十恶不赦的家伙，也是会畏惧死刑的。

"只不过呢，反过来说，法官里也有许多温和派。如果你能趁早如实招认罪行，表现出悔改之意，应该还是能争取无期徒刑的。"

减刑。

无期徒刑。

对于一个夺走两条人命并抢劫现金的罪人来说，没有比这更加甜美的诱惑了。

"说吧，招认吧，说是你杀了那两个人。"

鸣海紧紧盯着明大，然而对方依旧没有要开口的意思。

"畜生！"

环在明大脖子上的双手渐渐发力。

"敬酒不吃吃罚酒，干脆就在这绞死你算了！"

鸣海箍着明大的脖子站起身来。

此时再次轮到渡濑出场了。

渡濑抓住鸣海的手腕，制止了他的行动。

"别这样，鸣海老哥，你冷静点。"

趁鸣海不情愿地松开双手时，渡濑搀扶住明大的身体。

继而在他耳边小声说道：

"今天你爸妈要来。"

这句话的效果立竿见影。原本已经空洞洞的明大眼里，突然再次有了光芒。

"我妈我爸？"

"应该是看新闻知道的。想见他们吗？"

明大既未点头，也未回话，只是浑身颤抖地握住渡濑的手。

正因为有救命稻草，人才会恐惧和混乱。

"很遗憾，在审讯的时候不能会见家属。"

这是谎言，然而是"必要的谎言"。

"之前也说过，我会想办法帮你。我想让你和母亲见面，但如果你拒绝招认，就彻底没辙了。"

明大的瞳孔似乎在颤抖。

"你可以先招认，承认自己杀害了久留间夫妇。要是有什么冤屈，可以在法庭上辩解。别担心，日本是法治国家，绝对不会让无辜的人蒙冤。无论检察官还是法官，都时刻为正义而奋斗。既然你是这个国家的公民，好歹也相信一下这些有公职在身的人吧。"

渡濑紧紧盯着明大，只见泪水从他眼中溢出。

该给他最后一击了。

"你想见你母亲吧？只要你做完笔录，我立马让你们母子见面。"

就在这一瞬间，明大仿佛虚脱般垂下了头。

最后使明大屈服的王牌并不是那件沾血的夹克，而是母亲。这几乎是所有男人共同的弱点。听说明大父母要来后，提议用这件事攻陷明大的人也是鸣海。如今的渡濑，也只有佩服鸣海老奸巨猾的分儿了。

在对明大的审讯，以及对他老家的人的询问过程中，警方得知明大是个相当依赖母亲的人。明大身为独生子，母亲本就十分溺爱他，再加上父亲常年出差，经常不在家，这也使母子之间的感情更加深厚。

于是在三小时后，警方完成了在久留间兵卫、咲江被害案中关于嫌疑人楠木明大的笔录。

一、今日我所供述的是关于杀害久留间夫妇时的状况。十一月二日晚上十点左右，我刚用撬棍撬开保险箱，恰好久留间从二楼下来。当时我十分惊讶，因为我本以为他刚过中午就出门旅行，家里应该是没人的。

二、久留间老哥见到我后，立即想要逃走。我觉得大事不妙，因为他认识我，如果放他逃走，他一定会去报警。于是我追上他，用身上带的刀子从后面一刀刺进他右侧腹。这把刀子是我过去的工作单位——熊泽钣金的备用品，是被我偷拿出来的。他被刺中右侧腹后倒在地上，但这一刀没刺死他，当时他一边惨叫，一边在地上爬。

三、见到久留间老哥这副模样，我对他的恨意突然涌上心头。我向他借过钱，每个月如果没有按时还钱，他就会打电话到我公司催债，最后害得我丢了工作。不只如此，他借给我的是难以还清的高利贷，而我又没有固定工作，只能不断地从他那里借点小钱。可每次借钱时,他都是一副鄙夷的态度。虽然说出来丢脸,但我觉得他在把钱递给我的时候,简直就像在施舍一条狗!当反应过来的时候,我已经刺了一下又一下。但他依旧在挣扎,我改用双手持刀,深深刺进他的左侧腹,于是他再也不动了。刀子上面黏糊糊的都是血,我就用运动夹克擦掉了上面的血。

四、然而紧接着,我听到楼梯处传来有人下楼的声音。我慌忙来到走廊深处,发现下来的是久留间夫人。夫人看到我的样子后魂飞魄散,当场瘫坐在楼梯上。事已至此,我也只能封她的口了。于是我自下而上,在她的胸膛上刺了一刀。可能是刺中了要害,挨了这一下后,夫人就再也不动了。

五、杀掉两个人后,我从保险箱里拿走现金,离开了办公区。逃离路线另附记载。在逃走途中我路过一座桥。傍晚下起暴雨,河水因此变得浑浊,水流也很湍急。于是我便将可能成为罪证的玻璃切割器、撬棍以及杀人用的刀全部扔进了河里,随后返回了自己的公寓。

六、回到家后我清点了一下抢来的钱,共有二百五十万元。这个数量比我当初预想的要少很多,因此我十分不满。我想用这笔钱当作老本多赚一些,于是拿它们去赌马,结果三周左右就输得一干二净了。

七、上述内容为我在十一月二日的全部行为,真实无误。

楠木明大(签名)捺印

上述文字均已记录并朗读,经嫌疑人确认无误后签名捺印。

> 浦和分局
> 司法警察员
> 警部补　鸣海健儿　捺印

笔录完成后，渡濑和鸣海回到刑警办公室，杉江大大夸奖了他们一番。

"话说回来，不好意思，还有一件事要麻烦你了。"

杉江在说这句话时看着的是渡濑。既然完成笔录的是鸣海，善后工作自然要交给渡濑了。

"嫌疑人的父母刚刚来局里了，你去应付他们。"

听着就很无聊，这可是最令人烦心的活儿。

警方似乎原本就没打算和明大的父母详谈，只是让他们在一楼大厅里等待。但这样做实在不太像话，于是渡濑将两人请进一个房间。

"到底是怎么回事呀？"

最先开口的是明大的母亲郁子。她一定是昨晚没太睡好，渡濑一眼就看出她没化妆，眼睛也是肿的。

"明大是个善良的孩子。虽然有时候会乱花钱，但他是绝不会去抢钱的。"

又是那句听到耳朵都要起茧的"我家孩子绝不会怎么怎么样"。为什么母亲总是要加倍美化自己的孩子？这可不是什么溺爱，纯粹就是认知不清。

"可是伯母，证据确凿哪。明大自己刚刚也招认了罪行。"

"不可能！一定是哪里搞错了！"

郁子在狭小的房间里高声大叫。坐在她旁边的丈夫辰也先是瞥了她一眼，随后对渡濑说：

"我不认为我家孩子敢去杀人。

"我们家明大真的很善良的，他从小就经常捡流浪猫回家。我们说不让养，可他总要找点借口，尽可能地悉心照顾那些小猫。捉昆虫的时候也是，好不容易抓来的蝴蝶，看一会儿就全都放了……"

有不少杀人犯在平日里也是喜欢猫猫狗狗的人——渡濑本想反驳，但想想还是算了。先不提明大的父亲，至少这个母亲就太过于感情用事，跟她根本讲不通道理。这种情况下，还是说几句场面话算了。

"在班级里也是，从来都是别的男生欺负他，他从来都没有欺负过人。这么一个好孩子，怎么可能会杀人呢？"

"不管怎么说，明大很快会被转移到浦和拘留所。如果有什么东西要带给他，请在方便的时候尽快处理。"

"刑警小哥，请等一下。"

正当渡濑结束对话，准备起身时，有人拽住了他的胳膊。渡濑一看，只见辰也正用锐利的目光紧紧盯着自己。

"我长年在工地工作，很少回家，孩子始终在麻烦我夫人照顾。可尽管如此，我们也没教过他可以为钱杀人。刑警小哥，容我再问一句，真的不是哪里弄错了吗？"

辰也的视线坚定异常，这就是父母对孩子的信任吗？

59

"或许我们对他不够了解，或许他的确是个内心善良的人。但即使是这样的人，也可能被逼得去盗窃杀人。而且几乎所有杀人犯的父母都不会承认自己的孩子是个坏人。"

"你的意思是，警察看一个人，比那个人的父母看得还准？"

"从刑侦的角度来讲，是这样的。"

"那么，你们迄今为止就一次错误都没犯过？"

辰也稍稍提高了说话的声音，

"我在建筑这一行干了将近二十年，年轻人都把我当成活字典来看待。但即使如此，我一年里也会犯一两次错。要是对错误视而不见，就会造出有严重缺陷的建筑。房子就是这样，它的使用寿命、抗震强度都是在设计阶段就详细定好的。说得极端一点，哪怕只是一根钢筋的规格不同，也会在后续产生细微的影响。所幸这些问题都可以在事态变得不可挽回之前发现并加以纠正。就连涉及一两百人的工程都是这样，你们真的就能保证一次错也没犯过吗？"

少把建筑行业与刑侦搜查混为一谈！——渡濑本想当即反驳，但他一时又想不出二者之间的根本差距在哪儿，只得作罢。

"判断我们是否犯错是法院的职责，法庭会分辨真相的。"

"……我们会找律师。"

"当然可以。这是你们的正当权利。如果你与律师协会商量，我们会为你介绍优秀的国选律师。"

向他们建议找国选律师，是出于渡濑的善意。因为从楠木夫妇的衣着来看，他们家的经济状况并不宽裕，不像能雇得起私人律师。

正当渡濑打算结束话题，起身离开时，郁子突然握住了他的双手。

"求你救救我的孩子。求求你……千万救救我的孩子……"

那是一双小巧而柔软的手。

渡濑礼貌地抽出手来，将夫妻俩带到警察局门口。

两人随即离开了浦和警察局，辰也看上去像是在从身后撑着郁子。

目送着两人离去，渡濑不禁用手捂住了刚刚郁子握过的地方。那份柔软的触感，似乎让他的双手隐隐作痛。

3

昭和六十一年二月一日，东京都千代田区霞关①1-1-4，东京高级法院。

高远寺静正在忙着为两天后的上诉庭审做准备。自年后复工以来，案件堆积如山，她已经连续超负荷工作一个月了，然而柜橱上待处理的卷宗丝毫未减，根本不知道什么时候才能稍作歇息。

即便如此，静依旧慎重地翻阅了法庭记录。距离退休的年份已经不多，但她也不希望因此遭受其他法官怜悯和同情的眼光。她希望用自己审理案件的数量与质量，来证明自己身为"日本第二十位女法官"并非徒有虚名。

只不过当脑海中浮现出"退休"这两个字时，她还是想起了自己的家庭。丈夫早逝，女儿美纱子已经嫁人。女儿女婿已经表

---

① 日本东京都千代田区之地名，多个日本中央行政机关的总部坐落于此，为日本的行政中枢。

现出尽早要一个孩子的意愿，因此离静抱上外孙的日子应该也不远了。她想，等到自己退休以后，一定要把亡夫没能给外孙的爱加倍倾注在他身上。天晓得到时候她会变成怎样一个溺爱外孙的傻外婆呢！

正当静在想象中神游时，房门被敲响了。伴随应门声推门而入的，是最高检察院的住崎清二检察官。

"打扰了，法官。您在工作？"

"瞧您说的，工作室里不工作还能干什么。您是故意挑这个时候来的吧？"

"岂敢岂敢。"

嘴上这么说，可本人却毫不客气地坐在了房间中央的座位上。

"说起来，还没给高远寺法官您拜过年呢。"

"这都二月了。"

"而且我还是四天后那起案子中负责公诉的检察官，也该和您打个招呼嘛。"

就知道是这么回事——静忍住叹息望向住崎。看来他此行的目的是要做"庭外讨论"。这是一种越过辩护人，仅由法官与检察官进行的一对一辩论。这种行为虽不违法，但算得上是法院与检察院互通的佐证。当然，静丝毫不打算和检察院串通，住崎的来访只会让她觉得麻烦。

"就是前年十一月发生在浦和的那起抢劫杀人案。一审判决刚出，辩护人当天就提起了上诉。"

尽管静的脸上毫无表情，但她无疑在几天前阅读过判决记录，知道这件事情。记得被告人是个叫作明大的年轻人，无业，曾与被害人发生过金钱纠纷。

"那个被告人真是恶毒得令人发指。自己在公司被解雇，却迁怒被害人，认为是他催债害得自己丢了工作，把夫妇俩一起杀了。其实只是因为他自己工作态度太差。不仅如此，他还抢了人家的钱，没几周就挥霍一空，实在是没有从宽处理的余地哪，一审的判决真是再公正不过了。"

静把目光放在文件上，心里却在盘算着住崎的意图。检方若是在一审中大获全胜，那么即使上诉，也基本没可能翻案。既然如此，也就没有必要大费周章地进行庭外讨论。然而他极力向自己描述被告人人品的卑劣，这是打的什么算盘？

"住崎检察官。"

静用毫无感情的声音说道，

"这起案子由住崎检察官您负责一事，我已十分了解。关于案件内容，我会详细阅读庭审记录，不必浪费您的宝贵时间。"

"嗐，那真是失敬了。是我胡聊乱侃，浪费了法官您的宝贵时间。"

看住崎的表情一瞬间似乎是要咂嘴。但面对如此明显的逐客令，他只得站起身来，恭敬地行了一礼，继而向外走去。

"那么法官，我们法庭上见。"

房门关上后，静想在房间里猛喷一通空气清新剂，只可惜手头没有。

接到逐客令后，住崎随即就离开了，这说明他想谈论的内容恐怕不便为外人所知。看来住崎还没胆大到敢同法官在背地里谈论不法之事。而且静记得住崎还有其他案件在负责，可他为何只提浦和的那件案子呢？

能够得出的结论只有一个，那就是检方在浦和的那起案子里有什么不便明说的事情。

好奇什么事情就要当场查证——这是在教训中所养成的习惯。于是静不自觉地行动起来，从靠墙的文件柜里取出了那起案件的卷宗。

发生在浦和市的那起房产中介抢劫杀人案件，曾被媒体大肆报道过一阵子，即使非政法人士也依然对此事记忆犹新。静仔细阅读着档案中的庭审记录——庭审记录是书记员对庭审过程的记录，通过阅读庭审记录，能够轻易了解法庭上的人说过什么话，做过什么事。

被告楠木明大在辩解中坚称自己是无辜的。他表示自己并没有杀人和抢劫，证据和供词都是浦和分局的刑警捏造出来的。

因此，负责整理供词的刑警鸣海健儿自然也站上了证人席。他表示审讯是以合法方式进行的，警方从未对被告施加过任何暴力。事实上没有任何诊断书或录像表明被告受过外伤，辩方也未能证实这一说法。不，从辩方根本未在辩论摘要中提出这点来看，辩方似乎也无意对此进行立证，只是口头提到罢了。

至于物证就更不利于被告了。尽管未能发现凶器，但遗留在案发现场的指纹，特别是办公区保险箱上的，毫无疑问正是明大的指纹。在门口较新的足迹里，也有与被告鞋底相同的那一种。

决定性的证据是，从被告公寓中扣押的那件运动夹克上沾有与被害人相同血型的血迹，而且从形状来看明显是用来擦拭过其他物品。这一切都与笔录中的内容吻合。除此之外，警方还在案发现场提取到了被告的毛发。

当静知道被告的辩护律师是国选律师时，就知道律师不肯卖力的原因了。国选律师是由律师协会委派的，而对于有能力接到大量私人委托的优秀律师来说，这个案子既麻烦又无利可图。尽管被告否认自己犯下了罪行，但在如此充足的证据面前，律师根本无心辩解。更何况这种工作也根本不值得花那么多心思去推翻检方所提出的证据。

随后静继续浏览庭审记录。不出所料，辩方律师确实没有对检方提出的证据提出反对。在最终辩论中，辩方也只是表明"希望对被告人宽大处理"。即使同为国选律师，如果能找到所谓的"人权派"进行辩护，情况会不会比现在好些？——答案恐怕是否定的。因为辩护看的不是一腔热血，而是逻辑和道理。一个站在公检对立面的左翼律师即便在法庭上口若悬河，在物证面前又能有什么办法呢？

然而这样一来，她就更看不透住崎登三宝殿所为何事了。在这样一场检方占绝对优势的审判中，住崎担心的是什么？难道检方的证人鸣海健儿有什么问题？

鸣海这个名字，静也略有耳闻。据说他是浦和分局的一块老姜，而且和检察官很熟。就庭审记录来看，他的陈述没有任何瑕疵，提供的笔录也毫无破绽，十分完美。既然如此，住崎想要强调的无疑是——被告人之所以会在庭审中翻供，完全是出于他自身性格，警方及检方并未捏造事实。这个人平日里总是阴阳怪气的，看着也不像什么小心谨慎的人，但果然越是精明强干，就越是看重细节。

出于对被告人的考虑，判处重刑的时候，判决结果往往会写在判决书正文的最后，这也是为了确保被告人能够领会判决内容。这起庭审也不例外。静念出了判决书正文的最后一句话：

判处被告人死刑。

如果是我，大概也会这么判吧。静心里想着，瞟了一眼判决书末尾的法官名，不禁稍显惊讶。

审判长　黑泽胜彦。

静的脑海中顿时浮现出那张熟悉的面孔。黑泽大静一岁，早在静还是一名律法新人的时候，就受过他的熏陶。黑泽是一位性情温厚、以判决温和闻名的法官，然而就连他都给被告人判了死刑。

每一位法官都是一个独立的司法机关，他们的判决不应受到下级法院的判决或个人情感的影响。

但从另一方面来说，法官也只是一介凡人，他们的知识、见解与道德观不可能不受到业界的老前辈和启蒙书籍的影响。

静用力摇了摇头。崇敬之人的名字就像一层薄雾，遮住了她的慧眼。自己或许应该先忽略正文最后的判决，仔细重读一遍庭审记录才对。

除此之外，自己还要在法庭上直面被告。如果对于案件的内容自己亲自过目了，那无论最后做出怎样的判断，自己都能为此负责。反过来说，如果不敢负责，也就不该轻易做出判断。

二月五日，二审第一次开庭。

身披法袍的静与另外两名审判员走进法庭，庭内的其他人一同站起身来。

气氛顿时严肃起来。

就在这一刻，静意识到自己就是法庭的统治者。她并非为此而自负，而是深深感到自己站在这个位置，就必须从比辩方或检方更高的视角来把握案件的全貌。

楠木明大站在对面左侧的被告席上。根据记录来看，他的年龄应该在二十五岁上下。然而深陷的眼窝和油腻的头发，让他俨然是一个三十多岁的人。

坐在辩护席上的依然是一审时的国选律师梶浦。静也曾在法庭上跟他打过一两回交道，他在工作时通常情绪平淡，不是那种痛恨检方的律师。

坐在右侧的住崎一如既往地将老谋深算的性格隐藏在一副道貌岸然的表情后面，窥视着明大的面孔。

旁听席上坐了一半的人。看来尽管一时间受到关注，但到了上诉阶段，社会上对这起案件的兴趣也所剩无几了。

旁听席的角落里并排坐着一对初显老态的夫妇。从他们沉痛的脸色与投向被告席的视线来看，静推测他们就是明大的父母。母亲显得尤其激动不安，仿佛在强忍着没有大声喊叫。尽管在法律上严禁掺杂私人感情，然而这样一幕依旧让人痛心。于是静赶忙把视线从二人身上移开。

"本庭将对昭和六十一年第二十二号上诉案件进行审理。"

书记宣布开庭后，法庭首先应辩护人的要求进行证人询问。

与明大的陈述状一同提交的上诉状中，包含了对审讯者进行询问的要求，因此本次庭审中鸣海同样受到了传唤。尽管鸣海在一审中已经出庭作证，但如果辩方要进行反证，就必须推翻他的证词。

在法警的带领下，一名头发花白的男子站上了证人席。看来他就是浦和分局传闻当中的老姜——鸣海健儿。

静在证人受到询问的过程中观察了鸣海。或许是已经习惯了出庭，从他身上看不出一丝一毫的紧张。然而她在鸣海瞥向明大的眼神中，感受到了他冷酷无情的态度。总感觉他那张傲慢不羁的面孔后面，隐藏着凶狠暴戾的本性。这使他看上去与其说是警察，倒不如说更像一名老奸巨猾的猎人。

"鸣海健儿，工作单位，浦和分局，职位，警部补。"

律师梶浦起身向他询问，

"当时你是负责被告的审讯主任，对吧？"

"是的。"

"既然是审讯主任,就是说可以认为:一切有关审讯的内容都由你来把控,对吧?当然这不代表你会在审讯过程中全程在场。"

"可以这样认为。不过我是主任,所有审讯情况都要及时向我汇报。"

"审讯班由多少人,以怎样的形式构成?"

"共计九名探员,分三班进行审讯。"

"十一月二十二日,被告被警方以配合调查的名义带到警察局,并于同日遭到逮捕。从第二天起,警方开始正式对其进行审讯。请告诉我具体的开始和结束时间。"

"配合调查开始的时间是上午十点四十分,招认时间是当晚八点十二分。第二天的审讯是早七点到晚上十一点。第三天的审讯是早六点到下午四点。"

"粗略计算下来,第一天是九个半小时,第二天是十六小时,第三天是十个小时。请问审讯是不间断进行的吗?"

"并非如此。我们在换班时会有空闲,也给了嫌疑人适当的如厕及休息时间。"

"即便如此,你不觉得这时间还是太长吗?"

"不会。负责审讯的探员会时刻关注嫌疑人的健康状态,审讯也是在近似与嫌疑人聊天的状态下进行的。"

听着证词,静不禁在脑海中回想起发生在一九五九年二月的一起关于非法审讯的最高法院判例。

"作为配合调查的环节之一……对嫌疑人的审讯是应该得到

允许的。但审讯要考虑到对嫌疑人的怀疑程度、嫌疑人的态度等诸般因素，并以社会常理能够接受的方法、形式和程度进行。"

乍一看这倒不失为一起严格的判例。然而"等诸般因素"这一限制条款，实际上却可以进行更加宽泛的解释。警方内部表示他们会对单次审讯的时间进行限制，然而归根结底也不过是自我设限，就仿佛小偷给自己的偷盗金额规定上限一样。因此在现阶段，还不能断定警方对明大的审讯是否违法。

"但被告表示在审讯过程中，你们不让他好好吃饭，甚至连小睡也不允许。"

"我们劝过他吃东西，但他自己表示没有食欲，吃不进去。至于睡觉，在审讯过程中我们是提醒过他别打瞌睡，但审讯一结束他就被送到拘留所，睡眠肯定是足够的。"

鸣海在回答过程中没有一丝慌乱。或许是他早已习惯了这样的状况，或许是他天生一副冷峻面孔。一定是二者皆有吧——静在心里暗自忖度。

"被告表示在审讯过程中，你们曾多次对他实施暴力。这是真的吗？"

梶浦的提问在旁听席中引发了一小片叽叽喳喳的声音。

"事实并非如此。"

"被告表示你们暴力逼供。他说自己既没有偷盗，也没有杀害被害人夫妇，你们却强迫他供述自己犯下了罪行。"

"事实并非如此。侦查是合法进行的，嫌疑人也是在警方拿出证据后不得不招认的。"

这番回答的语气里同样没有一丝慌乱。然而与其说是鸣海处变不惊，倒不如说是梶浦提问的方式过于糟糕。他手上既没有能证明明大在审讯过程中受过外伤的诊断书，也没有能证明此事的录像。在没有物证的前提下直接询问证人真伪，一旦遭到否认，双方就只能扯皮，谁也说服不了谁。在这种情况下，辩方通常会攻其不备，先想方设法诱使证人亲口说出曾经使用过暴力的事实。然而在静看来，梶浦并没有这样的手段。不，应该说他根本就没有攻击警方违法侦查的打算，仅仅是以一种随意的方式表达了被告的感受罢了。

"关于你们的物证，被告同样予以否认。他表示自己没有杀人，是你们捏造了证据。是这样的吗？"

"毫无根据的指责罢了。法医已经证明过保险箱上的指纹以及沾有被害人血迹的运动夹克都属于嫌疑人。"

"我的提问结束了。"

梶浦带着深以为然的表情坐回到椅子上。静将视线投向住崎——

"检察官，你有什么要说的吗？"

"没有了。"

住崎淡然答道。其实最高检察院的检察官在法庭上原本就不会有太多言语。这是因为最高法院在大部分情况下都会支持一审判决，所以检察官在法庭上几乎只要安然就座便可以了。只不过今天住崎没有说话还有另外一个原因，那就是辩护人的提问太像走形式了，甚至不值一驳。

"法官，我申请传唤下一位证人。"

"允许传唤。"

进入法庭后与鸣海擦身而过的男子，是浦和分局另一位负责此案的刑警。他姓渡濑，年龄与被告相仿，脸上带着几分不良少年的面相。然而就在问到他全名的时候，静却差点忍不住笑出声来。因为他的名字太过可爱，和本人形成了巨大的反差。粗犷的容貌、冰冷的眼神，再加上紧闭的双唇——这副长相在其他行业里或许会令人敬而远之，但干警察这行却很适合。静不由得衷心希望只有不法分子才会领受他的怒火。

"你与鸣海警部补当初共同负责对被告进行审讯，是这样吗？"

"是的。"

"你们是搭档，始终在一起行动吗？"

"在侦查和审讯过程中，我们经常共同行动。"

"那么在审讯室里，鸣海警部补与被告的交涉，你全部看在眼里，对吧？"

"是的。"

"在审讯中，是否发生过被告所控诉的暴力行为？"

"……没有。"

"即使是超出必要力度的动作也没有做过吗？"

"为了防止动作力度过大，审讯时一定要多人在场，这是我们的规定。除负责审问的刑警外还要有一名记录员随时在场，也是出于这个原因。"

渡濑在作证时，脸上的表情像是在咀嚼腐烂的食物。静不由得心想，如果这是这个年轻人的习惯，那么他给人留下的第一印象就已经很糟了。

或者说，这样的证言是他的违心之词吗？

"我的提问结束了。"

梶浦这次的提问更加随意。

"检察官，你有什么要说的吗？"

"没有了。"

这些证人都是应辩方在上诉状中的要求进行问话的，然而最后的询问却如此随意，这不禁让静大感扫兴。这说明律师对证人询问时，根本就不相信被告是蒙冤的，只是单纯摆出一副听从被告要求的样子而已。国选律师中固然也有形形色色的人，没想到他们偏偏选中了梶浦这样的。就这方面而言，静不禁对明大和他的父母抱以同情。

询问过审讯相关者后，轮到对被告本人进行询问。

或许是感受到了异样，明大刚一站上证言台，便立刻回头向旁听席望了一眼。

"现在对被告进行询问。你在陈述书中写的内容是真的吗？"

"千真万确……我根本就没偷那二百五十万元，也没有杀害久留间夫妇。"

似乎是久久未曾开口的缘故，明大的声音显得十分嘶哑。咳了两三声后他才继续说道：

"我只是在那件事发生的两天前去办公区里还过债。"

"但口供里写的是，你用刀子杀害久留间夫妇后，从保险箱里偷走了现金。这份供词有问题吗？"

"是……是……是……是那个刑警……"

明大指着已经回到旁听席上的鸣海，

"他对我拳打脚踢，逼我招认没有做过的事。"

说到最后明大的声音已经开始颤抖，紧接着一下子崩溃了——

"他，他们甚至不让我好好睡觉！每当我要睡着的时候，他们就把我捅醒。我……我是冤枉的！"

明大对着法官席开始倾诉。由于太过激动，他的双目中盈满了泪水。尽管被他歇斯底里的样子所打动，但身为维护法庭秩序的法官，静不得不制止明大的行动：

"被告，请肃静。"

听了静的话，明大立刻不作声了。想必是梶浦告诫过他要遵从法官的命令。

"被告，不要再说了。"

或许是考虑到静和其他法官，梶浦强行打断了明大的证词。明大似乎还想说些什么，但梶浦在他耳边讲了几句，他顿时像个泄了气的皮球一样缩起身体。

"检察官，有什么要反驳被告的吗？"

"没有。"

住崎从容不迫地望着被告席，静则对住崎的想法了然于胸。辩方的证言怀疑的是口供的可信性，与其针锋相对免不了要遭受指责。而明大的证言无凭无据，反过来，证明他有罪的证据却十分充足。因此在这种局面下，与其强调审讯的可信性，保持沉默则要有效得多。

梶浦在上诉状中提出的事项已经全部讨论完毕。静宣布了下次开庭的日期，随即宣布闭庭。

此后又举行了两场上诉庭审，辩方依旧未能提出新的证据，于是案件的审理仅根据现存的证据对案件进行了查证。预定的结审日是八月五日，静必须在这一天公布判决结果。

从阅读过一审庭审记录、自身也见证了上述三次庭审的角度来说，这起案件她不得不维持一审判决。检方的证据，包括案发现场的足迹、毛发，留在保险箱上的指纹，沾在运动夹克上的被害人血迹，无不证明了楠木明大的罪行。明大知道被害人经营高利贷，熟悉他的经济状况，同时对他怀有怨恨，杀人的动机也非常充足。

正如一审判决中所言，在证据如此充足的前提下，明大依然否认犯罪事实。黑泽法官会称明大"毫无悔改之意，没有改过自新的可能性"也就毫不稀奇了。唯一令人担心的是明大证词中关于"口供是警方捏造的"这点，但没有任何证据能够证明此事。此外，被告在审判中翻供，试图脱罪的情况其实并不少见。所以不管明大在法庭上如何涕泗横流地大声喊冤，也丝毫没能撼动一审对他的判决。

尽管如此，静依然陷入了迷惘，但不是以政法界人士的身份，而是以一个母亲的身份感到犹豫。在对明大本人进行讯问时，他喊冤的声音至今还留在她的脑海里。她心中的另一个自己，始终在警告她不要忽视明大的声音。既无关法律，也无关逻辑，仅仅是出于一种原始的情感，基于她在多年任职过程中培养出来的洞察力。尽管这种极为草率的判断标准，对于法官来说不过是多余的罢了。

在法庭上，感情不是主宰，逻辑才是。因为如果在判决中掺杂私人情感，那么法庭将彻底沦为滥用私刑的场所。因此法官只有在面对"公众情绪"时，才能将感情作为判决的依据之一。

于是，与私人情感展开斗争的静开始撰写本案的判决书。尽管已经做了三十多年的法官，但写到最后，她依然会感到烦闷、苦恼。每当想到案件相关人员的生活将因自己的判决文而改变，她就觉得自己仿佛要陷入癫狂，而宣判死刑时就更加如此了。自己对价值的判断究竟是不是准确的？剥夺被告生命的行为真的能够算是法律的正义吗？身为一名政法界人士，她没有一天不在考虑废除死刑的问题。尽管有些同事认为，在法治国家，只需遵从法律即可，但静无论如何也无法如此轻易下定结论。

就这样，她在极度的犹豫中写下了一句又一句。

最后，当静终于将判决书撰写完毕的时候，已经过了凌晨四点。

4

八月五日,静一如既往地起床出门。尽管时间还没到八点,但炫目的阳光依然无情地灼烧着她的皮肤。室外一丝风也没有,早间新闻说今天将是本夏最热的一天。其实就在这会儿,柏油马路已经在反射着炽热的阳光了。

即使是宣判这天,静也不打算改变自己的生活习惯,她希望平静地处理这起案件——即便只是在他人眼中如此也好。

然而她的内心并非一汪清泉。判决书撰写完毕后,她的内心本应再无纠葛。但在光线无法到达的角落,依旧残留着一摊浊水。像是顽固的污渍,无论用逻辑洗刷多少回,也难以清理干净。

为本案撰写判决书的虽然是静,但她早已与其他两位法官进行过讨论。右陪审多岛法官已经任职十年,对法条的引用与判例的对比都颇为得当。而左陪审佐村法官是一位去年刚刚披上法袍的助理法官,却不像其他新人那样自命不凡或胆小怯懦,是一位年纪轻轻却沉着冷静、富有逻辑的法官。

二审要做的并不是重新追究被告的罪责,而是对一审的判断进行审理。也就是说在本案中,静与其他法官是要对一审法官黑泽的判断进行审理。只不过静没有向多岛和佐村透露自己曾受过黑泽的熏陶,因此他们也丝毫不必顾虑到黑泽的心情。

而这两位法官也都支持一审判决。在检方积累的诸多证据面前,被告悲痛的诉求显得软弱而无力。

此外,两人也丝毫没有提及发生在一九五九年二月、与非法审讯相关的那起最高法院的判例。也就是说,他们根本没有考虑过明大的口供是否可能是警方逼供的产物。

那起最高法院的判例的用意,并非要让审讯的规定变得更加严格,而是要保证警方根据各起案件的具体情况进行审讯的灵活性。如果追究警方是否对明大进行了非法审讯,就等同于在怀疑警方的判断。两位法官都在有意避免这样去做,至于原因则不言而喻——他们都不愿违背最高法院的判例。

这种情况本来就不是第一次,也不会是最后一次。一般来说,法官都不愿意违背最高法院的判例。至于不惜与最高法院对立,也要贯彻自身主张的人更是寥寥无几。这是因为法官归根结底是公务员,决定他们待遇的依然是最高法院。

法官的薪资水平在薪资体系中分为一级到八级,形象地体现了这门职业中的等级制度。刚入职的时候是从八级开始,工作二十年后,基本所有法官都能顺利升到四级,但从这里开始,他们会分为两部分,只有一部分人能升至三级以上,另一部分人则会停留在四级。二者的待遇差距过于明显，仅从收入上来讲，到退休时就会有数亿日元的差异。此外，由于法官们的待遇基准由最高法院内部决定，这会导致法官们的疑心越来越重，还会更加盲目地唯最高法院马首是瞻。因此他们无不战战兢兢，将最高法院的判例当作金科玉律一般遵从。不过反过来说，反正静也要退休了，即使违背最高法院的判例，她也不会受到任何影响。

在这种情况下，即使静维持一审判决，另外两名法官也不会提出任何异议或节外生枝。额外解释与参考意见都不需要，可谓是一场简单明了的判决。

然而，静的心里丝毫没有快意，反而有些畏惧。

一审判决结果与多岛、佐村两位法官的判断完全一致。然而在听到明大的号哭后，静内心中感性的那一面，却产生了些微的动摇——而这也正是使她心神不宁的根源。

即便她认为这种动摇源自她心中的母性，但能否彻底置之不理，又要另当别论了。她固然深知在法庭上逻辑才是主宰，但在判决之初就要抹杀一切感情要素，这样做真的正确吗？

事实上情感与逻辑的冲突并非存在于法庭之内，而是在法官的心中——会这样想，是因为我还不够成熟吗？她曾就这个问题与黑泽法官进行过讨论，而后者的回答至今令她难以忘怀——

你会这样想，并非因为你不够成熟，而是因为人类本身就不成熟。一个人试图去审判身为同胞的另一个人所犯下的罪行，这种行为本身就过于狂妄与傲慢。因为归根结底，只有神明才有审判人类的资格，不是吗？

黑泽法官并非天主教徒,却向她抛出了这样一个问题。这位经验丰富、深耕法律的老法官,却对审判他人心怀疑虑,这不禁让静发自内心感到震撼。

但同样可以认为,黑泽法官是在用独特的方式警告她。

区区人类,却妄想站在神明的角度看待问题,这终究是一件不可能的事情。尽管如此,法官却依旧不得不去审判他人。正因如此,法官才更加需要自律,拥有足够的见识,成为大多数人的模范。同时不能骄傲自满,不能贪图安逸。通过这样的方式,虽然依旧不能成为神明,但至少能够得到允许,让自己的视角更加接近神明。

穿过法院的门口,静的视线移到了一楼大厅天花板的一盏豪华吊灯上。这盏吊灯是从最高法院旧官邸的门厅处移置过来的,威严非同一般。

不经意间,静想到了那尊竖立在最高法院一楼正厅的忒弥斯①神像。它的原型是右手持剑、左手提着天平的法律女神忒弥斯。

宝剑象征着力量,天平则象征着对正邪的区分。没有力量的正义是软弱,没有正义的力量也仅仅是暴力而已。现存的忒弥斯神像有两种姿态,一种是举起宝剑,另一种是举起天平,而矗立在最高法院的那尊忒弥斯神像则是前者。用右手将宝剑高高举起,与其说是在伸张正义,倒不如说是在炫示力量,这不禁让人感到

---

① 古希腊神话中的十二提坦巨神之一,象征法律与正义的女神。

无比讽刺。

　　身为法律执行者之一的静深知宝剑的残酷无情。忒弥斯所挥下的宝剑，不带一丝同情或宽恕。她仅仅是用冰冷的剑刃将罪人斩杀，然后将其尸骸展现在民众面前。

　　进入法官室，披上法袍之后，静深深地吸了口气。接下来自己将成为忒弥斯的代理人，不仅要替她展现力量，更要独自替她承受受刑者的愤懑和怨恨。

　　人在审判他人的同时也在审判自己。

　　"全体人员请起立。"

　　伴随着法警的声音，法庭上的所有人同时起身，向静与另外两名法官行注目礼。

　　"敬礼。"

　　所有人都弯下腰去，只有明大始终在被告席上直挺挺地站着。

　　静往旁听席上瞥了一眼，立即发现了楠木夫妇的面孔。虽然有些远，但她还是找到了那个刑警渡濑的面孔。不过她并没有发现鸣海，或许是因为他像个坚信自己会大获全胜的将军那样，早已离开战场了吧。不过渡濑此时的脸色十分难看，简直像是拿着为数不多的钱去买马票，又输了个精光一样。然而他的眼神中又浮现出一丝畏惧，难道这位年轻的刑警是在担心一审的判决会被推翻？

　　还是说恰好相反，他是在怕二审会延续一审的判决呢？

　　静终于开口了，从她嘴里吐出的每个字都格外清晰。

　　"现在，由我宣布，昭和六十一年第二十二号上诉案的判决结果。"

她的目光落到判决书上，接下来的内容都是对判决书的朗读。

结论，驳回本次上诉。

法庭上安静得连一丝咳嗽声也没有。

理由如下：

一、在本案中，被告人之上诉意愿由辩方律师梶浦正义撰写于上诉状中，故在此引用。

二、（1）双方主要论点如下：一审判决认定被告人为夺取钱财，于昭和五十九年十一月二日夜，潜入位于埼玉县浦和市大门町5-0-0的久留间宅，在搜刮一楼办公区时被久留间兵卫发现，并将其刺死。随后又刺死了听到声音后下楼察看的久留间之妻咲江。此外，亦认定被告人抢劫了保险箱中的二百五十万元现金。而被告人表示自己并未窃取金钱，也没有杀害被害人夫妇，被认定为证据的口供系检方捏造，主张一审并非公正判决。

因此，本庭对一审记录及各项证据进行核查，并结合二审庭审后得出结论：一审判决中关于被告人故意杀害被害人夫妇的事实认定合理。附详细说明如下：

（2）首先，根据一审判决中提出的相关证据来看，被告人潜入被害人夫妇家中的经过，基本与一审判决中"事实认定补充说明"第一项之描述相吻合，故认定为事实。概要如下：被告人于昭和五十八年六月前后与久留间兵卫进行金钱方面的借贷，但由于久久未能还清，久留间兵卫便打电话到被告人公司催促，导致被告人被公司解雇，而此后被告人便对久留间兵卫怀恨在心。昭和五十九年十一月二日下午四点左右，被告人前往被害人夫妇家，通过贴在门外的告示得知了下午过后店里无人的消息，便萌生了窃取金钱的想法。被告人在过去还钱的时候，记得店内保险箱的位置，于是被告人返回家中，准备好玻璃切割器和撬棍等工具，随即再次前往被害人夫妇家中。

（3）其次，被告人在侦查阶段所做关于凶杀的供述，辩方律师质疑其真实性，一审判决则予以认可。因此本庭根据该供述以外的证据，认为本案中存在以下事实：

① 为了窃取金钱，被告人在准备好工具后，于昭和五十九年十一月二日晚上十点左右潜入被害人夫妇家中。

② 被告人用撬棍撬开一楼办公区内的保险箱后，打算窃取里面的现金。就在此时，恰巧久留间兵卫从二楼下来，目击到被告人的行径后打算逃跑，但被告人从背后追来，用事先准备好的刀子刺进了他的侧腹。久留间兵卫惨叫着倒在地上，但被告人又对他连刺六刀，随后用随身穿着的运动外套擦掉了刀上的血迹。

③ 咲江听到声音后，从二楼下来察看状况，被告人又用刀刺进她的胸口。

④ 杀害二人后，被告人从保险箱中盗走了现金二百五十万元，随后逃离了被害人夫妇家中。途中经过一座桥，便将使用过的刀具和其他工具丢入河里，随后回到自己家中。

（4）据法医织本慎太所作的尸检报告来看，本庭认为被害人夫妇的死因如下：

① 久留间兵卫的右侧腹与左侧腹处留有长约四厘米的刺伤，后背留有长一厘米至三厘米的刺伤。其中左侧腹处的刺伤深及心脏，右侧腹的刺伤深及脏器肌层，造成肌肉内部出血。

② 久留间咲江左胸处的刺伤长约四厘米，深及心脏。

（5）本庭以上述情况为前提，结合织本法医对尸检状况的见解等诸多因素，对被告人笔录的真实性进行了探讨，最终认定其真实无误。

（6）除被害人夫妇的指纹以外，保险箱上还验出了被告人的指纹。与此同时，警方在案发现场提取到了被告人的毛发，在门口处提取到了与被告人鞋子类型相同的鞋印。此外警方还在被告人的房间里扣押了沾有血迹的运动外套，经化验，该外套上的血迹与久留间兵卫的血型相同。

（7）除用来潜入宅邸与打开保险箱的工具之外，被告人在作案之前还准备了刀具。然而若仅以窃取钱财为目标，被告人应无准备刀具的必要性。因此本庭认为，被告人事先即为行凶做好了周详的准备。从被告人对久留间兵卫多次施加伤害的事实来看，同样可以认为其对久留间兵卫怀有强烈的杀意。除此之外，被告人明知久留间兵卫已呈现无法行动的状态，却依然对久留间咲江施以暴行，说明被告人对凶器的杀伤性具有明确的认知。综上考虑，本庭认为被告人的行为属于故意杀人。

（8）另一方面，被告人主张自己并无窃取金钱及杀害被人夫妇之意，与尸检报告的描述相吻合的笔录为检方所捏造。然而即使抛开口供相关的证据不谈，从保险箱上所提取到的指纹、沾有与久留间兵卫相同血型的运动外套等证据，均为可信度极高的证据，足以证明被告人的罪行。

（9）此外，被告人主张笔录为检方所捏造，在制作笔录的过程中自己因受到暴力对待、睡眠不足等影响而意识不清。但本庭认为笔录内容除抢劫动机以外，亦对杀人动机进行了合理且充分的描述。若非亲身经历，恐难以做出如此身临其境的描述。且本庭并未发现侦讯室中发生过暴力行为的证据，讯问时间方面也难以认定有违法行径，故无法认同被告人之主张。

三、驳回上诉。

综上所述，本庭认为一审判决理由充分，综合考虑了各方面事实，并无判决不当之处。

四、（1）从上述诸多方面来看，被告人犯下了抢劫杀人的罪行，行为极其恶劣，却对一审判决加以否认，不仅从未对被害人夫妇表达过任何哀悼之情，反而自始至终回避自身责任。故本庭认为被告人毫无真诚反省之意。

（2）综上所述，本庭认为本案情节极其恶劣，被害人所负刑事责任极其重大，本起抢劫杀人案对社会造成了极为重大的影响。考虑到被告人犯罪情节极其严重，反社会行为极其明显，应负罪责极其重大，因此无论出于罪刑相当原则，还是从常规预防的角度来看，本庭都支持一审判决——对被告人处以极刑。

故，判决结果如判决书正文所述。

昭和六十一年八月五日

东京高等法院一部

审判长　高远寺静

审判员　多岛俊作

审判员　佐村武志

判决书全文阅读完毕后，法庭上顿时传出一片沉闷的叹息声。

而与此同时，明大的身子也瘫软下去。要不是有狱警搀扶，他一定已经摔倒在地了。

尽管不愿去看，但静还是下意识地向旁听席上的明大父母望去。只见郁子轻呼一声，面部开始颤抖。辰也搂住她，似乎想让她冷静下来。

静将视线转回明大身上，不由得倒吸一口凉气。

既没有悔恨，也没有绝望，更没有一丝带着温度的情感。

过去的努力全部归零，全部化为徒劳。灵魂的火焰已经熄灭，对生命的执着也尽数消散。

而这，就是如今能从明大眼神中所看到的一切。

那里既没有失望，也没有畏惧，只剩下一片空虚。

静赶忙将视线从他身上挪开。

过去她曾经对数百人做出过判决，却是第一次见到这样的眼神。光是远远望着那片空虚，就仿佛连自己的魂魄都要被摄去一般。

"法官。"

右陪审法官多岛催促着，静这才想起自己在法庭上要做的最后一件事。

"闭庭。"

伴随着这句话音的响起，法庭内的管制解除，旁听席上的人群也哄然散去。楠木夫妇与渡濑都被淹没在人群中，很快便看不见了。

回到法官室里，静脱下了法袍。在回来的这一路上，她都感到身上的法袍无比沉重，然而即使卸下这身法袍，她肩上的压力依旧丝毫未能得到减轻。

突然间一股寒意袭来，她不禁用双手抱住肩膀。不过寒意并没有因此消除。怎么会呢？空调根本没有打开，房间里明明应该闷热无比。

这也难怪，因为这份寒意并非来自体表，而是源自内心。

静浑身无力地瘫倒在椅子上。她不知该如何形容这股寒意，但这种感觉，简直像是自己亲手掐死了一只小动物。

我会不会是误判了？——倏然间，静内心中的怀疑开始萌芽，并立刻成长为一个心结。不过纠结的心绪只存在于她感性的一面，而身为法律人士的理性依然在认可着她的判断。

就这起案件而言，无论哪位法官，都一定会维持一审判决。

静把这句话说给自己许多遍，最后终于暂时抑制住了心结，随后她开始为下一次开庭做起准备。

尽管后来辩护人提出抗诉，但遭到最高法院的驳回，因此明大的死刑最终还是定了下来。

当渡濑在浦和分局听到这个消息时，内心顿觉忐忑不安。但他不清楚这是为什么，因此去找鸣海。他觉得自己能够通过鸣海的反应得知不安的原因。

然而得知明大确定要被执行死刑的消息后，鸣海的表情丝毫未变。

"哦。"

听鸣海的回应，他似乎对此事丝毫不感兴趣。他的视线依然落在局里的早报上。

"这个案子已经结了，你还要纠结到什么时候。还是想点别的吧。"

渡濑顿时有些无所适从。事实上，鸣海动不动就要同时处理两三起案件，所以他会这么说也理所当然。

然而渡濑依然无法释怀。即使头脑能够理解，内心依旧无法接受。

无论是鸣海主导整理口供，还是自己从旁辅助，案件的真相应该就是笔录中所写的那样。明大给人的印象那么差，同时还有那么多人都承认的证据。作案动机、时机、手法——可以说明大具备作案的一切要素。

然而让渡濑感到犹豫的，是明大父母那天向他投来的眼神。

辰也那天说过——

"你们至今为止就一次错误都没犯过？"

还有郁子那双小巧而柔软的手。

辰也的话和郁子的手，令渡濑久久无法忘怀。他总能回想起明大那双充满空虚的眼睛——那个场景简直就像是发生在昨天，令他的内心难以平静。

"判决结果，他父母应该也知道了吧？"

"那又怎样？"

在说这句话时，鸣海干脆连渡濑的脸都不看了，

"难不成你想说，在给那种穷凶极恶的暴徒下达死刑判决时，还得说点好话安慰安慰他父母吗？"

"那倒不是。"

"把那种畜生养大，他们身为父母也有责任。所谓死刑判决，同时也是在判定父母教育方法的失败。不是我说话难听，但他们纯属自作自受。"

"是这样吗？"

"至少那些被害人的父母、兄弟姐妹或孩子一定是这样想的。如果可以的话，他们一定希望能够手刃凶手。但日本法律禁止同态复仇，因此只能由我们来实现被害人的遗愿将凶手送上绞刑架。这就是我们的工作，不是吗？"

该死。渡濑心里暗骂一句。

为什么只有这起案子会在自己心里挥之不去？为什么明大即将受到法律的制裁，自己却如此纠结？归根结底，自己并非法律的执行者。自己的工作就只有逮捕犯人、收集证据，最后将凶手移交检察院。至于制裁凶手，则超出了自己的本职。

然而即使不愿忆起,楠木夫妇的面孔依然会浮现在他脑海之中。见到他们最后一面是在最高法院的法庭上,但如今两人又身在何处?明大的母亲正在为此泪如雨下,还是万念俱灰?而明大的父亲又在怎样安慰她呢?

"我去查案了。"

渡濑抓起外套走出刑警办公室。因为他觉得如果不把精力集中在手头的案子上,自己一定会纠结到发疯。就这方面而言,鸣海的话的确很有道理。

走出警察局,雪花从阴沉的天空中纷纷落下。

时隔许久,渡濑再次听到楠木明大的名字,是在第二年——昭和六十三年的七月十五日。

当渡濑在浦和市调查完一起盗窃案后回到警察局,恰好在刑警办公室的堂岛开口对他说道:

"楠木死了。"

渡濑一瞬间有些怀疑自己的耳朵。因为在被判处死刑后,明大就一直关押在东京拘留所里。令渡濑惊讶的是,排在明大前面的死刑犯还有一百五十三人,离他踏上绞刑台的日子应该还早。

"执行得倒是够快的。"

"啊,他在拘留所里自杀了。"

渡濑顿时哑口无言。

"听说昨晚查完夜后,他把毛巾系在门上上吊自杀了。"

"……遗书之类的呢?"

"似乎是没留下。你也知道,在拘留所里,纸笔之类的玩意儿得向看守索要。如果是冲动自杀,根本没工夫写遗书。"

"可是,为什么挑这个时候……"

话还没说完,渡濑就想清楚缘由了。

前天,法务大臣下令给两名死刑犯执刑。一个是四年前判的,罪名是杀人纵火,另一个是绑架并杀害幼女。这两人似乎也都收押在东京拘留所里。

执行死刑的消息,拘留所当然不会对其他死刑犯通知,但这种消息一向传得很快,被关押在一处的明大自然也已知晓了吧。不,甚至那两个被执行死刑的囚犯,或许就住在离明大不远的囚房里。

死刑的判决与执行既无特定顺序,也并非判得越早执行越早,因此被判处死刑的犯人,每天都在提心吊胆。

或许今天就要被人绞死。即使挨过今日,也在为明日的命运而战兢。这样的日子周而复始,仿佛每天都生活在俄罗斯轮盘赌[①]之中。

明大算得上是个敏感纤细的人,在拘押的过程中耗尽了精力,想来也是十分正常的。

"除非早已将生死置之度外,否则一早醒来,发现隔壁房间

[①] 一种自杀式赌博游戏或酷刑方式,相传源于俄罗斯。参与者将一颗或多颗子弹塞入六膛左轮手枪弹巢的膛中,然后关上弹巢使其快速旋转。在旋转停止后,参与者轮流把枪口对准自己的脑袋扣下扳机,直至有人中枪或不敢扣下扳机为止。因为其致命性,很多国家的法律明令禁止该游戏。

的囚犯失去了踪影，换我简直是要疯的。这么一想，也难怪楠木会自杀。"

"混账东西！逃避法律制裁！"

堂岛背后响起了鸣海的声音。只见他正抬头盯着天花板。

"恶人就该有恶人的样子，老老实实死在绞刑架上。自杀？哼，他也有权利自杀？"

别说堂岛，就连其他的探员也纷纷皱起了眉头，但鸣海却毫不在乎。

"自杀这种事说着好听，归根结底还不是怕上绞架？哼，送你进拘留所，还能是让你去享受不成？"

"鸣海老哥，行了行了，人死为大。"

"他也配？那被害人岂不是死不瞑目？"

鸣海对堂岛的劝告嗤之以鼻。

"杀人犯就得下地狱，跑不了的。任他怎么后悔，怎么忏悔，也不能让人死而复生。以为临死前懊悔，就可以得到原谅了？那些杀人犯，就该在狱里尝遍苦头、提心吊胆，身心都被折磨个透，最后再送去吊死。要不是这样，我们费那么大劲抓捕犯人还有什么意思？"

鸣海的话听着有些自鸣得意，但谁也没想打断他。毕竟他明年三月就要退休了，因此更不用考虑他人的心情。更何况他说话做事原本就不看别人脸色，在他眼里，这点大话有什么不能说的。

毫无疑问，鸣海对犯人的憎恶体现在他的高侦破率上。在这个旁人无法企及的数字面前，那些肤浅的道德观念和感性心理连屁用也没有。大伙儿心里有数，所以也根本不想反驳。

继续待在这里，又要被鸣海的负面情绪影响。渡濑只好逃也似的离开了刑警办公室。

渡濑一直冲到走廊尽头，突然碰见一位意想不到的人。

"……恩田检察官。"

"哦，是渡濑老弟啊，好久不见。"

恩田嗣彦检察官正向渡濑走来，脸上的笑容和蔼可亲。见到他的笑容，渡濑顿时感到身上的负面情绪少多了。

"检察官，您怎么会在这儿？"

"嗯，最高检察院在审一起案子，有个物证需要紧急查看，这不，我就过来了。"

"只要跟相关部门通知一声，我们就会把物证给您送去的。"

"这种事还是让正在经手的人来做合适一些，也不容易出差错嘛。"

东京最高检察院的检察官跑到临县地方警察局，这种情况原本寥寥无几，但恩田是个例外。对于审理中的案件哪怕只有丝毫怀疑，他也一定会亲眼、亲耳进行确认，绝不假借他人之手。对那些工作敷衍了事的部下来说，他是个难以相处的人，但对于辖区的刑警来说，把案子交给恩田处理真是再放心不过了。

渡濑是去年认识恩田的，当时有一起案子上诉到最高法院，恩田来向他打听审讯过程。

——审讯过程都合法吗？

——笔录内容真的都是嫌疑人自愿供述的吧？

其实这样的问题有些伤人自尊，但渡濑敬重恩田的人品，因此依然能够冷静回答。即便面对一名普通警察，恩田也丝毫不摆架子，始终保持敬重，这让渡濑觉得他是个优雅的人，对他怀有好感。自那以后尽管机会不多，但两人只要碰面，总要寒暄上几句。这种和睦而无关地位的交谈，总能令渡濑感到欢欣。

"呃，看你好像不太高兴，怎么了？"

渡濑本想搪塞几句，但想想后还是没有这样做。

毕竟恩田的眼光十分敏锐，就算自己隐瞒实情，他也一定会打破砂锅问到底。

"昨天楠木在拘留所里自杀了。"

光听这一句话，恩田似乎就全懂了。

"哦，是你和鸣海警官提检的那起案件对吧。然后呢，因为这个不开心？"

渡濑突然有些惭愧。不过是自己逮捕的犯人死在狱中而已，何必如此心神不宁？同事的取笑都无所谓，但他不愿意让恩田瞧不起自己。

然而恩田的话却出乎他的意料。

"要记住现在的心情。"

"咦？"

"在拘留所病死或自杀的死囚绝不在少数。遗憾的是，我们没有足够的时间向每个人表示哀悼。不过你会为楠木的死表示惋惜，说明你一定与他接触过许多次，也曾经想了解这个人。如果你能牢记这份心情，你将来一定能成为优秀的刑警。我认为要成为一名优秀的刑警，需要的不是高侦破率，而是需要具有理解涉案者内心的素养，以及待人接物的胸怀。"

"真没想到您会这么说，我还以为您会笑话我。"

"你的想法这么真诚，又有谁会嘲笑你呢？我们检察官和你们警察同样是被赋予权力的人，如果拥有权力的人不够真诚，他们的正义迟早会出现漏洞。"

恩田紧紧抓住渡濑的肩膀。

"放心吧，你一定会成为一名善良而稳重的刑警。"

雪兔

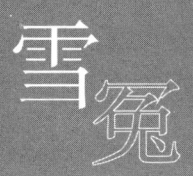

总有一天我也会步他的后尘，

变成一个痴迷于狩猎、

盲目地将所有猎物全部视为狐狸的猎人，

变成一个抛弃了谦卑之心、

为达目的不择手段的狂信徒。

1

　昭和六十四年①还有七天就要过去，面对"平成"这个陌生的年号，整个社会都还不太适应。不过年号的更改，多少像是在宣告新时代的到来，因此人们的心里又怀着淡淡的期待。

　另一边，对于渡濑来说，年号的更改并不意味着生活的改变。他依旧待在浦和分局的重案组里，负责侦查重案要犯。犯人与过去相比也没有丝毫改变，不会因为年号改成平成，他们就洗心革面了。就算说有什么变化，那也要与社会同步改变，不过至今还没有出现这样的预兆。

　不对，要说改变还是有的。渡濑多年的师傅鸣海已经退休，堂岛现在是他的新搭档。堂岛大渡濑三岁，为人处世温和，与鸣海形成了鲜明的对照。不过也是，比鸣海还要粗暴的人哪有那么

---

① 1989 年。

好找。

"我是不是不太够格啊？"

坐进同一辆便衣警车后，堂岛突然嘀咕了一句。

"什么不够格？"

"你的上一个搭档可是鸣海老哥，现在和我搭档，会不会觉得差点劲儿？"

"怎么会，反倒是他，让我吃不消。"

"哈哈，不被他吃就不错了。不过他那个人，天生就是块当警察的料。自打鸣海老哥退休以后，杉江班长慌得不行，这事你也知道。"

渡濑默默点了点头。自打这位侦破率独占鳌头的老兵退休以后，重案组立刻就受到了影响。不过先不提侦破率如何，至少案发现场的气氛要比过去轻松不少。

即使是在个性鲜明的探员里，鸣海也是个异类。不仅是侦破率，对嫌疑人的那股执着劲儿和诱使嫌疑人招认的技巧也无与伦比。单论在局内的威望，他甚至能压倒杉江班长。

这样的人在组织当中既是异类，也是威胁。他会带来源源不断的压力，同时成为团队的领头羊。然而一旦失去这样的领头羊，组织内便会产生动荡，继而人心涣散，并逐渐分崩离析。如今的重案组就是绝佳的例子。

"照我看来，局里的侦破率肯定要下降咯。"

听堂岛的语气，仿佛事不关己一样，

"不管是好是坏都必须承认，鸣海老哥就是咱们重案组压力的根源。组织行动不靠个人主义而靠团队协作,一旦失去压力,效率必然下降。"

"这么说来鸣海老哥走了,还是蛮遗憾的。"

"唉,没办法。回头想想,鸣海老哥也算是个异类。科学查案的概念宣传了那么久,真正能将犯人逼进绝路的,往往还是刑警对案件的执着。而他简直比猎犬还要执着。我曾经和他搭档过一次,逮捕凶犯在他眼里,简直就像猎狐一样令人愉悦。与其说是工作,我看追捕犯人更像他人生的意义所在。鸣海老哥可是号称'魔鬼刑警',所以说像我们这样的凡夫俗子在执着这方面,又怎么超越得了他呢?"

"那就只能靠踏实的讯问和对案发现场的反复勘察了。"

"说得好,那就赶快践行吧。"

"是啊。"——回过话后,渡濑在十字路口左转,两人所乘的警车开始沿三十五号线向北驶去。

如今两人正在追查的,是去年年底发生在大原的一起盗窃案。

十二月二十四日,浦和市大原3-5-0。镝木一家出门去进行圣诞旅行期间被小偷闯了空门。犯人撬开了宅邸后门的门锁,偷走现金二百多万元、女主人的贵重首饰十四件,以及存折和图章等物。户主镝木幸之助是一家医院的经营者,家中有四口人。他平日工作繁忙,这回好不容易想带家人出去转转,没想到家里却进了小偷。

案发后,镝木立刻联络银行冻结了自己的账户。好在储蓄卡是带在身上的,存折里的钱没有立刻被转走,不过窃贼也不太可能去银行窗口取钱。此外，这名窃贼的手法非常熟练，从搜刮财物的方式来看，他很有可能是一位专挑主人不在家时下手的惯偷。

不过案发现场既无陌生指纹，附近也没有目击者，因此无法锁定这名惯偷的身份，导致警方出师不利。在现阶段，探员们只能趁着邻居们记忆犹新，尽可能向他们多打听点消息。

尽管被害人镝木的住宅位于居民区，但附近都是农田，没什么邻居。平日里听不到噪声，自然也就不关心邻居的情况。再加上家里栽种的向日葵等花草树木遮人视线，因此，尽管位于住宅区，但即使说镝木家是农田中的一栋独房，也毫不夸张。

"总而言之，目击信息少得可怜。作案时间在二十四日晚上八点到第二天凌晨四点之间，这种时候户外确实不会有太多人，见过可疑人士出入的目击者一个都没有，这是最让人头疼的。过去那片住宅区的邻居互相都挺熟的，可最近因为公寓增建、宅地拓宽等，新增了不少外来人。"

"那也没辙，浦和市如今的定位越来越贴近于睡城[①]，自然有不少房地产商购买土地，打算从中大捞一笔。"

何止如此，最近听杉江说，再过不久，浦和市就将被划入东京，成为东京的一个区。这样一来，在东京都主导的"首都圈计划"中，每个自治区都要尽快找到符合自身定位的都市建设方案。就连整个大原地区加速成为睡城，也只是时间方面的问题罢了。

[①] 也称为"卧城"，是大都市周围承担居住职能的卫星城市。睡城与母城或中心城市的空间距离较近，且位于通往母城的主要交通干线上，交通便利，多依赖于较高速度的交通工具与畅通的道路，如高速公路、地铁、通勤铁路等，其职能以居住为主。

就渡濑看来，一个地区邻里之间的关系越是紧密，犯罪发生率就越低。在预计探员人手不会增加的前提下，犯罪事件越多，每个人手上的工作也会越多，最终导致侦破率下降，这是再正常不过的事。明眼人早已或多或少看出些端倪，并为此私下叹息，而渡濑正是其中一人。

一丝淡淡的焦虑浮上心头。就在此时，放在副驾驶席上的手机响了起来。

"喂，我是堂岛。"

听完对方的话，堂岛皱起了眉头，

"知道了，这就过去。"

挂掉电话后，堂岛短短地叹了口气。

"换地方了，改去上木崎。"

"怎么了？"

"又有一起抢劫案。"

"咱们手上不是还有大原那起案子吗？"

"别的班也有事，忙不过来。"

真是怕什么来什么。渡濑忍住牢骚，朝着新目的地驶去。

浦和市上木崎三丁目，一百五十九号线沿线。

在JR东日本[①]的公寓与医院等一片中层建筑中，唯有一间独

[①] JR全称Japan Railways，是1987年4月1日日本国有铁道施行分割民营化后所成立的7家铁路公司之合称，JR东日本为其中之一。

栋小楼格外矮小，仿佛山峰之间的谷地。小楼四周已经围上了黄色警示线，附近都是警察，一眼就能看出是被害人的住宅。

一名警察在警戒线前端立，虽然板着面孔，却难掩紧张的神情，能看出这起案子绝非一起单纯的抢劫案。

尽管被一群冰冷的大楼包围着，但这栋住宅的风格却颇为别致，也因此格外显眼。高大的门柱上嵌着一块黄铜户牌，上面写着"高岛"二字。住宅本身是栋二层洋房，虽然位于住宅区，院子的占比却不小，院门到房门之间的小路也很长。小路两旁栽满了雏菊、三色堇和紫罗兰，花朵开得绚丽多彩。

然而刚一走进家门，原本缤纷的氛围霎时间烟消云散。屋内充满了重案组刑警再熟悉不过的尸臭味。那是一股排泄物混合着血腥与腐臭，略显刺鼻的味道。这种味道是再怎么喷洒空气清新剂也无法掩盖过去的。

鉴定科工作人员已经完成工作，开始收队。渡濑和堂岛刚一踏进客厅，便发现一具穿着睡衣的女尸趴在地上，身体下面有一摊红褐色的血水。由于木质地板防水，血液没有下渗，而是向周围扩散开来。

"两名被害人分别是女主人高岛艳子和她的儿子芳树。"

一名最先赶到现场，似乎还惊魂未定的警官向渡濑报告道。他似乎还是第一次碰上杀人案。

"与芳树读同一个幼儿园的小朋友来找他玩，却闻到一股恶臭，就回去告诉家长。后来幼儿园老师过来一看，发现了两人的尸体。"

"母子啊……这家男主人呢？"

"户主恭司是贸易商，去法国进货了。他已经得到员工的通知，如今正在赶着回国。"

环顾案发现场，只见客厅里到处都是歹徒洗劫过的痕迹。抽屉被整个拉出，书架上的物品被扫落一空，地板上也满是杂物，简直像是发生过一场风暴。而艳子的尸体就趴在这堆杂物的正中间。血泊中有几处放过物品的痕迹，看样子它们已经被鉴定科的同事收走。这说明在艳子被杀害前，这些杂物就已经散落一地了。

"她的孩子是在哪里遇害的？"

"在楼梯下。"

尽管由于工作原因早已司空见惯，但孩子的遗体依旧格外令人痛心。渡濑迈着沉重的脚步从客厅向楼梯下方走去，一具小小的尸体映入眼帘。渡濑的老熟人，末永法医正在低头看着他。或许是心理作用，末永的表情看着比以往更加沉重。

看见渡濑过来，末永"喔"了一声。看他的表情似乎有话要说。

孩子也是身着睡衣，背后流出的血淌在地上。他的遗体趴着，看不清脸，于是渡濑俯下身匍匐在地上。

"干吗费这么大劲看脸。"

这个孩子在临死前在想什么？渡濑不想忘记自己此刻的心情。只见孩子双目紧闭，脸上毫无生气，但从面相看来，应该是个聪明伶俐的孩子。

"两人都是被刺死的。母亲是被人用锐器从侧腹贯穿心脏，恐怕连反抗都没来得及。孩子似乎也是如此，伤口从侧腹直达心脏，受伤后根本坚持不了多久。两人都是一刀毙命，没有打斗的痕迹。"

"你的意思是，凶手是个惯犯？"

"也可能是没想到自己捅了这么深。伤口两侧干净整齐，凶器应该是左右对称的两刃刀，而且相当锐利。两个人的死因都是心脏创伤导致失血过多。"

说完这句话，末永的表情开始有些暴躁。

"凶手的手法相当熟练，肯定不是第一次杀人。学龄前的孩子都下得去手，真他妈失心疯。"

两人擦身而过时，末永把手搭在渡濑肩上。从粗鲁的动作中，渡濑感受到了对方的愤恨与期待。

"这种丧尽天良的家伙，一定要逮住他。"

面对这样的话，渡濑已经无须作答。

就在当日，高岛恭司回到日本。他辨认了两人的遗体，也检查了损失状况。遗失物有：厨房地下储藏室内手提保险箱中的一百二十万元现金和证券，以及放在客厅、卧室里的贵重金属首饰九件。

听说在警方的询问结束后，高岛恭司惨叫一声："为了这么点钱，我的老婆孩子就都被人杀了！"随即失声痛哭。

据恭司所说，案发前一天的四月十五日下午六点，他还和艳子通过电话。而芳树的朋友是在第二天早上八点半过来找他的，因此凶手是在这段时间内作的案。这与末永所推测的死亡时间——十六日深夜零点到凌晨两点之间相吻合。

据鉴定科的检查报告来看,案发现场除了高岛家的家人外,还有其他人的毛发。由于提取位置就在地下储藏室附近,因此被侦查组视为最重要的物证,不过暂时还没法凭借这些毛发锁定具体人物。此外鉴定人员表示:根据艳子失血的状况来看,凶手很有可能被伤口喷出来的血液溅满全身。

高岛家的正门上了两道门锁,凶手是从后门闯入的。后门上只安了一把脆弱的弹子锁,用撬锁工具就能轻易打开。除此之外,高岛家的后院里还长着极高的杂草,恰好为凶手隐匿起到了作用,从这里闯入家中很难被发现。

不过即使视野良好,也很难保证真的有目击者看到凶手。警方在经过反询问过后,依旧没能找到任何见过可疑者的人物。归根结底,根本就没人注意过高岛家的状况。

附近的居民大多住在中层公寓里,不怎么关心邻居,也不太乐意与邻居打交道,这与渡濑的预测大致相符。然而偌大的一个市区,居然连一个目击证人都找不出,这不禁令探员们大失所望。

探员们全员出动,对案发现场附近的河岸和小溪大举侦查,最终发现了可能用于犯罪的钩镐[①]和匕首。凶器的发现令侦查组的精神为之一振,然而同款的匕首仅在去年就在国内售出三千四百五十七把,截至目前的总销量更是预计超过一万把。由于商品过于普遍,因此很难通过生产商来追踪到使用者。此外,

---

[①] 一种形似于螺丝刀,但顶端部分为钩形的工具,通常用于撬锁。

那把钩镐是用金属条自制的，几乎无法追溯出谁是物主。

然而在众多用处不大的报告里，渡濑与堂岛还是扒出了一条有用的信息。

"说吧，到底有什么瞒着我？"

侦查会议散会之后，杉江把两人叫到面前。

"会上你们一句话都没有。我知道你们不爱说话，但你们肯定是……发现关键线索了吧？"

"怎么说呢，只是感觉而已。"

堂岛的语气像是在装傻。比起直性子的渡濑，还是堂岛与杉江交流时更不容易产生摩擦。

"这起案子与我们正在追查的大原那起案子很像。"

"大原那起案子？不就是个闯空门吗？"

"但是在手法上存在共同点。"

这个线索是渡濑最先注意到的。首先，两起案件中被害人的住宅都位于住宅区，但也都难以被附近的其他人发觉。此外，被害人都颇为富裕，案发当天双方户主都不在家，案发时间也基本处于同一时间段。

"可是惯偷不是通常都会挑那种时间下手吗？"

"不只如此，处理凶器的方法也很像。大原那起案子的犯人也是在逃跑途中将开锁工具扔进了河里。而且同样小心谨慎，没在室内留下指纹与足迹。"

一个人在长期从事某种工作的过程中，会找到顺手的工具，而对顺手的工具用得越久就会越喜欢。犯罪方面同样如此，惯偷通常不会经常更换自己溜门撬锁的工具，然而如果真的这么做了，便与犯罪过后在案发现场留下签名无异。除此之外，留在身边的工具最后也很有可能变成勒在自己脖子上的"套索"。

"我们在想，大原那起案子里之所以没有出现死者，只不过是因为当时家里所有人都出门在外。"

"听你这么说，已经有头绪了？"

"是的。在大原那起案子里，鉴定科采集到了不少家里人以外的毛发。我们正在将其与这起案子里凶手留下的毛发进行比对。"

"也就是说，如果两边的毛发信息一致，就能说明是同一个人作的案？"

如果是连续作案，就能通过两起案件的案发现场筛选出凶手的行动范围。同时，若是重新研究现场的遗留物，还有可能得到新的线索。

"那我等你们的好消息了。"

杉江说完这句话后，二人终于重获自由。

"是不是好消息，还不是得看鉴定科的结果。"

堂岛的语气像是事不关己，但声音里依然透着股兴奋劲儿，似乎觉得这个猜测准没有错。案件的突破口往往源于一个小小的线索，因此这股兴奋劲儿想必是有所期待。

然而除了兴奋，恐惧也在渡濑心中逐渐萌芽——譬如将双手伸进黑暗中摸索，担心会捉到某种不祥之物的感受。

渡濑察觉到，发生在上木崎的这起案子与另一起案件极为相似，只不过他还没对堂岛明说。

那便是发生在五年前，但至今依然历历在目的那起房产中介谋杀案。案件本身早已尘埃落定，死囚明大自杀，无人提出重审。然而如今的案子却不由得唤醒了渡濑心中那段不祥的回忆。

细致周全的踩点、对家中目击者的刺杀，以及逃离途中将凶器扔进河里的习惯，再加上第二名死者都是走下楼梯后被直接刺死，两起案件简直是一个模子里刻出来的。

尽管现阶段只能认为两起抢劫杀人案的情形较为相似，然而渡濑依然对此耿耿于怀。更加令人心神不安的是，那起案子明明早已落下帷幕。

一定是我想多了。

硬生生说服自己后，渡濑走出了刑警办公室。

2

鉴定结果比预想中出来得早。

结果正如二人所料，遗留在高岛家的毛发，与从镝木家采集到的一根不明毛发成分一致。

大原与上木崎之间相距甚远，两户人家之间也没有任何联系。因此在两起案件的案发现场中发现了同一个人的痕迹，基本可以推断是同一犯人所为。老实说，光是入室盗窃案，远远不值得让探员出动，因为还有很多更加严重的案子压在他们手上，盗窃案只能远远排在后头，而这也是大原那起案件侦查力度薄弱的原因。然而如果涉及连续作案，事态就另当别论了，可以投入更多警力彻底侦查。

渡濑着眼的，是被扔进小溪里的钩镐和匕首。

"可是钩镐是自制的，匕首也是批量生产的吧？"

堂岛一脸疑惑，渡濑指着匕首说道：

"凶手应该手艺不错。匕首虽然是现成的，但上面有研磨的痕迹，而且磨痕都冲着一个方向，十分整齐，手法相当娴熟。"

研磨的痕迹是鉴定科在鉴定报告中提到的。据说与同类的匕首相比，这把匕首被打磨得更加锋利。

"这把匕首的材质是不锈钢，不能用普通的磨刀石去研磨。而且在研磨过程中容易出现毛刺，手法不够熟练的话会把刀刃磨崩。所以想要磨这种刀，必须手法熟练才行。然后是这把钩镐，它看上去做工简单，只需要将顶端折弯即可。但如果插入锁孔的深度和力度把握不好，尖头很容易歪掉或断掉。所以要做这个玩意儿，也需要相当高超的技术。"

"也就是说，凶手拥有特殊的磨刀石，而且技术高超？"

开锁是锁匠的工作。锁匠资格尽管只需民间协会认证，但一名锁匠如果不进行相关方面的培训就不能出师，更没法成为靠手艺吃饭的师傅。

"每次作案之后都毫不犹豫地丢掉工具，也是因为他有自信可以随时再做出来。"

"这么说来，有嫌疑的就是锁匠，以及干过开锁工作的人咯？可是锁匠技术资格属于民间协会认证，加上钥匙店的店员，符合条件的人应该有不少吧。"

"大原与上木崎这两起案子，犯人在作案之前应该有仔细踩过点。对类似家庭收入、家中无人的时间、周边环境，包括逃跑路线和丢弃工具的地点等应该都事先调查过。"

"对哦，所以犯人要事先跑上好几趟，而且要熟悉当地情况。"

"没错,所以我觉得把侦查范围定在浦和市及其周边就行。"

渡濑说得十分肯定,堂岛不禁一愣。

"这推断简直无懈可击呀。渡濑,这些事你是怎么知道的?"

"跟一个老锁匠打听的。"

"……你小子,和鸣海老哥越来越像了。"

"啊?"

"那家伙也是,算不上见多识广,但就是有股韧劲儿。这方面你简直跟他一模一样。"

受到了堂岛的称赞。不过奇怪的是,渡濑却一点也都高兴不起来。

两人立即从日本锁匠协会手中借来了资格者名单,并从中筛选出住在浦和市及其周边符合条件的对象,共计一百二十四人。虽然相关探员有所增加,但如今能够调查这一百二十四人不在场证明的也只有六个人。当然,结果有可能是一无所获,不过对嫌疑人一个个进行排查,是渡濑他们的职责。

在鸣海身边工作确实让人受益匪浅,但从另一方面来讲,渡濑又觉得自己看不惯鸣海的某些习性,其中之一就是他的急性子。老实说,鸣海洞察力极为敏锐,拥有猎犬般强大的嗅觉,但就是急于求成。这种急性子导致了他性格暴躁。渡濑钦佩鸣海敏锐的洞察力,却不想像他那样暴躁。就算发火,也要冲着不合理的规矩和效率低下的系统。

对锁匠的问询工作比以往的摸户排查更加困难,一方面固然是因为锁匠们的住处相当分散,另一方面则是因为调查盗窃案的警察不受锁匠们的欢迎。这倒很好理解，自己引以为豪的职业被人当成小偷的训练营，他们自然不会给警察好脸色看了。

"什么意思啊？你是说干我们这行的有贼啊？"

"新式锁我不清楚，但普通锁就算外行也能开吧。与其找我们锁匠，还不如找那帮因为偷窃被警察管教过的小鬼们呢。"

"我忙得很，等歇店了再来行吗？"

"警察老爷们可真不容易啊，连我们这行都怀疑上了。"

"要不在场证明？行啊。但我一个人住，没人帮我证明。"

要是知道在追查谋杀案，锁匠们或许会心生警惕。因此几名探员商量好，以去年平安夜发生在大原的那起盗窃案为由进行讯问。由于平安夜是个特殊的日子，因此如果有不在场证明，即使是四个月前的事应该也能记得。而且那天晚上城里十分热闹，就算是不太配合的锁匠，通常也能想起当晚发生的事。

一百二十四人的名单上，每天都有人被叉掉，也在随时新增"更换工作"或"行踪不明"的备注，调查对象越来越少。就在此时，渡濑再次拜访了剩下的锁匠，并问出了一个其他探员之前没问过的问题。

"知不知道什么可疑人士？"

被渡濑问到的锁匠一脸诧异。

"你是想让我咬自己同行？"

"不是这样。"

尽管对方摆出一副要吵的架势，渡濑却十分平静。

"你们的职业是和溜门撬锁有那么点关系，但受人怀疑，肯定是要生气的嘛……这个我懂。只不过无关职业，三百六十行，行行都有那么几匹害群之马。就连教师、僧侣这类带着光环的职业也是如此。当然啦，律师、警察也不例外。"

听渡濑说警察也不例外，锁匠的态度有了些变化。

"你不也是警察吗？"

"我们的工作确实是抓捕恶人，但也不能说明我们都是好人。抓了恶棍的，其实是个更大的恶棍——这种事情并不少见。"

"哦，警察里也有恶棍？"

"当然，只是要么还没抓到，要么还没犯法罢了。"

这一刻，鸣海的面孔蓦然浮现在渡濑的脑海中。

"真是一粒老鼠屎，搅坏一锅汤。大伙儿都是认真工作的老实人，却得为那么几个干坏事的人背黑锅，真是太不公平了。"

"差不多吧，是有这样的人。"

锁匠不情愿地点了点头。

"老实说，有的时候看新闻，确实能看到自己认识的人溜门撬锁被抓。他们都是满嘴借口，说自己是被迫偷窃。我不但不同情他们，反而觉得他们可恨。他们这么做，根本是在给我们这行抹黑。"

"获得锁匠资格难吗？"

"那倒不至于。又不是什么国家性的考试，主要还是看有没有那个决心。干我们这行但没有资格的，在别人眼里永远是个半吊子，所以真要去考的，对自己的手法多少都有点自信。"

锁匠望着自己的手指，眼神中透出一丝羞愧，

"现在我们这行机械化程度也越来越高，连自动研磨机那种玩意儿都研究出来了。可要看有没有客人，归根结底还得凭师傅的手艺。我对自己的手艺感到骄傲，遇上别的师傅比自己手艺高，也发自内心尊重人家。"

"所以说，有人拿这门手艺去干坏事，你受得了吗？"

"……你小子还挺能说会道的，刚才说的大恶棍，该不会就是你自己吧？"锁匠不由得感慨道，"不过你说得对，我确实受不了。"

"算上半路不干的，能想到你们这行里有谁名声不太好吗？"

锁匠苦苦思索了好一会儿，与其说是在想那个人到底是谁，倒不如说是在同行义气与道德间挣扎。

"我听说有个家伙痴迷赛马，成天泡在浦和赛马场里，一场比赛就输掉几万，而且还连输好几场，手上应该有不少钱……行里的人都在议论，说那家伙自打不做锁匠以后连工作都没有，那么多钱到底是从哪儿弄来的？"

"你说的人是谁？"

"那家伙叫迫水二郎。手艺确实不错，只要有点现成的材料，就能做出开锁工具来。"

迫水二郎，三十二岁，单身，现居于北浦和十七号线中山道附近的一间公寓里。渡濑与堂岛把车停在稍远的位置，又向公寓前方张望了好一阵子。

两年前，迫水辞掉工作，离开了浦和站前的锁匠铺，原因是他嫌那里不够自由，工资也少。可是干开锁这一行，工资本身就高不到哪儿去，所以他就好像没打算再找工作。

经调查后，渡濑发现他既没去过职介所，也没正经找过工作。尽管如此，房租却一直交着。据那位锁匠说，他还三天两头去一次赛马场。

在渡濑看来，犯人基本就是他了。

"出来了。"

此时，从一楼靠边的房间里走出一名男子。他中等身材，留着平头，尽管五官比一般的日本人更加立体，但由于驼背而带了几分穷酸相。渡濑和堂岛下车，装出一副若无其事的样子向他靠近。两人已经商量过，与面相凶巴巴的渡濑相比，还是堂岛更合适上去打招呼。

"你是迫水二郎对吧？"

听到背后的声音，迫水回过头来。渡濑趁机绕到他身前，挡住了他的去路。

"我们是浦和分局的，想找你问几句话……"

听到这句话，迫水脸上闪过一丝警戒的神情。

紧接着他撞倒堂岛，开始撒腿狂奔。

这反应倒是好懂，看来他以前根本就没被警察盘问过。

渡濑微微一愣，随即拔足开追。迫水或许是想打对面一个措手不及，然而渡濑这边早就做好了他要逃跑的心理准备。起步稍晚一点并不影响什么，在体能方面，渡濑一向很有自信。

看样子迫水并不打算在大路上逃跑，只见他左转后钻进了一条狭窄的小巷。对于熟悉周围环境的人来说,在错综复杂的小巷里自然会更容易甩开警察。

渡濑在小巷里飞奔。袖子擦在两边的砖墙上,但他丝毫不理。或许是没想到警察居然能追到这里,迫水回头张望了好几次。

差池就在这一瞬间。

就在迫水再次回头的时候,前方的一辆自行车勾住了他的衣角。迫水顿时和自行车一同摔倒在地上。

看来乱停的自行车也能立功。

渡濑骑在摔倒的迫水身上,把他的手拧到背后戴上手铐。

"干……干什么你?我怎么了?"

"没干坏事你跑什么?"

"警察抓你你不跑哇?"

"谁说要抓你了?只是找你问几句话。"

"那你给我戴手铐干什么?"

"刚才你把我的搭档给撞倒了。根据《刑法》第九十五条第一款,在公务员执行公务期间,对其进行暴力行为,或加以胁迫者,处三年以下有期徒刑、拘役或五十万元以下罚金。你这明显是在妨碍公务。行了,站起来。"

被撞倒的堂岛手背处有擦伤,多亏如此,以妨碍公务的罪名给迫水立案也方便了。作为犯罪嫌疑人,对迫水家里的搜查令也迅速批了下来。

警方从迫水的房间里提取了毛发等各种方便查案的证据后,接到报告的杉江立刻提议将迫水改为抢劫杀人案的嫌疑人,但负责审讯的渡濑对此进行了婉拒。

"为什么不行？他第一次被抓，根本不懂审讯是怎么回事，有这么多物证在，应该很容易让他招认吧？"

确实如此，但不能这么做。

"别看是第一次接受审讯，但他一看就是个谨慎的家伙。从大原和上木崎那两起案子来看，可以说他几乎没有留下任何痕迹。这么谨慎的一个人，要是让他摸清了我们的底牌，再想让他招认就难上加难了。"

俗话说狡兔三窟，面对这样的对手，贸然出击只会扑空。必须先一条一条截断他的退路，将他逼进死路才行。

"你是鸣海老哥教出来的，你不打算……用他那种手法？"

杉江吞吞吐吐地说。身为班长，他手上的案子堆积如山，能解决的自然想要尽快解决，但渡濑也有自己的打算。

"再强大的武器也得讲究用法。首先，鸣海老哥的手法只有他自己用着顺手，我跟了他这么久，这点我可以肯定。外人贸然模仿，只会是画虎不成反类犬。算我求你了，让我用自己的方法处理吧。"

尽管杉江略显不满，但无论是关注到锁匠的线索还是抓到迫水的人，都是渡濑。别看发号施令的是杉江，但主导这起案子的还得是渡濑。因此最后，杉江还是不得不将这起案子全权交给渡濑处理。

渡濑与堂岛刚一进审讯室，迫水就立刻死死盯着他们。不出所料，初次接受审讯的他心里带着几分畏惧。但除此之外，他还保持了高度的警戒，并密切关注着两名警察的举动。

渡濑顿时确信，他不可能仅仅偷过东西而已。

"听你同行说，你作为锁匠手艺很好？"

"……算是吧。"

"我们在你房间里发现了很有意思的工具。有一般情况下很难得到的磨刀石，还有些其他工具。我看那块磨刀石好像用过很多次了，还听说连开锁用的工具都是你自制的？很了不起嘛。既然手艺这么好，怎么不当锁匠了？"

"就是因为手艺好，才不想赚那点可怜巴巴的工资咯。"

怪不得，对手艺有自信，所以才换了个最能发挥价值的活儿。

"知道我们为什么找你问话吧？"

迫水不吱声了。担心被抓住破绽就干脆不说，确实相当小心谨慎。

"去年平安夜里，大原有户人家进了小偷。"

"那种事我怎么知道。"

"小偷撬开后门，偷走了屋里的现金和首饰，而且开锁的手法相当高超。一般来说用钩镐撬开的门锁，锁眼里会到处都是划痕，但那道门锁的锁眼却完好无损，简直像是用钥匙打开的一样。鉴定科的同事看过之后可佩服了，说如果不是行家，根本做不到这一点。"

"你的意思是我干的？荒唐透顶，我根本不知道这回事。"

"大原3-5-0，那户人家叫镝木。"

"都说不知道了。"

"你出于工作或个人原因去过他们家吗？有没有进过他们的房子？"

"烦死了，我根本不认识这家人。"

"小偷是二十四日半夜到第二天凌晨四点之间闯入他们家的，这段时间里你人在哪儿？在干什么？"

"我在赛马场附近喝酒。当时连喝了好几家，喝得烂醉如泥，店名都不记得了。"

"少装傻！想蒙混过关啊你。"

"我记性是不错，可是喝多了有什么办法？"

"你真的不知道镝木家？"

"都说多少遍了！我不知道！"

迫水突然抬高声音大吼，他似乎没有先前那么谨慎了。

"那为什么镝木家里会有你的头发？"

听到这句话后，迫水顿时愣了。要是换成其他刑警，这时候早已连珠炮似的追问起来了，渡濑却没有这样做。

"你再怎么装糊涂，在物证面前也抵不了赖。反倒是你越否认自己的罪行，我们对你的看法就越差。不过嘛……"

渡濑压低声音道：

"你闯空门的行为涉及入室盗窃、非法入侵民宅、损毁物品等多项罪名，最严重的情况会判处十年以下有期徒刑或五十万元以下罚金。但如果是初犯，向被害人道歉并积极赔偿，就还有调解的余地。部分情况下甚至可以免遭起诉。"

渡濑突然把脸凑近。迫水吓得一怔，只见他的脸上混杂着两种表情，一种是畏惧，另一种则是期待。

"你想想看，要是被关上十年，出来后你都多大了？一个四十多岁，带案底的人，还能上哪儿再找工作？现在的就业环境虽然还行，但机会的大门也只向老实人敞开。留下前科的人，向来都是没热乎饭吃的。"

迫水有些犹豫。小心谨慎是他最有力的武器，可是一旦失去这一武器，渡濑说的是不是真话，他也只能靠猜了。

"就算你手艺再好，待在铁窗里也发挥不出来呀。这不是浪费老天爷给你的才能吗，你说是不？"

渡濑只是打出了手中的一张牌，但如果迫水误以为这是王牌，就一定会开口。

迫水依旧显得十分犹豫，光是盯着渡濑，不肯开口。他应该是打算先揣摩渡濑的脸色，再决定自己要打哪张牌。

正合我意——渡濑心中暗忖。自己不擅长撒谎，但可以隐瞒事实。自从审讯开始后，渡濑没撒过一句谎，因此也不需要掩饰自己的表情，只需要等迫水自行上钩，再截断他的后路即可。渡濑直视着迫水的双眼，一字一顿地说道：

"我，不，骗，你。"

坚定的语气成为攻克对方的关键。

"要是我说了……能给点好处吗？"

给点好处？说得还挺委婉。怕不是把自己当成什么大案要案的关键人物了吧？

"我尽可能帮你争取。如果你想调解,我帮你介绍好律师。"

这点渡濑也没骗他。如果迫水真的只是闯了趟空门而已,渡濑倒是很乐意给他一个改过自新的机会。

不一会儿,迫水艰难地开了口,讲起了大原的那起案子。坐在审讯室角落的堂岛一边听着迫水的供述,一边检查着记录员打出来的每一个字。

迫水讲到案发前,自己通过踩点得知镝木家过几天晚上家里没人,于是他装出一副若无其事的样子绕到后门查看,发现门锁构造相当简单。他还讲了自己的行动路线,以及所窃钱财、首饰的去处。这些都是只有当事人才能知道的信息。

堂岛将刚刚做好的笔录交给渡濑,渡濑依照程序朗读笔录内容,同时观察着迫水的反应。

"内容确认无误对吧?"

迫水点了点头,渡濑让他在笔录上签名捺印。这样一来,大原案的起诉条件就齐全了。迫水似乎觉得审讯已经结束,长长地舒了口气。

没错,结束了。

至少第一回合已经结束。

"你也累坏了吧,今天就安心休息吧。"

听到渡濑的关怀,迫水的表情彻底放松了下来。

就趁现在。

"对了迫水,你没杀过人吧?"

卸下防备的一瞬间遭到突袭,迫水的表情顿时凝固了。

"你……你说什么呢。"

"四月十六日，上木崎发生了一起抢劫杀人案，人是你杀的吧？"

"这个我真不知道……"

说到最后，迫水的声音微微有些颤抖。

"真不知道？那户人家住在上木崎三丁目，房子很大。男主人姓高岛，是个干贸易的，那天待在家里的是他老婆和孩子。"

"都说我不知道了。"

"那就聊聊你知道的。四月十五日深夜，当时你人在哪？在干什么？"

迫水不吭声了。

"怎么，这次怎么不说自己有不在场证明了？"

"都上个月的事了，谁还记得？"

"去年十二月的事你怎么就记得？刚才你不说自己记忆力挺好吗？"

迫水发出了含混不清的呻吟。如果事先知道警方要审讯上木崎的那起案子，恐怕他同样会事先考虑好不在场证明，但渡濑出其不意，打了个措手不及，没能让迫水找到编谎话的机会。

这是渡濑在审讯过程中想到的新牌，可以有效防止对方狡辩。当然，手上的王牌可远远不止这一张。

"怀疑我，你们有证据吗？"

"意思就是你和上木崎的案子毫无关系咯。"

"那还用说？"

"杀人先不说，也没闯过那家的空门吗？"

"是啊。"

"敢在法庭上这么说吗？"

"现在我就敢说，我是真的不知道这家人。"

"哦，是吗？那为什么我们在高岛家也采集到了你的毛发？"

渡濑再次将面孔靠近，两个人的鼻子几乎都要碰到一起。或许是因为渡濑长相凶恶，迫水像是逃避般地扭过脸去。

"而且是在地下储藏室旁采集到的。据男主人所说，他的妻子很爱干净，每天上午一定会清扫地板，连厨房也要每天用粘尘滚轮清理掉灰尘和毛发。而且当天也没有外人出入，所以除了那个抢劫杀人的凶手，家里不可能出现其他人的毛发。"

迫水依然一声不吭，只是微微颤抖。

只差一点点了。

"想要证据也有。后门是被人撬开的，我们在钥匙孔里发现了微量的氧化铝陶瓷微粒，它与我们在你房间里扣押的磨刀石的成分一致。这种带氧化铝成分的磨刀石相当罕见，一般人可不好弄到，这个你知道吧？"

"就……就算证明我闯进了他们家，也不能证明我捅了两个人吧？"

简直是百般抵赖，看来他也只有这点水平。既然如此，是时候彻底让他死心了。

"谁跟你说那两个人是被捅死的？"

迫水的嘴顿时半张着不动了。

"迫水啊迫水，你可真是自掘坟墓呵。不过无所谓，就算没说漏嘴，我们还是有证据让你没法抵赖。那把扔到小溪里面的凶器也是仔细研磨过的，匕首上的磨痕和磨刀石上的痕迹完全吻合。"

迫水低下头去，不敢看渡濑的脸。看来他唯一的抵抗手段，就只剩死不认账了。

要不要换人？——堂岛用目光询问渡濑。渡濑摇了摇头。都到这个份上了，必须趁现在一鼓作气将他拿下。如果因为迫水保持沉默导致审讯中断，就相当于在给他寻找退路的时间。

该打出那张最后的王牌了。

"看来你已经忘了自己做过的事，我帮你回忆起来吧。"

渡濑把一张照片塞到迫水眼前。那是鉴定科的同事在案发现场拍摄的。

"这个小朋友叫高岛芳树，因为趴在地上，所以你应该没看清他死后的面孔。"

照片里拍的是芳树仰卧的正脸。他苍白的皮肤令观者心寒，年幼的五官更是令人备感心痛。

"他才五岁，是个乖孩子，看到流浪猫不忍心，总是捡回家里，让他妈妈犯愁。原本不爱吵架，但看到其他小学生欺负动物，也硬要上去理论几句。要是没有遇害，两天后他原本还要出门郊游，小家伙可兴奋了。"

迫水盯着照片看了一会儿，但很快又别过脸去。渡濑按住他的脑袋——

"不要逃避，这是你亲手夺走的人命。是一条还不懂得社会险恶，相信着世间美好的小生命。而你却为了几个小时内就能败光的赌金，残忍地夺走了这条生命。给我好好看着，如果你的良心真的不痛，又有什么不敢看的？"

最后一张王牌，依旧是人的良心，是任何穷凶极恶之徒都会保留的一丝情感。更何况，这个世界上又有几人，能够天生对幼小的孩子没有一丝同情？

不一会儿，被渡濑按住的脑袋开始微微颤抖。

紧接着响起了用鼻子吸气的声音。

乍一听像笑声一样，但当渡濑抬起迫水的脑袋后，发现他已经哭得上气不接下气。

终于拿下了。

"该说的就都说了吧。"

迫水不住点头。与此同时，渡濑长长地松了口气。

他本想与堂岛交接，但事已至此，这份笔录总得由自己做完。

"那你慢慢说吧。"

渡濑的语气像是在命令迫水放弃抵抗，后者则像个泄了气的皮球，老老实实地招认了一切。

招供的内容全部被输进笔录。在审讯室里，一时间只能听到迫水的说话声与记录员敲打键盘的声音。

在一片寂静之中，渡濑却依旧在为内心的另一个疑问而烦躁不安。

3

上木崎抢劫杀人案的笔录做好的第二天,渡濑再次把迫水带进审讯室。

堂岛不知道渡濑这样做的原因,一脸迷茫地坐在审讯室角落。因为不是正式审讯,不能叫其他探员,所以渡濑请堂岛临时担任记录员。

"看样子你昨晚睡得不错。"

"我也没想到会这样。"

一晚过后,迫水的表情显得十分平静,像是放下了心头的重负一般。

"感觉解脱了?"

"真的很奇妙。想到以后还要接受审判,本该觉得害怕,却又好像放下了心里的石头。"

恐怕不是放下了心里的石头,而是排出了内心的余毒。

排出了逃避罪责的余毒。

排出了抹杀良心的余毒。

正因为昨天排空了余毒，迫水也已经失去了桎梏。获得自由之后，说话也就不用再小心翼翼了。渡濑让迫水安睡一晚，正是为了让他充分品尝自由与舒适的味道。如今无论渡濑再问什么，对方应该都会痛快回答。

"还有什么要问的吗？该说的昨天我已经说完了。"

"不是上木崎的案子，是更早的……五年之前的事。"

"五年前？"

"准确来说，是昭和五十九年十一月二日，地点在浦和高速入口的旅馆一条街。"

迫水的态度与昨晚大相径庭，他开始用冷静的目光观察起渡濑。堂岛则是惊愕地看着面前的情形。

"我记得是很久以前的事了。"

"要是和这件事有关，那就一点也不久。"

"你和这件事有关？"

"我是这起案件的负责人之一。"

"你的意思是，我和这起案子也有关系？"

"是我在问你话。"

"当时我看了报纸，所以还记得，听说是起房产中介遇害的案子吧。"

"没错。"

"那起案子不是已经结了吗？凶手抓了，刑也判了，而且凶手还死在了拘留所里。"

"没错。"

"那为什么旧事重提?"

"我认为那起案子的凶手也是你。"

"你这么说有什么依据吗?"

"它与上木崎的那起案子实在是太过相似了。"

说完这句话,渡濑也有点心虚。久留间那起案子保管在警方这里的证物,在明大判刑后该还家属的已经都还了,剩下的没必要留着,因此也销毁了。由于没法用大原、上木崎案的证物与当时案件的证物进行对比,渡濑仅仅是通过推测将这几起案件联系在一起的。

"作案之前一定会通过踩点确认家里没人;使用专业工具闯入住宅;被人发现就将其刺死,对待二楼下来的人同样如此;劫走钱财后在逃跑途中将凶器与工具丢弃,而且是丢进河里。"

"光是因为相似,就觉得是我干的?"

"惯犯使用的作案手法通常较为固定。若是第一次成功,再次犯案就会使用相同的手法。我不认为他们会冒险随意改变手法。无论有多大胆,在这方面总该是谨慎的。"

"……真是搞不懂你。"

"什么意思?"

"都已经是陈年旧案了。假设,我是说假设,那起案子真的是我干的,就说明警方错抓了好人,法院也错判了好人,甚至害得好人背负杀人犯的恶名自杀。这对你们来说,简直是颜面丢尽。

就算我招认了，对警方有什么好处，对我又有什么好处呢？"

迫水并未彻底否认，而是计较起利害得失来。

渡濑的后背顿时不寒而栗。一个绝不能猜中的预想即将成真。渡濑的脑海中响起警告——这件事还是不要继续了解，不要追查下去为妙。

然而他却不能停手。

"你已经杀害了两个人。因为是事先准备凶器，检察官很可能在法庭上主张你是故意杀人。就算杀过的人再多几个，判决结果也不会有太大改变。从这个角度上来讲，招认罪行对你没什么额外的坏处。但反过来说，如果你招认了警方未能查明的罪行，并表现出悔过自新的意思，或许可以争取宽大处理，这对你来说就是天大的好处了。"

"那么对你们来说呢？"

"如果警方误抓凶手、冤枉好人的事情公布于众，警方和检方一定会遭到攻击，民众对我们的信任也会动摇。报纸和杂志上会负面新闻乱飞，许多相关负责人会受到处理。坏处可以说是要多少有多少。"

"喂，渡濑。"

堂岛慌忙想要制止，但已经晚了。

"那你们得到的好处是？"

"是真相大白。"

"仅此而已？"

"没错，仅此而已。"

迫水盯着渡濑的脸看了好一会儿,随即干笑起来。

"渡濑警官,你可太有意思了。刑警全都像你这样?"

"我不知道。"

"我懂你的意思了,就是说这件事对我没什么坏处,但对你们来说就很要命了,对吧?"

"没错。"

迫水先用鼻子哼了一声,随后径直望向渡濑。

"那我就招了吧。你猜得没错,五年前那起房产中介的案子,人确实也是我杀的。"

那是我第一次作案。当时我借了高利贷还不上,就在这时,我突然想起了那个房产中介。先前他家二楼卧室的门坏了,我去修过。当时光看装潢,我就知道他是个有钱人,而且我还注意到一楼办公区里有一个保险箱。那天我去他家附近踩点,刚好看到店门上贴了张下午没人的告示,我便立刻着手准备。可就因为这一准备,害得我最后杀了两个人。我会把玻璃门的把手挖掉也是有原因的,那扇玻璃门的门把手上装的是开关式指旋锁和镰形门闩,在当时算是防盗功能最好的门锁了。当时我还是新手,不会开那种锁,用撬棍开保险箱也是因为这个。不过那些锁现在对我来说都已经只是小菜一碟了。保险箱里有差不多二百万元,但我刚打开保险箱,就被那家的男主人发现了。当时我一下慌了神,等反应过来,我已经在他的后背和侧腹上连捅了好多刀。正当我打算逃跑的时候,他老婆正好从二楼下来把我叫住,我在恍惚间又一刀刺进她的胸膛。当我带着抢来的钱逃到门外时，应该是被一对刚从旅馆出来的男女看见了，但警方似乎没找到他们。玻璃切割器、撬棍和刀子，我在逃跑途中都扔进了河里。当时水流湍急，我估摸着可以冲到很远。嗯？问我玻璃切割器是从哪儿弄的？当时我工作的那家锁匠铺也做玻璃相关的生意，所以我顺手偷来的。他们对工具也不太看管，就算丢了一个也没有人知道。等回到公寓后，我就好一阵子没再出门。本以为迟早会被逮捕，可没想到过了将近一个月，电视新闻说什么凶手落网，我简直都要笑死了。你们根本就找错了人，还逼迫人家招认。说什么保险箱上留着凶手的指纹？呵呵，都什么年头了，哪个傻子开保险箱会不戴手套呢？那场审判也够扯的，他说自己被冤枉了，可是从检察官到法官，全都认定他就是凶手。最后搞得那家伙在拘留所里寻了短见。当时我还对你们这帮废物怕得要死，想想真是好笑。

"渡濑，你到底搞什么鬼？"

刚一出审讯室，堂岛便气势汹汹地问道。

"这份笔录没什么问题吧？"

"哼，是没问题，就是气人！他本人字也签了，手印也按了。我可没打算配合，都是让你给唬了！你打算把那玩意拿到哪儿去？"

老实说，渡濑还没考虑这些。他只不过是在头脑中有一个先入为主的猜测，再引诱迫水说出了证言而已。

瞥了一眼打印出来的口供，渡濑觉得迫水说的应该是真的。

闯进一楼办公区的方法、捅刺久留间夫妇的部位、保险箱里的金额，全都是亲身经历此事的人才会知道的秘密。

简直像是随手买的彩票中了大奖，然而得到的奖品却是震惊、困惑与耻辱。

想至此处，那寥寥几张口供突然变得无比沉重，令他双手不禁颤抖。这哪是什么彩票，分明就是炸弹，而且能把久留间一案的全部相关者都炸得粉碎。

堂岛拦在渡濑面前。

"回答我，你要怎么处理这份笔录？"

渡濑无话可说，堂岛把手伸到他面前。

"拿来，让我处理掉。"

"已经保存在文字处理机里了，只要我想，再打印多少份都行。"

"你是想把警方内部的丑事都抖出去？"

"当时你不在场！鸣海老哥诱使楠木招认时，我就在他旁边！不只如此，还是我本人给楠木下了圈套，把他骗进陷阱里的！要是楠木真的受了冤枉，逼死他的其中一个人就是我！这种心情你懂吗？"

渡濑勃然大怒，堂岛被吓得连退几步。

"堂岛哥，迫水的供述还不一定就是真的，还有一些内容需要查证。在事情水落石出之前，这份笔录就先让我保管，好吗？"

"那，这事跟我可没关系。"堂岛的表情显得有些畏惧。

"这份笔录跟我没关系，刚才房间里的事跟我也没关系，都是你一个人干的，知道了吗？跟我一点关系都没有啊。"

丢下这句话后，堂岛便转身匆匆离去了。

望着堂岛的背影渐渐远去，渡濑想通了，刚才堂岛的反应就当是他的好意吧。渡濑本就没打算把堂岛牵扯进来，这是他自己要解决的问题。

不过怯懦确实在侵蚀着他的内心。他刚才对堂岛所吼出的话语也直刺自己的心灵。如果迫水的供述都是真的，那就说明自己不仅用花言巧语陷害好人，还使其背上杀人犯的恶名，将其送进监狱，甚至将对方逼上了自杀的绝路。

忍着近乎崩溃的情绪，渡濑来到了警察局的档案室。一进门，旧书和发霉的气味刺得人鼻腔生疼。

《昭和五十九年十一月二日房产中介抢劫杀人案》——渡濑在铁架上寻找贴着这个标签的纸箱，然而并没有找到。看样子它已经归还家属，或是被销毁了。

不，还没完，即使证物被销毁，也是该留下记录的。

渡濑伸手从书架上取出证物保管簿来。这个本子上记载着所有证物的出入库记录。而如今，这也是留在浦和分局里的唯一记录了。

渡濑翻起保管簿——他想找到的，是关于沾有被害人血迹的那件运动夹克的记录。如今回想起来，正是那件夹克让明大不再沉默，在起诉的时候起到了关键性作用。

然而如果迫水的供述是真的，那件证物的真实性就突然变得可疑。难道说真的像明大在法庭上所说的那样，这件证物是某人捏造出来的吗？

最终，渡濑在保管簿的最后一页上找到了关于夹克的记载。

在"S59.11.22[①]扣押　楠木明大　运动夹克"的条目下，贴着一张沾有血迹的运动夹克的照片。十一月二十二日正是明大遭到逮捕、鉴定科从他的房间里查获大量证据的那天。在其他扣押品的条目下，也都写着二十二日。

渡濑仔细回忆——对明大的全面审讯是从二十三日上午七点开始。就在那时，警方手上还暂时没有攻克明大的王牌，直到与二班交接审讯后，局势发生了变化。

"其实昨晚在他家里搜查的时候，我找到一件宝贝。"

鸣海这句话正好是在接近中午的时候说的。

但从时间看来，这是不太合常理的。

如果警方在前一天的搜查中发现了这件"宝贝"，无论如何都会尽早报告的。有了如此强有力的证据，他们就能更早地逼出明大的口供。然而为什么会出现超过半天的空白期呢？话说回来，如此重要的证据，为什么会写在所有条目中的最后一项？

渡濑再次检查了扣押的日期，在检查过程中便发现了另一个疑点。

只有记载运动夹克的笔迹与其他证物的笔迹颜色不同。不，不仅颜色，就连笔迹也略有不同。

只能认为是负责扣押证物以外的某人，在管理簿中添加了新

[①] 即昭和五十九年十一月二十二日。

的条目。

倏然间，一阵凉意爬上渡濑的后背。

第二天，刑警办公室里的气氛突然发生了变化。

不知为何，每个人都显得非常疏远。即使渡濑主动打招呼，他们也不像往常那样亲切自然地回话。

不过刚到警察局就被杉江找去谈话这件事，渡濑倒是基本预料到了。

"听说你在挖房产中介那件案子？"

杉江毫不掩饰满脸不悦的表情。他一向如此，为人急躁，心里藏不住事。如果人格可敬也就罢了，但他偏偏是个为了获得提拔、保全自身而不择手段的人，因此渡濑向来瞧不起他。

"案子都已经结了，你还管它干啥？局里光是现有的案子都忙不过来。"

不知道杉江究竟对这件事了解多少。为了打探消息，渡濑不想主动交代太多。

然而对方根本没给他回答的机会。

"那种没意义的调查，赶紧给我停了。"

从他的语气里能够听出，迫水的口供应该已经泄露了。

"你现在干的事，是在往组织脸上抹黑你知道吗？"

"我没这个打算。"

"不管你有没有这个打算，结果都是一样的！"

"要是冤枉好人了怎么办？"

"你说怎么办？"杉江的回答中带着一丝讥讽，"楠木明大早就死在狱里了！现在真凶在我们手里，不可能继续作案了。尽管有些对不起楠木，但当时所有的证据都表明他就是凶手，检察官要求判处极刑，法官也认同这一主张，他们做的没有错嘛！"

真的是这样吗？渡濑扪心自问。当时为了与县警察局争夺办案主导权，浦和分局不顾一切地揽过这起案子。随后，名为明大的嫌疑人出现在警方眼中，浦和分局希望通过逮捕凶手来逆转形势。但在这一过程中，警方的行动真的全部合法合规吗？真的没有为了争强好胜而不顾真相如何吗？在向明大逼问口供之前，是否需要先对物证进行仔细核查？事实上，明大的夹克——当初最重要的物证，如今已经疑点重重，不再可信了。

"如果对这起案子放任不管，我们早晚会重蹈覆辙！"

"说什么冤枉好人，根本就是你瞎想出来的！"

"可是……"

"够了！"

杉江勃然大怒。他似乎没有意识到，在部下面前暴露情绪会有损自己的威信。

"从现在起，我把你撤出这个案子，迫水送检的事由堂岛负责！"

"你怎么能……"

"少废话，赶紧去处理别的案子！"

回到刑警办公室后，渡濑发现同事们的反应依旧冷淡，似乎想要和他保持距离，不想扯上关系一样。

这一天，渡濑早早地离开了工作岗位。表面上是因为发生在大原和上木崎的案子已经解决，而事实是他实在没法在局里待下去了。

回到宿舍后，辽子惊讶地问道：

"今天怎么回来这么早？"

这句话点燃了渡濑心里的火药桶——

"怎么？回得早不行吗？"

渡濑知道把气撒在辽子身上不对，但辽子是他唯一的亲人，因此他还是忍不住将她当成了撒气桶。在局里每个人都觉得自己碍事，他在那里找不到自己人。

吃饭的时候，渡濑回想起堂岛和杉江的话语。明哲保身、逃避责任、掩盖问题、趋炎附势，尽管渡濑理解这就是组织的本质，但依旧为此感到恼火，同时也感到恐惧。

尽管受到杉江警告，但渡濑丝毫不打算放弃调查。他坚信自己还没有堕落到要对杉江这种见风使舵的家伙言听计从的地步。

真正令渡濑感到恐惧的，其实是他担心自己打开了一扇通往炼狱的大门。大门打开后，自己当然也不可能全身而退。毕竟，他就是将明大诬陷为杀人犯的罪魁祸首之一。

带领重案组的杉江、任命他的浦和分局局长、起诉明大的检察官、二审检察官，以及法官——所有参与此案的人员，都会遭受铺天盖地的批判和言语暴力。其中最先给明大打上凶手烙印的鸣海与渡濑，责任更是尤其重大。

难道说，自己制造了一场冤案？

难道说，自己害死了一个无辜的人？

这种事光是想想就几乎要令人发狂。本应守护市民平安的警察，最后却将守法市民诬陷成罪犯，这不得不说是种讽刺。

嘴里的饭菜如砂石般难以下咽。渡濑从厨房里拿出一瓶清酒。自从年末收到这瓶酒后，他还一次都没有打开过。可是这会儿，他想去喝这瓶酒。

渡濑的酒量不好不坏，要是有人约酒，他也能喝上几杯。这样的一个人，是既不可能靠酒来掩盖内心的恐惧与焦虑，也不可能尝试"一醉解千愁"的。因此喝得越多，渡濑的内心便越是焦躁。

辽子在一旁好几次想和他搭话，可住在机关宿舍里的女人能聊到的，除升迁、调岗之外的话题，也就只剩下些无聊透顶的日常闲话。渡濑一开始只是装听不见，后来终于忍不住了，大吼一声：

"烦死了，能不能闭嘴！"

然而一向顺从的辽子，今天却还嘴了。

辽子说渡濑难得提前回家，却不怎么说话。自己辛辛苦苦做的晚饭，他也吃得味如嚼蜡，还突然喝起了闷酒。想和他聊聊天，让他心情好些，却又热脸贴冷屁股。早知道当初就不应该嫁给警察。

"不是说了很烦吗！"

渡濑勃然大怒，抬手便甩了辽子一耳光。

辽子当晚再也没说过话。

杯中的酒变得越来越难喝了。

第二天，渡濑利用工作中的空闲出了趟县。

东京都千代田区霞关一丁目，中央政府大楼六区 A 栋，东京高级检察院。渡濑所求见的人是恩田。

"渡濑老弟，是什么风把你给吹来了？"

恩田有些意外，但还是愉快地欢迎了渡濑的到来。看到对方和蔼的面孔，渡濑顿时觉得自己没找错人。

"有点事想找您谈谈。"

"哦？你负责的案子好像没有哪件在我手上。"

"这事关浦和分局，甚至最高检察院的名誉。"

这是渡濑经过深思熟虑后做出的决定。浦和分局里没有谁能谈论此事，即使去找同属最高检察院、负责起诉明大的住崎检察官，这件事也毫无疑问会被掩盖下来。因此他想到的唯一能够分享秘密的人，就只剩下恩田检察官了。

或许是感受到了渡濑的严肃劲儿，恩田收了收脸上的笑容。

"看来不是件小事，讲给我听听吧。"

渡濑小心翼翼地讲了起来。由于尚未确认，因此在描述过程中，他尽量避开了"冤案"一词，并暗示了通过迫水的证言，他们发现了当初抓错了人的可能性。

在倾听过程中，恩田始终若有所思地注视着渡濑。

"我明白了，确实是个很严肃的问题。"

听完渡濑的话，恩田重重坐在椅子上。

"住崎检察官和我同一年入职，是同行中的佼佼者。据说明年春天，他就要提升为川越分部的部长了。负责本案的法官——高远寺法官同样是位传奇人物。如果明大一案真的是起冤案，那它将对政法界产生不可估量的影响，毕竟是硬生生逼死了一个无辜的人。鉴于目前的社会环境，本案的相关者恐怕都会受到有形与无形两方面的责罚。正因为相关者受人尊敬，这件事才更加令人心情沉重。"

渡濑不禁点了点头。他的目的是纠正错误，而不是惩罚相关者。然而组织里发生了坏事，总是要推出一个人出来承担责任的。

"渡濑老弟，你想怎么处理这件事情？你想向包括你在内的、所有引发这起冤案的人追究责任吗？"

渡濑一时无语。老实说，就连他自己也不知道自己究竟想要什么。但他知道，如果放任此事不管，自己一定会成为一名堕落的刑警。

"不过对相关者的处罚，只不过是这起冤案的副产品。你真正想要追求的，难道不是法律的正义吗？"

追求法律的正义。至今为止，这是渡濑最为认可的说法。

"你听说过正义女神忒弥斯吗？"

"没听过，我对神话传说什么的不感兴趣。"

"她是希腊神话中的正义女神，也是司法和公正的象征。大多数法院里都会竖有她的雕像。忒弥斯右手握着一把剑，据说那把剑象征着权力。确实，能够审判他人的权力，可以说是权力当中的极致了。但这种权力必须时刻与正义相结合。因为没有正义的权力，不过是一种暴力。当然，如果这种权力遭到滥用，也必须立即纠正。这也正是司法工作者的职责。"

渡濑从未听恩田有过如此慷慨激昂的话语，这使他感到了一丝困惑。

正如警察内部充满了明哲保身与逃避责任的人那样，检察院也不是建立在理想主义之上的。他从未想过能从一个位居高层的检察官口中，听到如此高洁正直的话语。

"怎么，觉得我的话太幼稚，不知道该怎么回？"

"怎么会。"

"不少老检察官都说过，我总是太过幼稚。想要往高处爬，就得清浊并蓄，水至清则无鱼。可是我啊，天生就容忍不了脏水，也从没想过要改掉这个性子。"

渡濑却非常理解恩田的话。他终于明白，恩田之所以会显得正气凛然，并非由于外表出众，而是因为拥有着高贵的灵魂。

"我也不认为如今的司法制度完美无缺。它的漏洞还很多，也有不少检察官明知道有人打法律的擦边球，却依然睁一只眼闭一只眼。然而如果因为这样，就觉得崇高的理想都只是泡影，那便不是妥协，而是对不正之风的助长了。至于认为理想不可能实现的想法，更是懦夫们为自己寻找的借口。"

渡濑顿时感觉自己背后有了坚实的倚靠。

没错，这正是自己想要听到的话。

"多嘴问一句，你打算继续调查下去吗？"

"我会调查到证据确凿为止。"

"这样的话，你可能会很难在现在的岗位上待下去。"

"现在就已经很难了。"

"我知道了。那么等有确凿的证据后，你可以再来找我。我绝不会辜负你辛苦找到的证物。"

"……后面的事可以拜托给您吗？"

"什么可不可以的，你一开始不就是这样打算的吗？"

恩田露出了调侃般的微笑，

"说出来可能不太好听，不过你身为警察，就算想为明大伸冤，也会受人阻碍，最终无法发声。但如果能找到最高检察院的检察官来做自己的伙伴，即使是内部告发，也能够更具破坏力……你是这样想的对吧？没想到你这个人还蛮有谋略的。"

被看穿意图的渡濑显得有些窘迫，但恩田笑了笑。

"承蒙渡濑老弟高看，但我也只是区区一介检察官。像我这种人单枪匹马冲上去，也只是螳臂当车而已。不过像这种僵化死板的组织通常只对内部强硬，一旦遇到外部压力，就会如同薄纸一张，立即暴露出弱点。"

"您说外部压力？"

"这种办法我倒也不一定会用。只能说一旦有什么万一，我会帮你收拾烂摊子的。前提是在我力所能及的范围之内。"

有这句话就足够了。

渡濑向恩田深深行了一礼，随即转身离去。

回到浦和分局后，渡濑第一时间被杉江叫了过去。

"你去东京最高检察院干什么？"

看样子有人监视自己，不得不说杉江还真瞧得起他。

"一点私事而已。"

"一点私事？人家就那么瞧得起你？"

看来在这点上，两人的意见难得统一了。

"看样子你只继承了鸣海老哥身上不讨人喜欢的部分。他也是个跟组织格格不入的家伙。这就是他身为刑警那么优秀却始终无法出人头地的原因。"

那你又算是个什么东西？——这句话差点冲口而出。只会看上司脸色，连犯人都没抓过几个，这种人有什么资格嘲讽一线刑警？鸣海虽然也浑身都是毛病，但他疾恶如仇的态度和对工作的热情是杉江所无法比拟的。鸣海不是不能出人头地，他只是更喜欢"猎狐"而已。

"你就这么想四处宣扬那是件冤假错案吗？"

"我只是想查清真相。毕竟这是我的案子。"

"那不是你的案子，是浦和分局的案子！"

简直是不打自招。归根结底，这个人就只会说些明哲保身的话。如果这起案子是其他警察局办的，那他准保会袖手旁观，看热闹不嫌事大。跟他这种人，根本没有详细解释的必要。

"都说多少遍了，我只是去见一个老熟人。"

"长得歪瓜裂枣似的，哪个精神病会想看你那张脸？"

就算再怎么监视，也不可能看到检察官办公室里发生的事。渡濑希望对方至少不要知道自己去见的是恩田。

"我看你更适合干内勤。哼，等秋天做进一步人事调动之前，你就先去那边干吧。"

"你说完了吗？我要回去工作了。"

"随你的便。"

当然，警察里也有会计和文职方面的工作，但一想到自己可能会去管理物资、组织活动，渡濑就忍不住苦笑。

渡濑说要回去工作，却没说过要去做杉江指派的工作。他没有回到刑警办公室，而是直接去了鉴定科。

"国枝组长。"

渡濑走进房间刚一叫这个名字，国枝立即露骨地摆出一副嫌弃的表情。不得不说，在这种情况下，组织的内部管理做得还蛮到位。

看来不只是刑警科，连其他科室也听说了渡濑的情况。

尽管如此，现在也只能求助于国枝了。自从被分到重案组以来，渡濑与国枝共同负责了多起案件，而国枝也正是五年前那起命案中负责管理证物的人。

"干什么，我忙着呢。"

"有话和你说，不会占你太多时间。"

"我现在就要去案发现场。"

原本温和的国枝如今却拧巴着脸，一副为难的样子。其实他也是个认真善良的刑警，只是没有反抗上司的骨气。

"杉江派过来的工作多得要死。抱歉，我现在没时间解决你的个人需求。"

国枝逃也似的离开了房间。鉴定科的其他同事瞥了一眼渡濑之后，也纷纷别过脸去。

渡濑突然想起了恩田先前所说的话。

昨日还是伙伴,今天却是敌人。所谓的孤立无援,指的就是这种情形吗?

尽管如此,渡濑依然有自己的办法。

"你……你小子怎么来这了?"

面对堵在宿舍门口的渡濑,国枝的样子显得有些狼狈。

"不好意思,这会儿来打扰你。但要不是晚上过来,我也见不到你。"

国枝本想关门,渡濑却抢先一步把脚伸进门缝。

"喂,你干吗?"

"我被人跟踪了。"

"什么?"

渡濑压低声音道:

"我先把他们引到市外,又兜了个圈子回来。他们应该想不到我会到机关宿舍来,但如果我们在这争执太久,可要被邻居听到了。"

思考片刻后,国枝一把将渡濑拽进屋里。

"你这个混蛋,就算推销员也没有这么乱来的吧。"

国枝一边发火,一边将渡濑拉进客厅。客厅里的夫人正要打声招呼,国枝便吩咐道:"不用打招呼了,拿点酒来,然后就去睡吧,我们有工作要谈。"

看来国枝的保密工作做得非常彻底。夫人也心领神会地进屋去了。

"有什么事,先让我喝点再说。"

国枝可能是觉得酒后的话,即使事后被人发现,也能得到些理解吧。

"说真的,最近感觉你越来越像鸣海。"

"啊?"

"为了查案不管不顾,眼里只有案子没有人,这点真是和他一模一样。"

既然连国枝都这么觉得,恐怕局里大部分警员也都是这么想的吧,不过对渡濑来说,这可不是什么值得夸耀的事。

"你放心,我肯定不给你添麻烦。"

"你来这儿就已经是添麻烦了……然后呢,你想谈什么?"

"五年前的房产中介谋杀案。"

"……我们昨天也听说了,是迫水招认了那起罪行对吧。但是关于这件事,我也没什么可说的。"

"当时管理证物的人是你。"

"当时所有案件的证物都归我管。可是案子太多,我也记不清了。听说迫水那件事后,为防万一我还去了趟档案室,但该还的东西都已经还了,就连管理簿都已经没了。"

"管理簿都没了?"

"是啊,一定是丢了吧。结案之后经常会这样子。"

渡濑再次感到有人在暗中搞鬼。在他最开始调查时,管理簿明明还在。

将它藏匿起来的究竟是杉江,还是说另有其人?但不管怎样,整个浦和分局都在试图隐瞒真相的事，已经是显而易见了。

"所以说，你还是别找了。"

"你是让我别找这个？"

渡濑从外套内侧的兜里掏出一张纸片，国枝顿时瞪大了双眼。毫无疑问，那正是管理簿的最后一页。

"你，这是……"

"只撕了这一页。我觉得与其被人销毁，还不如让我保管。"

国枝在渡濑的脸和管理簿的残页间望来望去，最后目瞪口呆地说：

"好家伙，你比鸣海更坏。真他妈的是人不可貌相。"

"我想问的是上面的日期。同样的日期，只有这一项是用另一种笔写上去的，笔迹也不一样。而且明明是最重要的物证，却记录在最后，这是怎么回事？"

国枝先是盯着管理簿上的照片瞧了一会儿，随后气呼呼地把它塞回给渡濑。

"原因很简单，正如你所说的那样，太不对劲了。"

"怎么回事？"

"从明大家里搜来的物品被分为证物和非证物两种。所有的证物都会拍照留档。这份工作我很熟悉，该怎么给证物排序，自然也清楚得很。你觉得我会把用来锁定凶手身份的决定性证物排在最后一项吗？"

"那是怎么回事？"

"其实那起案子根本就没查出几件物证，所以当天就归档完

149

毕了。直到那个时候，那张照片还没出现。既然没有照片，当然也就不存在什么物证。"

国枝将玻璃杯中的啤酒一饮而尽。

"你知道吧，那个证物保管室警察可以自由出入。这就说明二十二日那天，在我工作结束后，有人可以加入新的物证，给物证拍摄照片并贴在保管簿里。"

4

第二天，渡濑刚打算离开警察局，就被人从背后叫住。

叫他的人是堂岛。

"找我干吗？"

"迫水的笔录，现在在哪儿？"

"还在我手里。"

"先还我一下，那是我做的笔录。"

堂岛的眼里闪着焦躁。为了这点小事叫住自己，原因已经不言自明。

"是杉江班长的命令？"

"不是命令，只是想检查一下笔录里有没有遗漏。"

既然如此，为什么这么焦急？

"先是保管簿，然后又要对笔录下手吗？"

"你什么意思？"

"你销毁证据的手段太嫩了。要是换成我,销毁保管簿的当天就把笔录弄到手了。这种事要是不能一气呵成,只会留给对手机会。"

"我不知道你在说什么,快点给我。"

"字是你打的,但印章是我按的,要检查也该是我检查。"

"班长让我将迫水送检,这是我的工作。"

"他不仅牵扯到上木崎的案子,还与房产中介谋杀案有关。那起案子里负责送检的人是鸣海老哥和我。"

两人相对而视,堂岛不情愿地摇了摇头。投过来的视线里,焦虑更加浓重了。

"算我求你了,渡濑。"堂岛的语气已经近乎哀求,"把笔录给我,先不说警察应该遵守上级命令,首先这件事就根本没什么好处,反而是在给组织惹麻烦。"

"我在给组织惹麻烦?"

"是啊,当正义的伙伴,你自己肯定开心得不得了吧,可别人就只会觉得麻烦。"

"正义的伙伴?"

渡濑从没这样想过,因此有些诧异。

"孤军奋战,与一群试图掩盖冤案的恶人周旋。看上去确实威风,实际上却再滑稽不过了。你这种自以为是的独角戏,在别人眼里只不过是自我陶醉而已,殊不知你做的这些事情,给周遭的人添了多少麻烦。"

"这可不是什么独角戏。"

"或许你没这么想,但结果就是这样。一个人被逮捕,起诉,直到最后的判决,要拿出证据,让证人开口,让法官审判,最后把犯人押到监狱里服刑。你知道这个过程要涉及多少人吗?可远远不止十个二十个。而且他们也不是出于自己的意愿,只是各尽其职罢了。要是突然遭到指责,这些人会怎么想?他们会有多难受?到时候整个社会都会逼着他们向受了冤枉的被害人道歉,可他们也只是尽到自己的职责而已。你的所作所为,只会让那些努力工作的人担惊受怕!"

"堂岛老哥,你忘了一件重要的事。"

"什么事?"

"楠木明大会写出那份认罪笔录,也有我的原因。如果要追究责任,我跟鸣海老哥才是首当其冲。"

"或许是这样吧。你的良心想必非常痛苦,所以想给自己赎罪。可你只是想通过'赎罪和贯彻正义的行为'来获得赎罪券,却不关心其他同行是否会因此遭受诽谤与中伤。不,反而是他们越遭受诽谤与中伤,你的正义感就越能得到满足。"

"堂岛老哥,你还忘了一件事。"

"什么事?"

"你忘了在万念俱灰后自杀的楠木。"

看堂岛的表情,像是打心眼儿里不愿听到这个名字,又像是被人触碰到了私人领域一般。

"虽然他是在拘留所里自杀的,但和我们亲手杀了他没什么区别。因为伪造的证据而遭到制裁,这和我们警方同政法界人士一起把套索套在他脖子上,再将他勒死有什么区别?换句话说,我们所有人都是杀人犯,那么又有谁来审判我们?"

"我们自己审判自己不就够了?"

"自己审判自己?"

"是啊。我们可以反省过错,检讨在调查程序中出现的问题,确保这种情况今后不再发生,这不就够了吗?毕竟其他的也都无法挽回了。"

堂岛这番话令渡濑不禁作呕。说想要赎罪券的人是渡濑,但其实是他自己才对吧?而且还是想用最简单便利的方式。

渡濑倒也不是不能理解他的心情。

死刑是通过制度杀人。在执行死刑时,尽管按下按钮的是行刑官,但真正杀死囚犯的其实是制度,不会有任何人认为犯人是自己绞死的。因此所有案件相关者都会觉得囚犯的死与自己无关。这就是为什么出现错判后案件相关者被追责时,每个人都会觉得很不合理。即使明白其中的道理,但不会产生杀过人的感觉,因此也不会受到良心上的谴责。

但自己不一样。

用绳索勒紧明大脖子的固然是检察官以上的政法界人士,但编织这条绳索并将其套在明大脖子上的人,却是鸣海和渡濑。这不是光靠反省、检讨、今后谨慎行事就能得到宽恕的罪行。

"光靠这些远远不够。"

渡濑从胸前掏出警察证来。

"警察证、手铐,还有手枪,这些都是国家赋予我们的权力。

有这三样东西，警察可以向任何人进行讯问，进入任何人的房间，拘捕任何他们怀疑的人，特殊情况下甚至可以开枪，这是任何普通人都拥有不了的权力。可是，有一位检察官曾经告诉过我，没有正义的权力只不过是暴力。要是连权力都背离了正义，就必须立即纠正。"

"幼不幼稚啊？你当警察又不是一天两天了。警察证、手铐、手枪都只不过是工具而已，和建筑师的测量仪、摄影师的照相机没什么区别。你总是小题大做，要是每次出示警察证时都这么想，那还干不干这行了？"

渡濑已经不求堂岛能够理解自己了，他也不认为堂岛能够理解自己。

"至少我和鸣海老哥，都该亲眼见识一下楠木曾经面对过的地狱。要是不这样做，我就没法继续当这个刑警。"

"那你自行了断吧，切腹也好怎样也好，别来连累别人。少废话了，赶紧把口供给我。"

"我不能给。"

渡濑挥开了堂岛伸到自己胸前的手，

"用你的话讲，这份口供就是我切腹要用的刀，所以我必须保管到最后。"

"少废话，拿来！"

堂岛再一次猛然伸过手来，渡濑一把抓住它反拧过去。他不是有意的，因为习惯了与别人格斗，遇到这种事，身体会下意识行动。

"臭小子，你……"

"堂岛老哥，可别忘了，格斗训练里我可从来没输过你。"

渡濑将堂岛一把推开，后者捂着手腕跟跄了两三步，

"我也不想这样，但你别拦着我。"

"……你要去哪儿？"

"我要是说了，会有人来捣乱。"

渡濑坐进车里，把车开出了警察局。

只见后视镜里，堂岛依旧久久怒视着他。

渡濑前往的，是位于越谷市郊区的一个老村。各种简易建筑排列在仅有四米多宽的窄道上，附近更是成片无人打理的荒地。给人以一种原本有大型房地产商想要开发此处，中途却发现没几个人想买，最后留下一片烂尾地的印象。

渡濑根据门牌号在一片住宅区里搜寻，第三户就是他要找的人家。邮箱上只有一个名字，看来他依然在打光棍。这是栋瓦顶木质的二层小楼，墙壁上的颜料已经风化褪色，玻璃窗的四角处也尽是白蒙蒙的污垢。

渡濑按响门铃，一个有气无力的声音响起——

"谁呀？"

"我是渡濑。"

"我在后院，进来吧。"

推开门绕到后院，发现院子里的杂草已经没过了膝盖。

只见户主正坐在门廊边上剪脚指甲。

"好久不见。"

"喔。"

鸣海对渡濑瞥都没瞥一眼。

看到鸣海这副模样,渡濑有些吃惊。退休还不到两个月,他的变化居然如此之大。原本花白的头发已经彻底苍白,那双原本像是狐狸般的眼睛,如今也低垂着眼皮。渡濑甚至看不出他有没有在瞧自己。他坐在门廊边的模样显得极其自然,只不过刚刚年过六十的他,如今却像个已八十岁的老人。

其实回头想想,鸣海这个人似乎没什么爱好。抓捕犯人既是他的工作,也是他的兴趣。这样的人一旦离开侦查队,或许真的会一夜老去。

"盯着我干吗?"

说话声也不如过去那般有力,而是显得十分沙哑。

"看我变了模样,被吓着了?"

"不是……"

"只是样子变了,性格还是和以前一样。"

渡濑一边和鸣海闲聊,一边注意他家里的样子。果然,除了鸣海以外似乎没其他人。

退休后,鸣海用退职金[①]买下了这栋二手房。以他的退职金来说只能买下这样的房子,但对他一个人来说也足够了。他不用养家,因此光靠退休金也足够生活。

---

① 不同于退休金,退职金是在工作者离开单位时一次性领取的一笔补助。

"你倒是没怎么变。重案组那些家伙怎么样了？"

"还是老样子。"

"那侦破率估计要跳水了。凭他们的本事，抓个小偷都费劲。哼，怪不得这附近治安这么差。"

侦破率确实有所下降，不过渡濑不是特意来向他汇报这个的。

"话说是哪阵风把你给吹来了，你应该不是来闲聊的吧？"

"我来确认一起过去发生的案子。还记得楠木明大那起案子吗？"

"就是发生在高速入口附近的那起房产中介杀人案吧，没忘。"

"最近我在某件案子里得到一份新证词，被逮捕的一个男人供认说，那起房产中介杀人案是他干的。"

渡濑从迫水的供述里，挑出他杀害久留间夫妇的部分简明扼要地讲给了鸣海。尽管过去是刑警，但现在已经变回普通市民，因此渡濑不能将目前正在侦查的案件的信息泄露给鸣海。

然而鸣海粗略听过此事后，脸色却丝毫未变。

"然后呢，那个叫迫水的混蛋，你信他说的？"

"我信。"

"依据呢？"

"他所供述出来的信息只有凶手才会知道，由不得我不信。"

"说不定他认识明大，听明大炫耀过自己的事迹呢？"

"没有找到他们之间的交集。工作上没有共同点，生活范围也没有重合之处。"

"或许是你们调查得不够彻底？"

"谋杀房产中介的事是我从迫水嘴里套出来的，不是他主动供述的。"

"审讯水平有点长进嘛，我这个师傅也算脸上有光。"

"如果相信迫水的供词，那么楠木就是被冤枉的。"

"那怎么可能。他供出来的就是案件的真相，你在旁边看到了，证物也都齐全。"

"我检查过了。由于已经结案，之前扣押的物品基本归还家属了，但在保管簿里还有照片。问题最大的是楠木那件沾有被害人血迹的运动外套。仔细检查过保管簿上的记录后，我发现有一处蹊跷——只有记录那件运动外套扣押日期的笔迹与其他证物不同。"

渡濑暂时停下话头，观察鸣海的反应。然而在这个落魄老人的脸上看不出任何心虚的表情。

"鸣海老哥，你不擅长用文字处理机，以往的报告都是手写对吧？"

"你不也一样吗？"

"我找到过去的报告，请鉴定科的人做了辨识，发现保管簿上的笔迹与你的笔迹相同。证明楠木明大有罪的决定性证据，也就是那件沾血的外套，是你在最后添加上去的。其实仔细想想就能发现异常——最重要的证物为什么会记在最后一页？"

"是因为当时的鉴定科人员分不清证物的重要性吧。"

"我问过当时的鉴定科同事了，他不记得自己添加过那件证

159

物。"

"是国枝对吧?"鸣海轻蔑地说,"我还以为那家伙是个不靠谱的废物,可记性倒还不差。"

"你捏造了证据。"

"我怎么捏造的?"

"久留间兵卫死前穿的那件睡衣当时也在证物保管室里。你用浸过生理盐水的脱脂棉将睡衣上的血迹溶化,再涂到从楠木房间里扣押的运动外套上面。使用生理盐水,可以在不破坏血液成分的前提下溶解血渍。于是,那件运动外套上就留下了血迹。随后你给它拍照,并将其当作证物使用。"

"这也是国枝告诉你的吧。我承认用这种方法的确有可能将血迹沾到运动外套上,但你有证据证明是我伪造的吗?"

"如今那些重要的证物都已经被销毁,无法再进行举证了。但光凭保管簿上的那个字迹不同的日期就足以说明一切。我倒想问问你,鸣海老哥,你真的和捏造证据这件事毫无关系吗?"

渡濑是在赌自己的判断。面对这样的问题,大多数人都会予以否认,但渡濑有种预感,鸣海不会回避,而是会正面回答。尽管心狠手辣,却不是个敢做不敢当的懦夫——这便是渡濑所认识的鸣海。

果不其然,鸣海爽快答道:

"我算是在证物上动了些手脚吧。"

"你为什么要这么做?"

渡濑追问。

"问我为什么捏造证物?那我问你,要是没有那件运动外套,楠木怎么可能认罪?要是他不招认,在法庭上又怎么给他定罪?"鸣海侃侃而谈,"难道不是吗?在其他证据里相对有力的,就只有留在保险箱上的指纹。但那顶多算是间接证据,不具备决定性。为了让他招认,就必须拿出让他无可辩解的证据来。"

"你……"

"别误会我的意思。我可不觉得那证据是捏造的,只不过是补齐材料罢了。"

"这是在找借口?"

"开什么玩笑。房产中介杀人案的凶手毫无疑问就是楠木,我只不过是补齐起诉用的证据罢了。因为当时有你这种幼稚的家伙在,才不得不在私底下做,但我可不觉得自己有什么错。"

鸣海笑了。那笑容里非但没有一丝敬畏之心,反而可以说是肆无忌惮。

"倒不如说为了逮捕凶手,这么做是理所应当的。我们的对手是那些老奸巨猾的罪犯,是把撒谎、伤人当作家常便饭的,最最卑鄙的恶棍。想要制裁那帮混蛋,没点手段怎么能行。"

听着鸣海的话,渡濑的内心越发感到空虚。

心里没有愤怒,而是绝望。占据心头的与其说是悲哀,倒不如说是单纯的恐惧。

这就是未来的我啊。

一个疾恶如仇,为追捕犯人呕心沥血,最终却沦落到良心丧尽的人。这种人可以是出类拔萃的刑警,也可以是个卑鄙至极的小人。

总有一天我也会步他的后尘,变成一个痴迷于狩猎、盲目地将所有猎物视为狐狸的猎人,变成一个抛弃了谦卑之心、为达目的不择手段的狂信徒。

"我依然确信凶手就是明大。你说的那个叫什么迫水的家伙,他的证词肯定都是一派胡言。这种为了让别人瞧得起,就吹嘘自己杀过人的白痴我见多了。"

"难道你一丁点都不怀疑自己的判断有可能出错吗?"

"老子这辈子就没出过错!楠木的案子也是,反正凶手是他,捏造一两条证据出来又能怎样?老天爷在上,老子他妈行得正坐得直。"

还老天爷,咱俩信的真的是一个老天爷?——渡濑深深感到,自己的道德观与世界观如今已经彻底与鸣海分道扬镳。不,应该说如果不这样想,自己恐怕早已当场爆发。

"好,我知道这些就够了。"

"怎么,你大老远跑来,就为了打听这点破事?"

渡濑终于没法再装听不见了。

"这点破事?"

"看你那张苦瓜脸就知道了,一丁点破事惦记个没完。干了这么久的刑警,我还以为你有点长进,没想到还是老样子,跟以前一样幼稚。"

渡濑险些出手,还好及时控制住了情绪。

"幸好你现在只是个落魄的糟老头子。"

"什么？"

"要是放在以前，看我揍不揍你。"

"来啊，以为老子怕你？"鸣海扬起嘴角，"正好最近没什么人陪我练手，没意思得很哪。"

"还是算了吧。揍你这种人只会脏了我的手。"

"呵，越来越能装了。"

不是我能装，是你太下贱——渡濑把已经涌到嘴边的话生生咽了下去，随即反身就走。

"看你大老远过来，最后再送你一句话。"鸣海的声音在背后响起，"世上没有什么对错，只有在那个时间点上合不合适罢了。"

少装腔作势了，臭王八蛋！

渡濑忍不住在心里咒骂。

冤愤

他跪在门口想要磕头,

然而辰也却抢先一步托起他的下巴。

连低头道歉都不允许吗?

"携带手铐的臭小子,你到底懂不懂?

道歉?开什么玩笑!

你以为只要低头道歉,就能得到原谅?

你们害死明大,毁了我们的家庭和人生,

这是用再多钱也买不回来的!"

1

下午五点过后，政务大楼的气氛稍稍和缓了些。虽然还有很多人留在这里加班，但至少外人都已离开，不那么令人紧张了。

当静做完手头的工作，已经过了晚上七点。换作以前，她经常要加班到坐最后一趟电车回家，但明年就要退休的她，再怎么说也不会有那么多工作了。

走出政务大楼，外面正在下着温暖的六月雨。雨势不大，从车站到家里的这段距离，有把折叠伞应该够用了——正当静一边思索一边走向地铁口时，她发现一名男子正在盯着自己。

二人眼神相对，那名男子先是低头深深一礼，随即向静走来。

这张面孔似曾相识——想起来了，他是浦和分局的刑警，叫渡濑。

"法官您好。许久不见，不知您是否还记得我。"

第一次在法庭上见到他时，那个年轻人执拗的眼神给自己留下了深刻的印象，但如今他的眼里却带着困惑的神色。

"出席过法庭的人，我从不会忘记，渡濑警官。"

"打扰您了。请问，方便聊几句吗？"

尽管难掩焦虑，但他的眼神里却透露着认真。

静不讨厌这样的眼神。

"与处在诉讼期间的案子无关就好。"

"是已经结了的案子，但事关重大。"

"看来不是什么令人愉快的话题。"

渡濑默默点了点头。

"需要保密吗？"

"需要。"

静稍微想了想，感觉适合谈论秘密的地方只有一个。

"那就来我办公室谈吧。"

"您不是刚要回家吗。"

"没关系，反正家里没人等我。"

"真是不好意思。"

外表有些凶巴巴的，却是个彬彬有礼的人——静不禁在心里赞扬了渡濑，随后将他带进政务大楼，请进了自己的法官办公室。

初次来到这里的人，通常都会先把房间打量一遍。但是静注意到，自打渡濑坐下之后，就一直把眼神放在自己身上。

"这下可以说了，找我有什么事？"

"不知您是否还记得发生在浦和高速入口附近的一起房产中

介谋杀案？昭和六十一年①，那起案件的二审上诉是由您负责审理的。"

"是你作为检方证人出庭的那起案件吧？"

听到这句话，渡濑下意识地垂下了视线。

"我听说高远寺法官您资历深厚。"

"或许吧，毕竟我明年就要退休了。"

"像您这样的法官，也会对死刑判决怀有特殊的感受吗？"

听上去像是要找自己咨询人生中遇到的问题。

老实说，静并不喜欢向他人提及自己的理念。身为审判者，将自己看待事物的尺度暴露给他人并非明智之举，涉及死刑制度的时候更是如此。所以过去有人问到类似的问题时，静总会抬出政法界对死刑的普遍看法加以应付。

因此面对渡濑的问题，静原本想以同样的说辞应付。然而她在看到渡濑的眼神后，却不禁改变了想法。

因为他的眼神中似乎有无尽的困惑。

然而又有谁在年轻时代不曾陷入过迷茫呢？许多年轻人习惯于依照感觉做事，然而感觉的指南针并不精准，因此他们又会陷入困惑和迷茫，迷茫过后就会想寻求灯塔的指引。他们并不是因为自身的幼稚而迷茫，反而正是因为他们想要认真生活，才会感到迷茫。

静觉得如果自己能够成为这名年轻人的灯塔，那她并不介意

---

① 1986年。

将一点点真心话分享给他听。

"死刑是用制度来杀人，自然同样会令人感到犹豫和畏惧。将被告的罪孽与生命放在天平上比较，固然难以决断，但更加令人烦恼的是，将这二者放在天平上比较，又算不算是一种傲慢？自身的见解与社会的公序良俗又是否有所背离？说句题外话，由我判处死刑的被告，他们的长相和名字我都记得一清二楚。每当我听到执行死刑的消息，向被告下达判决时的情形都会在我的记忆中重新浮现。"

静说话的时候渡濑始终一动不动，像是要把她的话一字不漏地听入耳中。

"您说畏惧，是担心自己误判吗？"

"这当然是一方面，但还有更让我畏惧的。"

"有什么比误判更加值得畏惧？"

"我所畏惧的是，自己的工作本身就要时刻保持畏惧。渡濑警官，你有宗教信仰吗？"

"不，我没有。"

"那我还挺羡慕你的，因为生命的概念与刑罚的思想都与宗教观念密不可分。几乎所有宗教都认为，只有神明才能审判人类。换句话说，对于信神的人来说，审判是在替代神明行事。这是多么狂妄的行为，光是想想就足以令人感到畏惧，神明怎么可能容许人类如此傲慢？"

"可您还是做了四十年的法官。"

"毕竟是自己选择的职业。我不入地狱，谁入地狱——谁都有过这种年轻气盛的想法嘛。因此我早已做好了自己可能会误判的心理准备。这样说或许有些狂妄，但就算有一天我下了地狱，至少也有资格在阎罗王面前辩解几句。"

"恕我直言……"渡濑客气地插了句嘴，"原来当法官也这么不容易。"

"我认为审判他人，就等同于在审判自己的价值观与道德观，都是在改变甚至终结某个人的一生。所以如果做不到这种程度的自律，就不可能保证内心的平和。"

这已经是静的心里话了。

正如黑泽法官所说，由一个人审判另一个人，或许原本就是一种傲慢的行径。正因如此，审判别人的人，必须尽可能做到严于律己、放宽视野、保持谦逊。身为一名法官，无论前路上有多少艰难困阻，都是不能逃避的。

原本还在犹豫的渡濑，到此刻终于下定决心般地抬头说道：

"楠木明大是被冤枉的。"

一开始，静还以为是自己听错了。

"我们在别的案子里抓到一个人，他承认那个房产中介是他杀的。"

"你说什么？"

静慌忙开始在脑海中搜寻。她对审判记录一向读得十分仔细，因此能立即回想起案情。

"但我记得那起案子有决定性证据，就是沾有被害人血迹的运动外套。"

"那是警方捏造的。"

"……真的吗？"

"我们抓到的人，说出了只有凶手才会知道的信息。"

谁会做这种傻事？——静本想抱怨一句，但又觉得说了也没意义，便没开口。

是福不是祸，是祸躲不过——自己负责的案子居然出现了如此明显的误判。按渡濑的说法来看，警方岂止是臆测嫌疑人有罪，甚至还为此捏造了证据。冤枉好人已经够罪孽深重了，居然还伴随着如此严重的渎职行为。

侦查组的那帮家伙们都干了些什么好事？还有检察院，连这种案子都敢说起诉就起诉，他们是瞎了眼吗？

静的脚底顿时升起一阵恶寒。身为法官，自己犯下了不可饶恕的大错。不仅自己多年的成绩毁于一旦，也会因此而颜面尽失。

不，事到如今，职业生涯已经完全不重要了。现在最令自己由衷感到震撼的，是自身的罪孽，是自己将无辜者冠上杀人凶手的恶名，并加以判决的罪孽。

紧接着，她又想起一个更加罪孽深重的事实。

蒙受冤屈的明大被收押后，在拘留所里自杀了。

要是静没有判处死刑，楠木就不会被收押，当然也就不会自杀了。

而且斯人已逝，即使现在道歉也于事无补。

二审第一次开庭时，自己无疑听到了明大高喊无辜的声音。尽管另一个自己曾做出过警告，让她不要忽视明大的声音，她却对此充耳不闻，将逻辑放在了第一位。当时如果能对证物做进一步审查，说不定就可以回避这次误判。

静感到一股沉重的负罪感在自己后背蔓延。

像是有什么东西堵在胸口，令她一时难以呼吸。

胃里的东西也像要翻滚出来一样。

回过神来，膝盖已经微微颤抖，静赶忙用双手按住。

忽然有点想笑。刚刚还在高谈阔论，为了法官的身份而骄傲，再看看现在的自己，简直像个无可救药的傻瓜。言论中的理想再崇高，一旦意识到自己犯下了过错，还是免不了被吓得瑟瑟发抖。

但渡濑既没有嘲笑，也没有讥讽，他只是用科学家一样冷静而透彻的眼神观察着静的反应。

"为什么要告诉我，是想要谴责我的行为吗？"

"我没那个意思。我自己在审讯楠木的时候，也曾用过甜言蜜语，让他做出对警方有利的供述。就算是要批判，最先被人唾骂的也应该是我。"

"那为什么要这样做？"

"老实说，我也不知道自己究竟想做什么，但就是想和您谈谈。因为我是直接导致这起冤案发生的人，而您是最终下达判决的人。"

听渡濑这么说，静终于明白渡濑感到困惑的原因了。因为这个年轻人背负了太多罪过，光凭自己难以承受。

"浦和分局正在试图尽快湮灭证据。上司和同事对我劝告是假，威胁是真。他们质问我，说从逮捕到拘留、审判，这起案子涉及太多的相关者，我真的打算仅凭一己之见，就把所有人牵扯进去吗？说来惭愧，直到现在我也不知道该如何作答。不知是幸运还是不幸，受到冤枉的楠木明大如今已经不在人世，我们也没办法对他赎罪了。但另一方面，大多数出于无心而引发了冤案的人都还活着，而且他们有着各自的事业、成就和家庭。这个事实一旦公开，他们也会和我一样受到伤害。或轻或重，或有形或无形，每个人都会遭受处罚。所以我不知道将楠木蒙冤的真相公之于众，究竟还有什么意义。"

"我也是当事人，那你就不觉得找我讨论这件事有点不太合适吗？对于做出判决的法官来说，这恐怕是最不光彩的事情了。难道你不觉得我会做出对自己有利的建议吗？"

"但我不能不问。"

渡濑的表情未变，声音却仿佛要渗出血来。

"我非常尊敬的一位检察官曾经说过，能够审判他人的权力是权力当中的极致，但这种权力必须与正义相结合，如果遭到滥用就必须加以纠正。他深知这种想法在旁人眼中或许过于理想和幼稚，但我们警察却不能对此一笑置之。"

确实幼稚。不过那些政法界高官的就职演说里若是真的能加入这样一番话，倒也不失为一篇精彩的致辞。

然而对于法律的执行者来说，这就是金科玉律般的存在。真理永远是那些朴实无华、一本正经，甚至显得有些幼稚的大道理。正因如此，就连孩子都能轻易理解，对才疏学浅的人也同样适用。

渡濑一动不动地等待着静的回复，简直像是学生在等待老师批评自己。

看他的态度，静不禁有些惭愧。

就在刚刚，她还自以为是地要做这名年轻人迷途中的灯塔，如今却担心自身的安危，变得畏首畏尾起来。所谓的灯塔，难道不是在任何情况下都要屹然挺立的吗？

静终于下定了决心。

继续审判他人，或许总有一天会成为被人轰下台的小丑。到了那时，就只有引咎辞职一条路可走了。

"你刚才说，局里已经开始湮灭证据了。既然这样，你有证明冤案的办法吗？"

"真凶杀害房产中介的笔录在我手里。如果在起诉的时候加上这个，一切都会在法庭上得以公开。"

"我觉得，你按自己的想法去做就好。"

渡濑有些诧异。

"难得你特地来找我商量，这样回答或许会显得有些敷衍。但应该公开事实还是隐瞒事实？什么是正义的，什么又是不正义的？我对这些问题当然有自己的看法，但我不会把它们强加给别人。我希望你去选择、去实践自己心中的正义。"

"可我是不知道该怎么办，才来请教法官您的。"

"那也没有关系。"

"不知道也没关系？"

"事情的好坏不是思考出来，而是感觉出来的，你说对吗？因此，你的所作所为只要符合自己心中的道德观念与公序良俗，这样便足够了。我们对某件事的第一反应，基本就是自己的真实想法。然而一旦考虑到组织和集体，原本真实的想法便会扭曲。正义也是，当受到个人道德以外的其他因素影响时，正义就将不再客观。"

"这对我来说，太过沉重了……"

"那也必须做出决定。对于知晓真相的人来说，选择并接受结果是他的责任。刚刚你说即使将真相公之于众，也没了可以赎罪的对象，是吗？"

"是的。"

"这是不对的。即使楠木已经离世，也依然有对象可以赎罪。"

"是谁？"

"每个警察心里都有着独特的正义。而无法对那名检察官的理想主义一笑置之的想法，是属于你的正义。尽管幼稚，但归根结底，人们总是无法偏离自己内心的规范。如果一个人背叛了自己的正义，那他在余生里一定会无数次自责。每当回想起这件事，都会因良心的谴责而痛苦。当然，选择正直也不只会带来心安。贯彻自身的正义，同样会遭受他人的攻击或现实的报复。无论选择哪一边，都有相应的试炼在等着你。所以，你一定要尊重自己内心的想法。"

渡濑眉头深皱，他的烦恼似乎更深了。

"原本是来找您商量的，这下却更加苦恼了。"

既然能开玩笑，就说明还承受得住。像他这样的人即使一时烦恼，最终也一定能凭借自己的力量找到答案。静在心中暗自松了口气。

"我们都有着一般人所无法拥有的权力,这样的人必须更加严于律己,会为此而烦恼也是理所当然的。"

渡濑盯着静瞧了好一会儿,继而露出一副像是摒除了心魔的表情。

"法官,您有孩子吗?"

"有个女儿,最近还有了外孙女,怎么了?"

"没怎么,我只是觉得,您一定是个严厉的外婆……抱歉,是我多嘴。"

"没关系,我也正想当个这样的外婆呢。"

"感谢您的指点,我也该告辞了。"

渡濑起身鞠了一躬。看样子他已经不再迷惘。

"抱歉,没帮上多大忙。"

"哪里,多亏能见到您。"

"真的吗?"

"至少您给我指明了两条可选的道路。对我这种肤浅的人来说,选项越多反而越难选择。"

其实他已经不再纠结于二选一了,这个年轻人已经决定了将要前进的道路。

"请问……"

临走之前,年轻的刑警再次回过头来。

"你是不是想问,等到做出选择之后,要不要告诉我一声?"

"是的。"

"不用特地告诉我了。只要烟花够大，站在远处也能看清。"

"我知道了。"

说完这句话后，渡濑走出了法官办公室。

只剩下静独自在房间里陷入沉思。身为日本第二十位女法官，任期近四十年里，她从未有过任何闪失。然而在最后，命运还是给了她一个巨大的考验。

她不怕遣责。即使因误判而受到批判，在职业生涯中留下污点，也是她这个糊涂法官所应得的惩罚。

然而她真正担心的是，这起冤案的影响不只会体现在她这个法官身上，还会对各个相关部门造成恶劣影响。负责一审的黑泽法官自不用提，这件事甚至可能发酵成为一起波及浦和分局、地方检察院，甚至最高检察院的重大丑闻。届时，老天爷又会给那些楠木明大案的相关者们降下怎样的惩罚呢？

此外，冤案还会导致更大的祸患。

那就是司法公信力的降低。自案件发生的那一刻起，民众就会对司法系统产生怀疑。判决是否公正？证据是否真实？侦查行动是否符合程序？法律又是否会成为心怀恶意之人用来陷害他人的工具？

法治国家一旦失去了法律的权威，社会根基就会崩溃。

房间里并不冷，一股寒意却从静的脚下升起。

雨势比先前更大了。雨水打在柏油马路上，溅起猛烈的水花。离开政务大楼的渡濑匆匆走在人行道上，他没想到雨会下这么大。

与高远寺法官的对话意义重大。将迫水的供述坦白给她后，尽管她大为惊愕，但很快就恢复了冷静，还为自己指明了前行的方向。

她的眼神温和却又严厉，那是一双无数次审判罪人，也审判过自己的眼睛，是一双严于律己的眼睛。

知道有这样的人在支持自己，而且也已经做好了即将大祸临头的心理准备，既然如此，就没有必要犹豫了。

明天一早就行动吧。正当渡濑在心里盘算时，突然被人从身后反剪住双手。

事情发生得太过突然，渡濑的反应慢了一拍。

"谁？"

刚问出口，心窝上就狠狠挨了一拳。这样偷袭的目的是让人快速失去反抗能力。

对方似乎有好几个人，但不清楚具体数量。渡濑甚至来不及反抗，便被他们拖进一条胡同里。在路灯照不到的地方，连这些人的面孔都看不清。

双手依旧被反剪着，脸上连挨几拳，肚子上也被踹了好几脚。尽管在格斗训练中渡濑算是一把好手，但寡不敌众，在这种情况下他连反抗都做不到。

对方在渡濑失去反抗能力后，开始搜起他的身来。

"藏哪儿了？"

声音好像听过，但一时想不起对方的长相和姓名。

"那份口供，你带在身上的吧？"

这下清楚了。

一定是浦和分局重案组和其他组的同事。

"……我没带。"

"放屁！"

心窝上又挨了狠狠一脚，而且对方明显用了全力。伴随着一阵闷痛，渡濑差点把胃里的东西都吐出来。

渡濑向前倒下，膝盖跪在地上，上衣随即被人剥掉。他想尽力捉住对方的腿，但对方先一步闪开了。

"臭王八蛋！"

那只脚狠狠踹在他的脸上，渡濑立刻眼前一暗，倒在地上。

"你他妈装什么英雄？"

"出卖自己人是吧？"

"你他妈还算个警察？"

"他妈的叛徒！"

胸口、肚子、后背被人连踢带打。伴随着殴打，渡濑对疼痛的感受越发迟钝，意识也逐渐模糊。

就在渡濑连手指都不能再动弹一下时，那些人失去了踪影。

被打成这样，连倾盆大雨落在身上都像是温柔的抚摸。渡濑想站起身来，但腰上一阵剧痛，看来那里也被揍得不轻。他将身体靠在墙壁上，摇摇晃晃地站起身来。大致看了一眼周围，没找到自己的上衣，可能是他们怕渡濑把东西缝进布料里，干脆就带走了。这些人还算留了点情面，至少把警察证和钱包丢了下来。

终究还是动用武力了。下令的是杉江、堂岛，又或者说这是浦和分局全体人员的意见？不管怎样，浑身火辣辣的一直疼到骨头里，叛徒的骂名也让他的心里像灌了铅一样沉重。

不过奇妙的是，心情同时畅快了。

这样一来，他与浦和分局就算彻底对立了。真是好巧不巧，连浦和分局也在逼他二选一。

究竟是背叛组织，还是宣誓效忠？

渡濑仰起头来，温暖的雨水抚过他的脸颊。

走出小胡同，来到路灯下，渡濑发现自己的衬衫与长裤都破烂不堪，里面还渗出血来。

看来没法步行回家了。渡濑本想打一辆车，但或许是司机害怕招惹麻烦，连空车都不肯停下。

打开家门，迎上来的辽子看到他后险些晕倒。

"老……老公，你这是怎么了？"

渡濑连话都懒得说，推开辽子走进屋内。

眼前的场景令他难以置信。

房间里简直有如台风过境。

沙发被扯掉外皮，里面的填充物也都被掏了出来。

用来放置杂物与文件的柜子被推倒，所有抽屉都扔在地上，墙上的时钟和日历也被摘了下来。

卧室里更是惨不忍睹。被子被撕得粉碎，棉花散落一地，连个下脚处都没有。衣柜的抽屉全都开着，或许是模仿小偷从下面的抽屉依次翻找的缘故。当然，抽屉里的杂物同样撒得到处都是。

"我晚上买完东西回家，发现房门开着。"

干出这件事的，看来是能轻易拿到宿舍钥匙的人。

"可是现金和存折都在，别的东西也没被偷。"

小偷哪有不偷钱的。这帮人要找的就是口供。

想到这里，渡濑终于明白为什么袭击者怀疑口供在自己身上了。因为他们先是闯进房间，但没找到想要的东西，所以才那么说。

干得还挺彻底，平日里侦查的时候要是能这么卖力就好了。

"刚以为是家里进了小偷，就看到你这副样子回来。老公，咱们报警吧。"

"不行。"

"为什么不行？"

"警官家里进了小偷，让人知道了多丢脸，不许说。"

就算报警，恐怕不是被嘲笑一通，就是被敷衍了事。

"老公，你在外面怎么了？"

再不怀疑就说不过去了。而且辽子终于也不肯一味顺从了。

"家里进了人，但什么都没偷，你又被人揍得这么惨。告诉我，到底是谁干的？你知道是谁干的吧？"

知道是知道，但和老婆说了又有什么用呢。渡濑转身回到了客厅。

电话桌倒在地上，所幸电话没坏。

"老公！"

"闭嘴！"

对辽子的抱怨视而不见，渡濑拨通了那个事先约好的号码。对方很快接了电话。

"喂，我是恩田。"

"抱歉这么晚打给您，我是浦和分局的渡濑。"

"发生什么事了？声音怎么这样？"

"我让人揍了，家里也被翻得一团乱。"

"什么？"

"麻烦您尽快将迫水的案子送检，交给您保管的笔录也可以直接使用。"

说完这句话，渡濑顿感畅快。他早就猜到对方想要口供，于是就将它交给恩田保管。一旦事情有变，就可以联系他立即送检。

"……真的要这样做吗？要是把这件事公之于众，后面可就要天翻地覆了。"

"就是因为这样，才会把它放在检察官您那里。我相信由您使用，一定能发挥出最好的效果。"

短暂的沉默后，话筒对面传来一个坚定的声音——

"那就交给我吧，我不会辜负你的决心。"

随后电话被挂断了。

只余下一片令人不适的寂静。

2

一周后的星期一，以楠木明大冤案为题材的报道迅速占领了各家周刊杂志的头条。

《五年后真相爆出！殁于狱中的死囚竟是无辜者》
《人为制造的冤案——刑讯逼供与被捏造的证据》
《颜面扫地的警方与检方》
《冤案缘何而生？》

走进电车站内的小卖店，渡濑随手买了一本杂志。从报道的内容和准确度来看，他立刻就猜到了信息的来源——恩田。

迫水的案子上周末刚刚送检。尽管负责此案的检察官再三催促，但是考虑到消息泄露给周刊杂志社的时间点，就能发现这似乎也是恩田催促的结果。

恐怕恩田已经与负责此案的检察官沟通过笔录的事了。即使地方检察院的高层想要湮灭证据,但在风声已经走漏给媒体的前提下,他们也没有足够的时间反应。这么大一件事突然曝光出来,必然会引起各方人士关注,在这种情况下,事情只会越捂越大。

内部发生丑闻,组织自然会竭力掩盖,但即使掩盖不住,也依然有办法处理,那就是高举实事求是的大旗,推涉事者出去抵罪。丑闻一旦爆出,原本的伙伴便成了组织的累赘,必须彻底地对其进行批判、打击和排斥。而这也是向外部展示组织清正廉洁的绝佳机会。

一本周刊杂志的报道在篇尾这样写道:

过去有不少案子在民众眼中其实都是冤假错案,而要求重审的案件数量也在逐年增加。正因如此,即使面对已经判下来的案子,法务大臣[①]也迟迟不愿意签署死刑执行令。毕竟一个好端端的无辜人,如果随随便便就能被打上罪犯的名号关进牢里,不知道的人恐怕还会以为日本是什么独裁国家呢。截至目前,警方、检察院及法院依然未对明大一案做出正式回应,也尚未进行自我纠察。但如果司法机关继续保持缄默,只会导致民众信任和自身权威的进一步丧失。

像事先商量好一样,其他杂志的报道也都是这副论调——

---

① 主管日本法务省的国务大臣,所有死刑的执行令均需法务大臣签署后方可执行。

必须把制造冤案的罪魁祸首们一个不剩地揪出来,全部送上绞刑架,否则便无法告慰冤死狱中的明大的在天之灵!

当读到这篇发泄情绪远胜于理性思考的文章时,渡濑不禁忧心忡忡——媒体或许正在逐渐失去控制。

媒体向来被称为行政、立法、司法之外的第四权力。渡濑并不否认它在监督和指导上的意义,但无论如何,媒体依然受市场规律所支配。销售量和收视率就是媒体的上帝、指针和一切。因此在大方向上,它们一定会倾向于贴近大众最朴素的意识,即注重情绪而非逻辑。

而这种愤怒的情绪若是寻找不到合适的牺牲品,就会持续燃烧下去。人们会将自己的嗜虐心理误以为是正义,认为所有的反对者都是邪恶。

界定善恶的标准原本是人心,但身处一个立场与道德观各不相同的世界里,人是无法将任何事物都分出善恶的。而这也是"法律"这一概念产生的前提。所谓法律,即是以最低限度的道德衡量善恶的标准。

在这起事件中,最大的问题是拥护法律的共识受到了质疑。在一个以法律为基准的社会,对法律工作者的质疑会导致民心不安,而民心不安终将引发混乱。

当媒体对公众舆论的逢迎与民心不安结合在一起时,究竟会发生什么?——想到这里,渡濑的胃里顿时涌上一阵恶寒。

在众多与冤案相关的报道中，率先采访明大家属的，是帝都电视台的一档新闻节目。负责采访的是社会新闻部一位名叫兵头的记者，而他最擅长的就是让受访者做出观众想看到的表现，从受访者口中套出观众最想听到的话。

"当初令郎被人当作杀人凶手，但如今爆出了他受到冤枉的消息。身为当事人的母亲，可否谈谈您现在的感受？"

"我早就知道我儿子不是凶手，所以心里宽慰了许多。可我恨死了那些使用肮脏手段，把我儿子逼上绝路的警察和检察官。"

"'肮脏手段'是什么意思？"

"明大在看守所里绝望到上吊自杀。他早就说过自己不是凶手，可是根本没人肯听。他死前一定觉得委屈极了。"

"您的意思是，他是为了表示抗议而自杀的吗？"

"我认为他当时觉得，反正是死刑，还不如自己了断……每次想到他那时候的心情，我就控制不住自己……"

"明大从一开始就主张自己是清白无辜的，对吧？"

"是的，在一审时他就这么说了。可是法官却被警方和检方的伪证欺骗，给他判了死刑。沾了血的运动外套，不觉得可笑吗？如果他真的是杀人凶手，早就把那件外套扔掉了。法官为什么会上这种幼稚的当？我认为他们要么就是头脑简单，要么就是和检方同流合污。"

"您认为证据是警方捏造的？"

"还有别的可能吗？直到现在我还记得审问过我儿子的那两

个刑警。他们都长得凶神恶煞，像黑社会一样。是他们对明大刑讯逼供，那件运动外套的证据也一定是他俩捏造的。"

"您的意思是打从一开始，他们就想把明大诬陷成凶手对吗？"

"最可恨的是那个年轻的刑警，我记得名字是叫○○（此处为声音处理）。我儿子不会去杀人，可不管我强调多少遍，他都像没听见一样。打从一开始他们就认定凶手是我儿子，根本不相信我的话。最后他还摆出一副要帮助我们的样子，假惺惺地让我们请律师，可他推荐的却是国选律师。事后我问别人，他们说国选律师赚钱少，不会认真对待案子。事实也是如此，当时请的律师根本没有认真辩护。我儿子一直说自己是无辜的，可他根本不听，只说要帮我们争取宽大处理。从一开始他就没打算在法庭上替我儿子找回公道。那个刑警早知道会这样，才会特地让我们找国选律师！真是卑鄙透了！"

"不过也有一些有识之士认为，这种冤假错案，不是区区一个警察就可以制造的。他们觉得令郎的悲剧是由包含浦和分局在内的警察机构、检察院的自以为是，以及法院与检察院的过度勾结所导致。"

"我认为是这样的。是那帮不把我们平民百姓的命当成人命的家伙同流合污，一起把明大给害死的。"

"对制造出这起冤案的相关者们，您有什么想说的吗？"

"你们难道没有孩子吗？你们难道不相信自己的孩子吗？自己的孩子因为莫须有的罪名被关进监狱，明明高喊冤枉，却还是被判了死刑。这种不公平的对待，你们真的懂吗？那些在司法机关工作的人，哪怕只能稍稍体会到我们家属悲痛的心情，在今后无论是对待逮捕还是判决，也可以更加地认真、谨慎一些。"

"感谢您接受我们的采访。听说您和家人打算组建为令郎平反并恢复名誉的律师团……"

"是的，我要求检方公开信息，向辩护团解释冤案发生的原因。"

"如今在日本，庭审判决的有罪率高达百分之九十九点八。换句话说，但凡受到起诉，被告几乎都会被判有罪。然而如此极端的数字，真的不是人为操纵的吗？本次发生的案件，同样令人对现状产生了怀疑。当国民不再信任司法系统，政法界无疑会权威尽失。我们衷心希望该案的相关者能够认真对待此事。"

明大母亲楠木郁子声泪俱下的控诉引起了观众的共鸣。媒体对明大花钱无度这一点隐去不谈，只是一味强调他性格善良，连虫子都舍不得伤害。这使明大得到了更多的同情。

浦和分局、埼玉县警总部、浦和市地方检察院、东京最高检察院，以及负责一审的浦和市地方法院和负责二审的东京最高法院瞬间遭到了抗议电话的轰炸。而罪魁祸首浦和分局的电话更是被人拨到炸线。

其实人们都能隐隐察觉，与人为因素相比，系统问题才是冤案的根本。然而一旦追究责任，矛头就不可避免地指向某个具体人物。从这方面来说，郁子的控诉为人身攻击提供了合法性。在目前的环境下，对事件相关者的谴责与人身攻击，都变成了合情合理的行为。

也正是这个时候,渡濑接到传唤,来到了县警总部的监察办公室。

"我是隶属警务部监察办公室的来宫。"

坐在面前的男子这样介绍自己。他看上去和蔼可亲,坐姿却庄重严肃,这让渡濑在面对他时异常紧张。

监察官的级别都是警视,属于警察中的警察,因此通常由前警察局局长担任。渡濑只是一名小小的巡查部长,会感到紧张也不无道理。

"知道为什么把你叫到这儿来吗?"

"是为了楠木明大冤案的事。"

"没错,从现在起,直到事件真相大白为止,浦和分局的刑事科科长,以及负责那起案件的所有探员都要受我监督。"

尽管兼任侦查组组长的县警察局局长与滨田警司同样涉及此案,但由于在侦查过程中,逮捕明大的是浦和分局,因此主导权转移到了浦和分局这一边。当初从县警手中夺取主导权的感觉有多痛快,现在就有多憋屈。

"我想要问的是在审讯楠木明大的过程中,你起到了什么作用。希望你能在自己的记忆范围内准确回答。"

来宫一脸温和,但只有眼中不见笑意。渡濑不禁更紧张了。从现在起,他所说出的每一句话都有可能成为证据,并化作日后套在自己脖子上的绞索。

直到此时，渡濑才体会到受审者所感到的焦虑和恐惧。该如何形容这种强大的压迫感呢？仅仅是一个人坐在对面，就感觉到自己浑身都在遭受碾压。但与审讯一般人时不同，无论证词对自身是否有利，在监察官面前，自己都必须知无不言。

不过就算找借口也没用。恐怕他们会向所有探员提出相同的问题，同时仔细阅读当时的笔录。即使渡濑伪造证词，也会立即被人戳穿。

渡濑的思绪突然飞到了明大身上。他想起无辜的明大被鸣海和自己半是逼迫半是引诱地说出了杀人的供词。而与此相比，渡濑只需说出真相即可，这已经是对他的眷顾了。

"那就先从十一月二十二日的审讯问起吧。"

审讯那天，明大是以配合调查的名义被带到局里的。至于鸣海唱红脸、渡濑唱白脸则是他们的惯用手段。由于当天就要正式逮捕明大，因此审讯时的手段相当粗暴，没有给明大一丝一毫的休息时间。他们反复对明大进行问话和威胁，拳打脚踢的事更没少干，这使明大疲惫不堪，屡次要求休息。

"于是你对嫌疑人说，即使审讯时认罪，只要在法庭上否认罪行就可以了。是这样吗？"

"是这样的。"

随后鸣海整理了口供，明大在当天便遭到逮捕。时间是在晚上的八点十二分。

"当时你对嫌疑人的主观看法如何？"

"我认为他就是凶手。"

"没有一点怀疑？"

"是的。"

审讯于第二天早上七点继续进行。鸣海向明大讲述案件细节，并逐一向他确认，警方就是用这样的方法获取了明大的作案口供。当提到犯案金额时，只要明大在言语中稍显犹豫，鸣海便对他暴力相向。在审讯期间，他们不允许明大吃饭睡觉，除上厕所以外，不允许他离开座位。

胜负的转折点出现在第二天的审讯中。在明大因缺乏睡眠、困顿不堪而濒临崩溃的情况下，鸣海拿出了决定性证据——那件沾有被害人血迹的运动外套；而渡濑则使本就六神无主的明大变得更加慌乱。

"就在这时你对明大说，还是先承认了吧，有什么冤屈可以到法庭上说。还说日本是法治国家，绝对不会让无辜者蒙冤。是这样没错吧？"

"……是这样的。"

来宫的每一句话听上去都那么刺耳。渡濑没想到自己的所作所为从别人口中说出，竟会显得如此恶毒。

一个用"与父母见面"为诱饵迫使嫌疑人承认罪行的刑警，一个利用人性的弱点，将无辜的年轻人陷害成罪人的卑鄙之徒——听上去就令人作呕。渡濑的本意或许的确是抓捕恶徒，然而在不知不觉中，自己却沦为了那个最最卑鄙的恶徒。

自尊心早已烟消云散，余下的仅有自我厌恶和无尽的悔恨。现在渡濑只想尽早获得解脱，然而来宫的询问还在继续。

"当时你知道那件沾有血迹的运动外套是捏造出来的证据吗？"

"不，当时我不知道。"

"你丝毫没有怀疑过它的真实性吗？"

"直到我在另一起案件中听到迫水的供述之前，我都坚信那就是真正的证据。"

"那倒也是，不然你也不会等到五年之后才告发了。"

"告发"这个词渡濑听着不太舒服，或许在内心里，他对浦和分局依旧怀着一丝归属感。

"你刚刚的证词，与当时负责记述笔录的人的说法完全一致。那么下一个问题，你是如何从已经退休的鸣海健儿口中询问出事情真相的？"

渡濑将自己去鸣海家的事，以及与鸣海的对话毫无保留地讲了出来。

"最后，鸣海亲口向你承认，证据的确是他所捏造的对吗？"

"是的。"

"你有威胁或恐吓过他吗？"

别说恐吓了，当时鸣海俨然一副扬扬得意的表情。这就是所谓的"信仰犯[①]"吧，他似乎丝毫不为自己的行为感到羞愧。

"这种探员确实不太常见，但容易在那些高侦破率的一线刑

[①] 原文"確信犯"，指做的是与自己的良心相照、自己认为正确的事情，坚信周围的人、社会、政府的命令是错误的，继而进行犯罪的行为。

警中出现。这些人通常认为上司和同事都是废物，只会依照自己的规矩和判断行动。久而久之就会违背道德规范，打破组织纪律，最终走上违法犯罪的道路。这与一般人违法犯罪的心路历程非常相似。不过这也正常，毕竟俗话说得好，善泳者溺于水嘛。"

鸣海曾说，为了对付恶棍，警察也要奸诈一些才行。这与来宫的说法相符合。或许这也能从侧面证明，一线刑警确实容易产生这样的想法。

"我没什么要问的了，感谢你的合作。"

"呃……这就完了？"

"是的。我关心的问题都已经得到了答案。"

"你们会怎么处分我？"

"处分？你好像误会了。之所以要找你问话，只是为了查清冤案发生的原因。从一开始，你就不需要受处分。"

渡濑脸上的表情凝固了。来宫看着他的反应，微微苦笑道：

"用不着摆那副表情。说了这么多，你不过是听鸣海的命令行事，而且他还蒙骗了你，让你相信他捏造的证据都是真的。另一方面，你勇敢地将不公正现象记录在口供里，并让检察官帮忙公开。像你这种替组织的未来着想、揭发恶行的好人，我们怎么会处分呢？要是这样做，百姓一定会骂我们警察故步自封，没有人情味。所以说，尽管出卖了自己的同伴，但你已经有足够的资格获得赦免了。"

这番言语看似和善，实则充满讽刺。来宫的脸上似乎同时挂着两副面孔，一副是监察官的铁面，另一副面孔上则显露着为同事着想的脉脉温情。

"还有一件事。我们已经接到要保护你的命令,以防你在人身安全和人事调动上遭到浦和分局的报复。因此,浦和分局的人事调动权目前已经彻底冻结。局长想要变动人事,必须等一连串处分全部结束后才可以。只不过在此之前,局长可能就已经自身难保了。"

"保护我?谁给你们的命令?"

"不便细说,不过是上级的命令。"

恭敬的言语里带着一丝轻蔑。在他看来,渡濑一定是某位高官的走狗吧。

尽管来宫讳莫如深,但渡濑已经大致猜到护着他的人是谁了。

一定是恩田检察官。恐怕在收到迫水笔录的时候,他就已经预测到浦和分局的行动,并先发制人了。

"反正有人庇护,你只需要等着风暴过去就可以了。"

"风暴?什么意思?"

"当然是肃清风暴了。"

来宫挥了挥手,仿佛在对渡濑表示——这么明显的问题别来问我。

"事情闹得这么大,警方可谓是威信扫地。事态已经非常明显了,首先存在捏造证据的违法行为,其次,浦和分局上上下下都在试图掩盖这一事实。直接下令的杉江警部就不用说了,恐怕连刑事科科长和局长都会遭到严厉问责。这个问题已经大到无法私下处理,为了杀一儆百,对相关责任人的处罚也会格外严重。

所谓的肃清风暴，就是这么回事。而且不只警察局，检察院和法院也是这样，受风暴波及的起码得有一二十人吧。"

监察官依旧保持着先前恭敬的态度，说话的样态仿佛歌唱一般。

"只不过对于引发冤案的罪魁祸首鸣海而言，即使暴风过境，即使他会因伪造证据而被追责，但由于过了三年的公诉时效，也没办法给他定罪。再加上他已经退休，警方也不能拿他怎样。要说最最安全的人反倒是他，真是没有比这更加讽刺的了。"

直接导致冤案发生的罪魁祸首毫发无伤，身为帮凶的渡濑同样受到保护，只有试图掩盖真相、维护组织的同事遭到了肃清。

怀着忐忑的心情，渡濑回到了宿舍。按响门铃之后，却没有人应答。

"我回来了。"

打开门后，渡濑发现房里一片漆黑。

"辽子。"

渡濑开灯唤了一声，依旧没人回答。

已经晚上七点多了，这个时候会出门去买东西吗？

渡濑不经意间往桌上瞧了一眼，上面有一张纸。

是离婚申请书。

右侧，也就是辽子负责填写的地方已经都填好了，上面还盖了章。

渡濑低头望着那张纸，像一尊雕像般久久立在原地。

3

对冤案大肆报道的势头非但没有消退的迹象，反而像野火般迅速蔓延。周刊杂志与新闻节目为这起事件制作了连续多日的专栏与特别节目，与本案诉讼、判决相关的所有人都成了被攻击的标靶。

浦和市地方检察院负责一审起诉的山室检察官成为第一个牺牲品。不知道消息是从哪儿挖来的，不过那些多少带些低俗内容的晚报与摄影周刊更加乐意关注的似乎不是山室的工作，而是性癖好。

有说他成为检察官后，不止一次因为性骚扰而被警告的。

也有说他与一位案件相关的女士有染，并和她有着多年婚外情的。

还有说他最近由于频繁出入花街柳巷，导致不得不去看泌尿科医生的。

都是与案情毫无关系的言论。然而一个人的名声一旦被搞臭，就不可能再高尚起来了。流言蜚语甚嚣尘上，在后续的传言里，他甚至成了一个荒淫无度的花柳病患者。山室本想起诉传播谣言的杂志社，但他的上司制止了他，并表示这样做只会越描越黑。

下一个牺牲品是负责二审起诉的住崎。

尽管住崎没有什么关于下半身的新闻，但他被曝光出许多更严重的问题。这些问题几乎都与滥用职权有关，因此他的情况更加糟糕。

例如某委员长的儿子造成一起人身伤害案件，该案由住崎负责，最终却未进行起诉。

例如一位国会议员因违反政治资金管理法被人举报，住崎对其威逼利诱，做出了一份对检方有利的笔录。

例如在一起非公诉案件中，住崎向当事人索取其熟人的信用资料。

这些问题都是确实发生过的，但并不涉及对人格的诽谤，因此也就不算是侵犯名誉权。这位成熟老练的检察官在一连串的媒体报道中被打上渎职的烙印，连他无辜的儿子在上学时都被同学扔了石头。

这种媒体层面的曝光几乎与私刑无异，然而这还远远没有结束。山室、住崎两人还要面临着法务省[①]的正式处罚。

[①] 日本中央行政机构的主体之一，主要负责维持基本法治、制定法律、维护国民权利、统一处理与国家利害有关的诉讼。

冤案之所以会如此轻易地发生，归根结底是由于司法系统受到了对上负责与官僚主义的毒害——不久之后，对检察院的批判已经蔓延至法务省，现任的法务大臣同样遭到了谴责。

法务省在逃避责任方面可谓行动迅速，从一开始便成为靶子的山室、住崎两位检察官都遭到了降职与降级的处分。

人格与职业生涯染上了如此严重的污点，已经不可能再继续担任检察官了。还没等到第二年春天的人事调动季，两人便相继辞去了职务。

尽管如此，媒体贪婪的巨口依然在渴求着祭品。葬送掉两名检察官，发现他们已经不再有报道价值后，媒体又将注意力转向了法院。

一家知名周刊杂志最先发起了攻击——

《冤案背后的夕阳恋》

关于楠木明大的冤案最近在坊间闹得沸沸扬扬，而在此时，本杂志记者又发现了一则重磅消息。

过去的报道中已经提过，负责对楠木明大案进行一审的，是浦和市地方法院当时的审判长黑泽胜彦，而负责二审的，也是实际上将楠木判处死刑的，是东京最高法院的审判长高远寺静。

通常，我们可以将一名法官视作一个不受任何外界因素影响的独立决策机构。例如一起案件，即使最高法院裁定被告有罪，而地方法院裁定被告无罪，也不会有人因此遭受处罚。但在现实中存在这样一种风气，即以最高法院的判例作为现有案件的裁决标准。因此在楠木案中，最高法院支持下达死刑的一审判决也在情理之中。

不过，若是黑泽法官与高远寺法官两人私交甚密，且存在男女关系的话，事情又会如何？在这种前提下，二审支持一审判决，又真的是合法合规的吗？

黑泽法官大高远寺法官一岁，两人在担任见习法官期间就是师兄师妹的关系。可以看到在当时的合照里，两人位置相邻，神态亲密（照片右下）。

担任法官后，两人分别在不同法院工作，但自昭和五十八年[1]以来，两人被分配到同一辖区，因此经常在聚会中碰面（照片左下）。

此外，两人做的事也远非碰面而已。同样参加过聚会的法官A表示："聚会开到一半时两人总是中途离开，我问黑泽法官去了哪里，他也只是意味深长地呵呵一笑，不予回答。"

尽管两人都已年过六十且已婚，然而爱情无关年龄。当两人回忆起自己的青春岁月，旧情复燃也在所难免。对于夕阳恋来说，我们不应横加指责。

然而当两人的职业都是法官，且负责审理同一起案件时，问题就另当别论了。如果上级法院驳回原判，自然会使下级法院的审判长脸上无光。尽管高远寺审判长对楠木的死刑判决怀有质疑，却也不得不支持自己的老相好——黑泽审判长所做的判决。这种

---

[1] 1983 年。

情形，我们或许不难想象。

下一期我们将对两人之间的关系继续深入追踪，敬请期待！

《冤案背后的夕阳恋　第二辑！》

上周，本杂志爆出有关黑泽与高远寺两位法官正在交往的重磅信息，如今我们又找到了新的证人。

楠木的二审始于昭和六十一年二月五日，然而事实上，在此事发生的前一个月，就有人目击到两位法官在东京都内的某间旅馆秘密会面。

出于对这名热心证人的保护，我们不能公开其姓名和职业，因此本文将用B来代替这位两位法官的老熟人。那么，这位B……

刊载该报道的杂志刚一发售，想要采访静的记者便蜂拥而至。然而他们中的大多数都并非负责法律类新闻，而是些跑花边八卦或搞明星爆料的。看他们在政务大楼外将静团团围住的模样，简直像一群贪婪的蝗虫。

"法官，您对那篇报道有什么想说的吗？"

"您真的在与黑泽法官交往吗？"

"因为是自己的相好下的判决，所以不能改判——身为政法界人士，您对这种说法怎么看？"

这些人像是把手里的麦克风当成长矛一样纷纷向静捅来。静原本不打算理会，但他们固执地追在身后。要不是有保安护着，静连政务大楼都进不去。

平日里看惯了媒体的闲言碎语，然而一旦采访对象变成自己，却又有些不知所措，这让静感到有些丢脸。冤案这种事关人权的严重问题，到了他们嘴里竟是轻浮下流的男女关系，真搞不清这帮媒体是怎么想的。

如果媒体追究的是冤案发生的原因，以确保以后不再有类似的情况发生，静不在乎自己遭受多少批评与指责。既然误判已经发生，会遭受批判也是理所应当。

然而报道的矛头完全指错了方向。年纪一大把的，被公众讨论男女之事本身已经够丢脸了，但更令人愧疚的是，尽管都是些流言蜚语，自己还是害得黑泽受到牵连。

也就是这一天，静的上司突然把她叫了过去。

东京最高法院院长，连城邦弘。

他与黑泽同年入职，比静大一届。此人平时一向不苟言笑，却也不难相处。他只是不愿让人看透内心的想法，因此喜怒不形于色。事实上他学识丰富，道德观坚定，是个值得尊敬的人。

而连这样的人如今也板起了脸，这肯定不是什么好兆头。

"高远寺，"连城开口说道，他在称呼别人时通常都带职位，直呼姓氏的情况非常少见，"这阵子你先不要出庭了。"

尽管是委婉的建议，但院长的话与命令无异。

"你还有第一刑事部大法官的工作要做，暂时就先把精力放在那边吧。"

"暂时？您觉得我在工作岗位上还能再待几天？"

静竭力让自己显得平静。她无意与连城争执，但还是想对这个别扭的处理方式抱怨几句。

"这算最高法院的命令吗？"

"算不上什么命令，只不过最近闹得满城风雨，咱们也只是顺势避一避风头。"

"您该不会信了那些下流的花边新闻吧？"

静直截了当地问道。连城微微一笑：

"怎么会？与那些流言无关。像我这把年纪，'二战'后那些地摊杂志，还有各种稀奇古怪读物我看得多了，就没见过比那篇报道更可笑的。挑谁不好，偏偏挑你和黑泽。但凡认识你俩的，看到那个估计都能笑出声来。"

"可是不认识我们的，说不定就感兴趣了。"

"最高法院不会傻到因为那点流言蜚语就去变动人事。无论他们怎么诋毁你和黑泽法官的人格，都与你法官的工作毫无关系。你该不会为了那篇低俗报道，想要跟杂志社打官司吧？"

"我无所谓，但给黑泽法官的家庭添麻烦了。"

"用不着担心黑泽。我昨天给他打电话了，他说他还在跟老婆说笑——这把年纪居然能跟花边新闻扯上关系，说明自己还宝刀未老呢。"

"那您说闹得满城风雨，指的是那起冤案报道吗？"

"可以这么理解吧。"

"误判过一次的法官，就不能继续审案了？"

连城沉默了短短一瞬间——沉默，也是种消极的肯定。

"有时候你会不会觉得，人们对法官这个职业很不公平？"

"不会。"

"是吗，那就好。"

"不是有时，而是始终这样认为，在书写判决文的时候尤其如此。我们与被告同样都是人，民众却总是要求我们有一双神明的慧眼。"

"……你还是跟过去一样坦诚。"

"我觉得这是我唯一的优点。"

"可不只是优点。"连城冷冷回道，"站在受审者的角度来说，他未必会希望一个富有人情味的法官审判自己。我想，大多数人都会希望审判自己的法官是一个超乎常人的存在。"

"难道说我们法官是神？"

"至少在法庭上是。而且神明是不会犯错的。正因为有这种共识，人们才会平静地接受判决，不是吗？"

也就是说，犯过错误的静必须被拉下神坛，否则判决就丧失了权威。

"然而想要维护法律的秩序，光是处分我一个人远远不够。"

"你还是和过去一样爱开玩笑。我不觉得光是让你离开法庭就能解决问题，恐怕最高法院的大人物们也不会这样想。"连城突然撇开了视线，"我知道神明不会犯错这种说法，但法官也只能凭借法庭上提出的证据来审判被告。像是在这起案子里，证据是捏造的，我们自然不可能做出正确的判断。你或许会提议，如果拿出更多时间去审核证据，就能避免冤案发生。然而实际情况是，最高法院的案件堆积如山，不可能在一件案子上花费太多时间。你身为大法官，光是处理日常案件就已经心力交瘁了，这我是知道的。所以说即使让你离开法庭，也只是治标不治本。"

不去考虑怎样从根本上解决问题，而是当缩头乌龟，缩起脖子等待风波平息。这不就是为人所唾弃的官僚主义吗？

"联合国已经签订了废除死刑公约，国际特赦组织[①]也多次呼吁日本废除死刑。但只要国内的民意依旧支持，法务省就不会修改这项制度。至少目前，死刑依然会得到保留。在这种情况下，我们只能尽量避免冤案受到太多关注。所以少去招惹是非，消失在公共视野当中才是最快、最方便的解决问题的办法。

"那两位检察官也要消失在公共视野当中才行？"

静强忍心头的怒气。自以为性情温和的她，如今也无法接受这种掩盖问题的做法。连城或许也明白这点，因此依旧没有看她。

"浦和市地方检察院的山室与最高检察院的住崎，听说这两位检察官都受到了降职处分。"

"你的消息还是那么灵通。"

"咱们这行圈子不大。"

"虽然是那边的事，但高层的想法都差不多，所以你猜得也是八九不离十了。而且他们还是检方，受到的冲击更加严重。"

"我们也相信了捏造的证据，和他们是同罪。"

---

① 全称 Amnesty International。国际非政府组织，总部位于英国伦敦，致力于推动全球人权事业的发展，在全球拥有大约700万成员及支持者。该组织的工作方针是对人权状况进行调研，采取相应行动，寻求终结各种侵犯人权的行为，并且为遭受迫害的人们伸张正义。

"为什么要这样自责呢?你又没有乱下判决。在判决前,你肯定已经阅读过一大批卷宗和档案,做出的判断也是苦苦思索的结果吧。"

"因为我害死了人。"

连城抖了下眉毛。

"楠木明大是在拘留所里自杀的。"

"他的死刑是我判的。如果他是在绝望中自杀,那么杀了他的人就是我。"

"你这是在钻牛角尖!"

"这是事实。是我把一个无辜人逼上了绝路。"

"我不认可你说的话。如果这样,法官岂不是要对所有的被告负责?"

"那么,谁来为冤案负责?国家吗?法务大臣吗?还是说……"

"够了!"

连城强硬地打断了对话。并不是嫌麻烦,而是因为静已经触碰到了他不愿谈论的话题。

"总之,我的意思已经传达到了。我说完了。"

"我还有话想对您说。"

"什么话?"

"过几天我就会辞职。"

"……你是认真的吗?"

"剩下的时间,我不想用在文书工作上。"

"你就那么想上法庭？"

"并不是。我已经不想再站上法庭了，因为我已经失去了审判别人的资格。"

这不是你一开始就想让我说的吗？不过这句话静只是在心里想想，没说出口。

"这就是你承担责任的方式？一个法官辞职又能改变什么？你这种想法真是太钻牛角尖了。"

"这不是责任，是我做人的底线。"

连城依然不肯望向静。静衷心希望这是因为在他内心还保留着一丝罪恶感。

"我没有阻止你的权利，请便。"

"告辞。"

静鞠了一躬，随后走出了办公室。

将近四十年的法官生涯以这种方式结束，实在是无聊至极。

毕竟早就决定在退休之前辞职了，因此静的心里既没有失望，也没有挫败感。只不过看到同行们不得不为维护组织而奔忙，内心还是感到疲惫。

尽管主动辞职是静意气用事的行为，但那家周刊杂志社想必会写成是她不堪冤案问责与桃色丑闻的双重压力，继而引咎辞职。

在静心里，法官一直是一份神圣的职业，然而它却遭到了丑闻的玷污，甚至连这份职业本身都被剥夺，如今自身的状况也与那两名被降职的检察官相差无几。身为代表法律行使权力的人，最终却被剥夺了权力，背负了污名并遭到驱逐。

不经意间，静突然想起了忒弥斯的神像。

这位法律女神右手握着象征法律与权力的宝剑，它原本的用途是斩杀罪人，如今却挥向了执法者。

要是能早点意识到就好了。

在自己与相关者们将楠木明大这个无辜人逼上绝路的那一刻，他们就已经同样堕落为罪人了。

回到法官办公室后，桌上的电话响了。本以为是连城没唠叨够，接起来后却发现并不是他。

"法官，有人找您。"

"是谁？"

"说是浦和分局的渡濑。"

"让他进来吧。"

不一会儿，渡濑走了进来，看样子像是受了很大的打击。

"今天找我有什么事？"

"我是来向您赔罪的。"

话音未落，渡濑便屈膝下跪，额头贴在地上。

"我对不起您！"

"你干什么？这么突然。"静慌忙俯身，想要搀起渡濑，"别，你这样我很难办。"

"要是不这样做，我就不能原谅自己……"

"要是再这样，我可要撵你出去了。"

"可是……"

"都说我很难办了。"

听到这句话，渡濑终于缓缓起身。

"是我太蠢了。您的话给了我天大的帮助，反过来我却把您害成这样……"

"你是说那份笔录吧。你不是已经遵从自己的内心，用它做了该做的事情吗？"

"我光想着不能让冤案被掩盖，所以把那份笔录交给了一位检察官。我本以为这样做是在贯彻正义，但我错了，我只是想救赎自己。我装出一副正气凛然的样子，实际上却只想着逃避责任。"

那张原本严肃的面孔如今已经扭曲而狼狈。此时的渡濑，简直像是个恶作剧酿成大祸后惊慌失措的孩子。

"我的自以为是害得许多同事和相关者遭到了连累。我的直属上司与刑事科科长，还有浦和分局的局长都受到了降职处分。不只警察，连浦和市地检的山室检察官和高检的住崎检察官也被降职。我听说他们在检察院里待不下去了，都决定要辞职。还有……"

"还有我和黑泽法官，对吗？"

"没想到后果会这么严重，我真是太蠢了。都怪我太天真、太愚蠢，去碰不该碰的东西……"

听着渡濑的自责，静却突然想起了另外一则希腊神话。

"不过这就是你的选择，对吧？"

"最让我于心不安的是，只有我自己没有受到处分。"

渡濑将来宫监察官的话讲给了静。

"真是太讽刺了。相信我和鸣海的人遭到制裁，我们两个罪魁祸首却都毫发无损……荒唐，真荒唐！"

渡濑低下了头，肩膀不住抽动。

静看出来了，渡濑是个彻底的直性子。正因如此，他才会揭发这起冤案，如今却又畏惧自己行为的后果。

静本不打算告诉渡濑自己决定辞职，但如果这个年轻人过后知道了，一定又会像今天这样愧疚不安。

"我刚刚对院长说要辞职。"

"啊？"

"不知道是法务省还是最高法院的决定，总之高层们似乎已经不想让我再走上法庭了。我不想服从他们的命令，干脆就把他们炒了。"

"怎么会……"

"开玩笑的。我的判决害死了人，自从知道这件事起，我就知道自己失去了审判别人的资格。当然，我丝毫不觉得能用辞职推卸责任。"

"可是归根结底，还是怪我行动太过轻率，要是我能再谨慎些就好了。"

"你也别小看了我。"

静用倨傲的语气说道。要让这个年轻人打消自责的念头，还是有必要表演一番的。

"如果你觉得自己的行动毁了我的人生，那可就大错特错了。

我会辞职，只是因为我对自己的能力了失去信心。别再摆出那副悲剧主角的模样了，这样只会让我瞧不起你。"

"我知道自己已经丢尽了脸，但我还是逃脱了惩罚。我真的没脸继续当我的警察……我也想过辞职，但我是个没身份的人。像我这种小角色，辞职又顶什么用处……"

"渡濑警官，你听过潘多拉魔盒的神话吗？"

渡濑摇了摇头。

"传说有一位美丽的姑娘名叫潘多拉，有一天她从宙斯那里得到了一个盒子，宙斯对她说，这个盒子千万不可以打开。但是有一天，潘多拉因为好奇，还是打开了盒子。于是，疾病、悲叹、贫穷、罪恶等各种灾祸纷涌而出，导致人世间充满了苦难。"

渡濑的脸上露出了自嘲般的笑容。

"原来如此，我也是那个打开了潘多拉魔盒的人啊。"

"听我把故事讲完。潘多拉打开盒子后非常后悔，但她发现在盒子的角落里还留有一件事物，那就是希望。"

渡濑脸上的笑容消失了。

"既然对自己的所作所为感到愧疚，那你何不让自己化身为'希望'？再也不要让冤案发生，再也不要犯下错误。自己做一个好警察，也教育好你的后辈。对于打开魔盒的人，你不觉得这才是最为恰当的赎罪方式吗？"

渡濑似乎有些不知所措。

"不好意思法官，您说的话一定很有道理，但我暂时还不能完全理解。我也知道重要的是不再犯错，但要怎样才能做到……"

211

"今后你还会继续从事刑警对吧?"

"要是他们允许的话。"

"我不会叫你放下心里的担子,但也不用太过焦躁。如果你真的觉得有愧于我,就请做一个好警察,为那些受到压迫的、坠入深渊中的人们带去希望,而且永远都要尊重真相。好吗?这是我们之间的约定。"

虽然表情依旧困惑,但渡濑还是点了点头。静终于满意了。

尽管青涩的性格还有些令人担心,但这个年轻人的身上依然保留着积极向上的品质。能在职业生涯的尽头遇到这个年轻人,或许也是法律女神的旨意吧。

4

驶过东村山市之后在十字路口右转，渡濑的车便驶入了所泽市。透过车窗向外看去，村庄在六月的细雨中一片迷蒙。

道路两旁点缀着民居，不过在这样的郊外，根本找不到贩卖家电和服装的去处。

继续向前，渡濑来到了一个更小的村庄。各家各户的宅院还算宽敞，但都相当老旧，看来算是一个历史悠久的村庄了。

所泽市神岛町五丁目，这里是楠木明大的老家。冤案被揭发后，渡濑知道自己迟早要来一趟，却始终没鼓起勇气。

至于原因，他自己很清楚。

因为他不敢面对明大的父母。当初渡濑不怕去法院找静，然而到了明大的老家，他却畏缩不前了。自己就是逼死明大的罪魁祸首——这种想法在不知不觉中已经成为渡濑内心的枷锁。

而帮助渡濑彻底意识到这一点的人正是静。

——想要赔罪的话，与其找我，你不是有更应该去的地方吗？

静说想让自己化身为希望。老实说，就这样浑浑噩噩地待着，渡濑也不知道自己接下来到底应该做什么、怎么做。但只有一件事非常清楚，如果不为明大的案子负责，那他无论做什么都只是逃避而已。

村里住宅不多，渡濑很快找到了楠木家。一栋瓦顶木质二层小楼，门口是一扇格子拉门。院子里搭了一个小棚，里面立着一台小型收割机。蒙蒙细雨中，泥土和肥料的气味扑面而来，看来这户人家的主业是务农。但明大的父亲好像提过他是做建筑的，这让渡濑有些疑惑。

门口好像没有门铃。渡濑把手搭到拉门上，发现没有上锁。

"打扰了。"

渡濑听见自己的声音在颤抖。

不一会儿，一个女人从屋里走出来，她看到渡濑的面孔后勃然大怒。

"你，你是……"

距离那件案子过去还没几年，可明大的母亲郁子看着却苍老了许多。头发只剩下过去的一半，眼角的皱纹也多了不少。只见她脚步跟跄，像是随时都会摔倒。

渡濑向她深深鞠下一躬，耳边顿时传来怒斥。

"你来干吗？！"

"我想来为令郎明大上一炷香。"

"谁……谁稀罕你来上香，你给我滚！"

"请至少允许我向您道歉……"

"道歉？道什么歉？道歉能让我儿子活过来吗？"

"吵死了。"

被吵闹声惊动出来的，是明大的父亲辰也。或许是心理作用，他看上去驼着背，身体蜷缩着，比过去小了一圈。

辰也瞥了渡濑一眼，那目光像是在看着路边的一堆狗屎。

"你来干什么？"

"我想给明大老弟上一炷香。"

"你给我滚！再不滚我就报警了！"

"你闭嘴！"辰也把郁子拉到后面，自己来到渡濑面前，"可是……要是直接赶你走，回去之后你就会说自己已经赔过罪了。这恐怕也不是你想要的结果。记得你叫渡濑对吧，今天你是代表浦和分局来的？怎么不见你们局长和那帮官老爷？"

"跟浦和分局无关。今天我纯粹是以个人名义来的。"

"明大是被冤枉的，这件事已成定论，可警方至今都没向我们正式道歉。你该不会是来代他们道歉的吧？"

浦和分局至今未对明大父母道歉，这件事渡濑自然清楚。表面上是因为自局长以下的官员都因在接受处分而分身乏术，但实际上，他们只是拉不下脸向当事人家属道歉罢了。县警察局将所有责任全部推给浦和分局，浦和分局则是借口连篇，不愿道歉。加之明大的父母已经得到了社会方面的支持，正在组建律师团，打算对案件发起重审，因此警方自然也绷紧了神经，担心被人拍到己方高层向当事人家属赔礼道歉的照片。

所以渡濑此行未对局里进行报告,因为他知道即使自己开口,也一定会遭到拒绝。

"把黑锅甩给小角色,保全警方的面子,原来你们打的是这种如意算盘。"

"不,不是这样的。"

"孩子他爹,快把他撵出去,我……我……"

"你给我进屋去!"辰也大喝一声。郁子吓得浑身颤抖,拖着脚步走到屋里去了。

"让你见笑了。她一见你就会激动,恕我不能请你进屋。不过就算她没事,我也不会让你进的。"

既然辰也这么说,渡濑也只能站在门厅了。

"刚刚听说你想道歉?"

"是的,先不提浦和分局的其他人,至少我想……"

"你这么做是为了谁?只是为了让自己心里好受一点而已,对吧?"

渡濑被问得哑口无言,因为辰也说得一点没错。

"还是像我刚才说的那样,想随随便便道个歉糊弄过去,然后回去说已经向明大的家人赔礼道歉了吗?"

"绝不是这样的。"

见渡濑如此固执,辰也在门槛上坐了下来。渡濑没有得到允许,只能继续站着。

"看到外边的东西了吗?"

"嗯?"

"要是你这个刑警还算合格，就该看到外面棚子里的那台收割机吧。不觉得奇怪吗？"

"我记得您说过自己是干建筑业的。"

"哦？记性不错。但我现在以种稻和种菜为生，知道为什么吗？"

"不知道。"

"还不是因为在建筑这行干不下去了！我是个拥有二十年经验的老手，但是因为儿子被判死刑，我在行内丢尽了脸面。而且我是干外包的，母公司听说明大的事后很不乐意，怕别人说三道四，也不肯给我单子了。我不好意思连累单位，只好主动请辞。干了这么多年，最后却因为这种原因辞职，你知道我是什么心情吗？！"

辰也的目光变得阴郁。

"我后来也想请人帮忙找工作，可是好事不出门，坏事传千里，根本没有单位肯雇用我，最后我只能离开这行改去种田。幸好土地爷从不嫌弃人。喏，就在前面，沿着公交车站旁边的岔路一直往前走，那里有家药厂，他们用不错的价格收购了我们多出来的地，我们才一时不至于为生活所困，姑且也算是有了点安慰。"

在辰也说话的时候，渡濑始终不敢抬头。正所谓血浓于水，一旦某个人在社会上遭到唾弃，他的家人也很有可能遭到同样的对待。

"我就算了，真正可怜的是我老婆。你应该注意到了，她患上了重度神经衰弱，稍微遇到点刺激就情绪激动，你想象得出她犯病时那副模样吧？"

"是跟明大老弟的事情有关吧。"

"还能有别的吗？"

"可她接受电视台采访的时候似乎还好……"

"全靠吃药挺过来的。采访那天，她事先吃了一大把镇静剂之类的药。可是药效一过，她就又崩溃了。当年听说明大死在狱里之后，她撕心裂肺地哭啊，喊啊，大雨天跑到外面去。穿过县道再往前的地方有一条河，她当时想要跳河自杀。"

听着辰也的话，渡濑哑口无言。即使开口，恐怕也说不出什么像样的话。

"至少最近还算好些。无论再怎么难过、气愤，心里的棱角总会慢慢被时间磨平。可是前一阵子，明大被冤枉的新闻突然被曝光出来，她一下子又犯病了。这也难怪，这跟火上浇油又有什么区别？太残忍了，她前前后后一共被折磨了三次。第一次是死刑判决，第二次是明大自杀，最后一次是最近的冤案新闻。"

"真……真的很对不起。"

"不许道歉！"

辰也的情绪突然亢奋起来。

"我不需要这种敷衍了事的道歉！我也丝毫不想接受你的道歉！"

"可是……"

"什么可是！我丢了工作，我老婆没有药连走路都走不了！可这都不算什么，真正可怜的是明大，他无论如何也回不来了。

他在拘留所里上吊自杀时的绝望也不可能再平复了。直到死的时候,他还背着杀人犯的恶名!"

渡濑双膝一软,跪了下去。在向静道歉时他是凭自己的意识下跪,然而现在却不受控制地屈下了膝。

他跪在门口想要磕头,然而辰也却抢先一步托起他的下巴。

连低头道歉都不允许吗?

"携带手铐的臭小子,你到底懂不懂?道歉?开什么玩笑!你以为只要低头道歉,就能得到原谅?你们害死明大,毁了我们的家庭和人生,这是用再多钱也买不回来的!要是你真想道歉,就把过去的生活还给我!把明大还给我!还给我啊!"

渡濑僵在原地,连一根手指都动不了。

辰也的话像楔子一样,深深扎进他的心里。

此刻,他终于切实感受到了对方的心情。

自己犯下了无可挽回的过错。一个好端端的家庭被他毁得支离破碎,一个年轻的生命也因此而消逝。然而他却没有受到任何处罚,甚至还能优哉游哉地继续当他的刑警。

天底下还有比这更不公平的事吗?

渡濑心里翻江倒海,身体却如坠冰窟。

膝盖抖个不停,骨头嘎吱作响。

内心愧疚难当,真想就此消失,或者缩成灰尘一般大小。然而渡濑别无他法,只能继续在辰也面前保持这副丢人现眼的模样。

片刻过后,辰也发出一声疲惫的叹息:

"你走吧。"

"我该……怎么办？我今后该怎么办？"

"事到如今，你能为我们做的事只有一件。"

"什么事？"

"就是不要忘记。这辈子都不要忘记明大和我们一家。我没什么要说的了，你快走吧。"

说完这句话，辰也便走进屋里去了。

渡濑在门口跪了许久，最后摇摇晃晃站起身来，走出门去。

外面雨还在下，渡濑呆立雨中，浑身已经湿透。因为低着头，水滴很快就从额头淌下。

都怪我识人眼光太差。

都怪我观察能力不足。

都怪我对门把手和玻璃切割器一无所知。

因为自己的无知引发冤案，最终毁了自己和那么多人的人生。

渡濑无意间抬头望向天空，只见东方深灰色的天空逐渐亮了起来，远处的乌云也裂开一条缝隙。

世界时刻都在改变，不知不觉间雨停了，阳光洒在身上。风儿肆意吹拂，嫩芽总有一天将会慢慢长成树木。

既然如此，人也一定能够改变。

渡濑摇了摇头，像是想甩掉心中的颓丧。

再也不要犯同样的错误。

再也不要有先入为主的想法。

见识不足就去获取，观察力不足就去培养，知识不足就去学习。今后一定要多听人说话，多读书，多去各处游览，将所有知识都变成自己的财富。

没错。

我一定会成为一名当之无愧的刑警。

冤祸

"只要是人,总会有那么一丁点良心。

就算是我,在牢房里看见蜘蛛也不会特地把它按死的。"

"哼,当你是芥川龙之介小说里的人啊。"

"不过嘛,有良心的未必是好人,

犯过罪的也未必就是坏人。

至于迫哥嘛,他心里住着一头疯狂的野兽,

只不过是在平日里努力掩盖罢了。"

1

平成二十四年①三月十五日，府中监狱前。

两名狱警陪同迫水二郎走出大门。

马上就要四月份了。监狱前的人行道旁，连绽放的早樱似乎也在庆祝迫水回归社会。

"感谢各位照顾我这么久。"

迫水转过身来，向两位狱警深深鞠了一躬。

"嗯，自己多保重吧。"

其中一名狱警爽朗地点了点头，

大门迅速关上了。或许是因为锈迹斑斑，关闭的时候发出了刺耳的嘎吱声。

然而就连这刺耳的声音，在迫水听来也如号角齐鸣般悦耳。

---

① 2012 年。

大门在眼前关闭。

毕竟是监狱里的模范囚徒,此时依然要保持谨慎。迫水再次鞠了一躬,两名刑警似乎对他失去了兴趣,迅速返回监狱里。

可以了吗?

不,还不够。

府中监狱附近竖立着一排排职工宿舍,或许还有人正在盯着自己,这会儿最好还是老实点。

没有一个人来接他。

这很正常。迫水的父母在他被判刑的几年后就去世了。没有兄弟姐妹,本就疏远的亲戚朋友在他坐牢之后也都更加疏远他了。

过了公交车站之后又走了好一会儿,视野里没有了和监狱沾边的东西,迫水终于松了一口气,继而又深深吸了口气。

树木、泥土和樱花的味道让他鼻子痒痒的。

多么清澈芬芳的气息啊。尽管夹杂着些许汽车尾气的味道,但闻惯了牢房里的馊味,迫水依旧觉得这空气无比香甜。

"哎呀呀。"一开口便自然而然冒出这句感叹来。

时隔二十三年重归社会,却没有想要欢呼雀跃的心情。从年纪上来说,迫水早已没了年轻时的天真烂漫,但要说豁达开朗,似乎也还为时过早。

又走了好一会儿,终于见到了人影。

购物途中的主妇、放学回家的学生。不知为何,他们都聚精会神地看着手中那个像笔记本一样的东西,还有人用手指在上面滑来滑去。

在与一名白领穿着的女士擦肩而过时，迫水偷偷瞟了一眼。原来那不是笔记本，而是小型电视一样的东西。

这就是他们提过的那个"智能机"吗？他似乎听新入狱的囚犯提过这个玩意儿，但还是第一次见到。

在迫水入狱之前倒也有能带在身上的电话，只不过那种东西叫移动电话，而且非常笨重。都说日本人擅长把东西做得袖珍，确实很有道理。

就在此时，重获解放的感觉油然涌上心头。

这就是监狱之外的自由世界啊。

再也不用在走路时大幅摆手，再也不会被人用"5421"这个代号称呼，再也不用坐在固定的位置上。从今以后无论去哪儿、说什么话、吃什么东西，都再也不用受人管束了。

仿佛连视野都刹那间开阔起来。

再也不用透过那扇可怜巴巴的小窗户仰望蓝天了。

但他不想纵情奔跑，只想悠闲地散步，感受一下泥土的气息。

然而紧接着，他的内心有了一丝担忧。

才走出几百米，眼中的景色就与记忆里的大相径庭。

柏油路似乎比以前明亮了不少，十字路口的地面里似乎混入了什么碎片，阳光照上去明晃晃地刺眼。路上往来的汽车似乎也圆润了许多，车顶上都竖着一根小棍——那是天线之类的玩意儿吗？

迫水打算穿过马路去另一边的人行道，远处飘来一个小小的车影。然而他才走两三步，那辆小汽车便"飕"的一下在他面前驶过。

迫水吓坏了。

差点被撞个正着。在监狱里待了这么多年，他已经忘记了汽车应该是什么速度。

他匆忙穿过了马路。

木质建筑已经十分罕见，大部分建筑都变成了钢筋混凝土结构。铺设房顶的材料也大多是石棉水泥瓦，铺着老式瓦片的房屋一间都没见到。

便利店已经看到三家了，入狱前可绝对没这么多。

好奇心驱使着迫水走进一家便利店里，他想买点吃的。

然而店里琳琅满目的食品让他看得头晕眼花。

种类丰富的饭团与配菜；

包装精美的零食；

生活用品的货架上还摆着 DVD-R、CD-R 之类的光碟。至于磁带，似乎已经退出了历史的舞台。

手机壳、充电器、iPhone 配件……

看来在监狱之外的世界里，手机已经成了人们的生活必需品，若非如此，他实在想不出便利店里为什么会有这么多手机相关的商品。环视店内，其他顾客的穿着似乎都很时髦，只有自己穿的是一件单色毛衣。

迫水觉得自己简直像是民间传说里的浦岛太郎[1]一样。

不过当他走到饮料区时,总算微微松了口气。冰柜里的酒精饮品摆得满满当当,还有很多他熟悉的品牌。

啤酒、预调酒、嗨棒[2]。

看着看着,不禁咽起了口水。

在监狱里只要有钱,大部分东西都能买到。零食、文具、书籍,有时甚至还能买到部分内容涂黑[3]的杂志。但是不管有多少钱,只有酒是绝对买不到的。监狱不允许犯人喝酒,店里也根本没货。

目光不禁扫到价格签上。

二百四十八元,好贵。

另一边的发泡酒就便宜许多,只卖一百五十元。

迫水急忙检查了一下钱包,里面有一张万元钞票、四张千元钞票,还有少许零钱。

在监狱里的这二十三年里,迫水一直在从事洗衣工作。他日复一日地清洗着囚犯们的衣服、毛巾,以及其他各种纺织品。他的工资被称作"劳改金",每个月能到手四千二百元。如果全部存起来,到现在也该有一百多万了,但平时要购买日用品和甜食,

---

[1] 日本民间故事中的人物,该故事讲述了浦岛太郎在海边救了一只被小孩子欺负的海龟,海龟为了报恩,便带着他参观龙宫。太郎接受了龙王爱女乙姬的热情款待,临走前还得到了一个玉手箱。乙姬嘱咐他千万不能打开玉手箱。上岸后的浦岛太郎发现陆地上的人事已非,一问之下,才知道原来他在龙宫待了几天,却是陆地上的好几百年。一时手足无措的浦岛太郎,忘了乙姬的叮咛,打开了那个玉手箱,结果一下子变成了百岁老翁。

[2] "嗨棒"是指碳酸饮料与酒类混合的鸡尾酒。

[3] 为了进行信息管制,避免囚犯看到不必要的信息,监狱里的工作人员会将杂志部分内容涂黑。

这点钱也很不经花。因此迫水干了二十三年的活儿，最终也只剩下了这一点。

迫水在价格签与钱包之间思来想去，旁边有位年轻女子瞥了他一眼，一脸轻蔑的表情。

该死。

迫水顿时感到羞愤交加。

要是告诉这个女的自己刚刚出狱，不知道会把她吓成什么屄样儿呢。可是这样一来，恐怕店员与其他顾客都会对自己白眼相向了。

这似乎是一种源自破坏欲的冲动，然而对酒精的渴望胜过了这股冲动。

想了又想，最终迫水选择了一瓶三百五十毫升、价格为一百五十五元的发泡酒。手握易拉罐匆匆走向收银台，掌心里传来的冰冷简直让他爽到快要叫出声来。

来到收银台，各种香烟的包装映入眼帘。尽管样子有所改变，但他还是通过"Seven Stars"的牌子认出了七星香烟。

"喂，七星一包多少钱？"

"四百四十元。"

这个价格让迫水吓了一跳。过去只要二百多，如今却涨了将近一倍。真不知道现在的烟枪们到底怎么解决烟钱的问题。

虽然烟瘾也有点犯，但迫水还是忍住了。当务之急是先过过酒瘾。

付过钱后，迫水匆匆走出店门。

在大街上喝酒应该不犯法吧——迫水坐在停车场里的一块车挡上，随即打开了拉环。

伴随着"呲啦"声，一阵酒香传来。

再也忍不住了。

将易拉罐举到嘴边，迫水大口吞咽着美酒。

芳香而略带苦涩的碳酸酒充斥着喉咙。干枯了将近四分之一个世纪的土壤终于得到了滋润，迫水真切地感受到酒精沿着食道流淌进胃里的感觉。

舌头与喉咙同时发出欢呼，味觉仿佛失而复得一般，迫水被这种美味感动得几近流泪。

简直就是液体黄金啊。

"呼——"

迫水发出一声自然而深沉的叹息，握着易拉罐的手在微微地颤抖。

金黄色的液体流过食道抵达胃部，继而融入血液在身体中循环。所谓的"沁透心脾"或许就是这种感觉。

随后迫水改为小口啜饮。喝得越多，他就越是品尝到自由的滋味；喝得越醉，他就越能体会到枷锁被打破的感觉。

美酒下肚，迫水觉得自己终于恢复了精神。手上稍稍用力，空罐子发出清脆的声音，轻轻松松便被他捏扁了。

迫水又打开钱包看了看，买过酒后，里面少了一张千元钞票。而在拥有收入以前，他必须先靠剩下的钱解决生活问题。

无所谓。钱这种东西，总有门路去搞。

迫水把已经捏扁的易拉罐扔进排水沟里。虽然附近有专门用来扔易拉罐的垃圾桶，但他根本不想在乎。

老子再也不做模范囚徒了！

再也不要对别人的吩咐唯唯诺诺，再也不要对别人的命令俯首帖耳。

老子今后，要自由自在地活着！

一罐啤酒下肚，顿时有种飘飘欲仙的感觉。

那么，先在哪儿落脚呢？想要与人联络就得有个住处，还得有部手机。他听狱友说过，有种预付费式①的手机非常便宜，还不用登记住址，不如先去弄上一个。

但是走了一会，迫水又有点心里发慌。

脚下的马路太宽，让人心里发慌。

来往行人的笑声也让人心里发慌。

真是奇怪。在监狱里眼巴巴地想要出去，可是等到出来以后，感到自由的同时也有些心慌。难道说自己已经习惯了狭窄安静的监狱？难道自己的身体已经只能待在昏暗的、充满馊味的牢房里，一旦出去就安不下心吗？

服刑期间，迫水认识了好几个二进宫甚至三进宫的人。他本以为这些人被抓进来这么多次，真是太傻了，但是聊过天后，迫

---

① 一种提前付费使用手机的服务方式，通常提供给国外旅客或短期滞留在国内的外国人使用，好处是到期前的费用较低，但到期不付费将自动解约。国内手机运营商使用的收费方式基本为"预付费式"。此处提到这种方式是因为日本手机收费通常使用合同制，即与运营商签订合同后每月自动从银行卡里扣取相应费用。

水却发现他们并不无知，不，在某些方面甚至比自己还要聪明、能耐得多。尽管如此，他们还是重新回到了监狱。

迫水感到好奇，向他们询问原因。他们是这样回答的：

"怎么说呢，感觉还是在监狱里待着安心。虽然有很多规矩，但仔细想想也不算啥。只要听狱警的话就行了，待在里面，感觉连时间都是静止的。"

迫水当时没有听懂这句话的意思，如今却隐约理解了。在漫长的二十多年里，自立和自主的意识都已丧失殆尽，如今却突然被放出来，不再有人管束，遇到这种情况，恐怕任谁都会感到心里没底。

最高法院给迫水的判决是无期徒刑。根据永山基准[1]，原则上杀害四个人应当判处死刑。迫水之所以能判无期，是拜律师的本事所赐。在上木崎母子遇害一案的审理中，律师主张迫水"没有杀意，因为被害人母子进行反抗，混乱之中才会被刀刺到"。他还强调了迫水悲惨的身世，因此最终帮助迫水得以从宽处罚。

徒刑是一种将人从精神内部缓缓杀死的刑罚。一旦出了监狱，一个人在监狱里的实力与声望就会失去一切作用。而且迫水很早就听说犯人在出狱后很难找到正经工作，因此即使能够忍受别人在背后的白眼和奚落，最终也难以求得内心的安宁。

---

[1] 是日本最高裁判所在永山判例中，对选择死刑的基准所做的界定：死刑要综合考察了犯罪的性质、动机，特别是杀害手段的执拗性、残忍性、结果的重大性，尤其是被杀害的被害人的人数、遗属的被害感情、社会的影响、犯人的年龄、前科、犯罪后的表现等各种情节后，在认为其罪责确属重大，无论是从罪刑均衡的立场还是从一般预防的角度来看，都不得不处以极刑时，才允许选择死刑。

所以虽然迫水在监狱里一直被评为模范囚徒，最后还获得了假释出狱的机会，但老实说，他也并没有多开心。

直到在报纸上看到了那篇报道。

看过报纸后，又在电视新闻里确认了一遍，他这才相信自己真的撞了大运。

监狱外面孤立无援的世界令人不安，但如果有钱就另当别论。俗话说得好，有钱能使鬼推磨——无论狱里还是狱外，只要手里有钱，大多数问题都无须担心。

有了钱，自由的生活会更加舒适，也更有价值。能住在豪宅里享受山珍海味，这才叫真正的自由。

为了驱逐内心的焦虑，迫水开始想象起自己发大财之后的样子来。

究竟能捞到多少呢？

一百万？两百万？

不，还可以捞更多。只要去找那个人，或许一辈子都不需要工作了。

这辈子要做的工作，已经都在监狱里做完了。

这辈子要听的话，也都在监狱里听完了。

今后我再也不要工作，再也不要对人言听计从，我要逍遥自在地过完这一生！

就在这时，迫水突然有些不太舒服。

或许是冰啤酒喝得太急，他突然感到一阵尿意。

虽然罪名很轻，但随地大小便也算是违法行为。好不容易才假释出狱，要是因为随地小便被抓回去，肯定要成为狱友们的笑柄了。

迫水焦急地四处张望着。

附近就没有公厕吗？

突然发现前面有个公园。渡濑怀着期待跑了进去，发现里面还真的有一间公厕。

心想事成，真是个好兆头。

迫水立刻飞奔进去，里面空无一人。

站在小便池前，迫水突然有些扫兴。这儿的厕所已经好久没有人打扫，显得肮脏不堪。留在小便池上的尿渍结了厚厚一层污垢，脚下的瓷砖也都是一片黄褐色。监狱里的厕所可比这儿干净多了，至少负责清理厕所的人要比这儿的更加认真。

唉，算了。

迫水拉开裤链开始撒尿。

膀胱感到轻松的同时，紧张感也减轻了。

就在这时，背后传来一个声音。

"你是迫水对吗？"

迫水心里一惊，但目前的姿势让他没法转身看人。

"谁啊？"

"你就是迫水吧？"

"是啊，没看我正撒尿呢吗？先等会儿……"

然而他没能把这句话说完。

侧腹突然传来一阵剧痛。

235

"你他妈的——"迫水本想说出这句话,但还没来得及开口,就挨了第二刀。

又是一阵尖锐的疼痛,他感到刀子捅进腹部,剜着自己的内脏了。

然而他也只能感受到这些了。第三刀已刺进了他体内更深的部位。

甚至来不及叫喊,身体便脱力倒下,上半身软弱无力地挂在小便池上。最后一滴尿液终于排到了体外,但在此之前,迫水的心脏便已彻底停止跳动。

2

"所以说宫元町的那起案子，与东京都内发生的连续杀人案有着密切联系。接下来警视厅会与县警进行联合侦查。对了，你现在就到光崎大夫的法医解剖室那边去，司法解剖要开始了。"

接到渡濑命令的古手川一脸疑惑。

"联合侦查……那班长您呢？"

"我手头忙，你一个人过去。"

"……班长，这算不算是欺负新人啊？"

"知道就别问了。偶尔也要跟别人配合一下，看看哪里和人家不一样，哪里不如人家，哪里还需要进步。"

"是这样吗？"

"你的搭档可是侦查一科麻生他们班的犬养，那小子相当不赖，你得跟他好好学学。不管是侦查手段、专业知识，还是那股韧劲儿，能学的就给我都学过来。"

"知道嘞！"

或许是知道再反对也没用，古手川轻轻点了点头，披上一件薄外套后走出了刑警办公室。

虽然有些毛躁，但行动还算爽利。年轻人接受能力强，除直属上司以外，应该让他和别的探员多多搭档，多多学习。

让古手川去联合侦查组，几乎是渡濑的个人决定，但这点小小的安排，栗栖科长应该不会有什么意见。说白了，这个人只有在火烧眉毛的时候才会有所反应。其实不只是栗栖，如今围绕在上司身边的都是些马屁精，根本没有人肯不顾自身安危去攻击渡濑。

不过这本来也是渡濑容易招人厌恶的原因之一。

二十三年前，楠木明大的冤案遭到媒体曝光后，试图隐匿事实的相关者全部遭到肃清，光是浦和分局就有杉江、堂岛、刑事科科长及局长等多人受到处罚。降级、大幅降薪等处分，几乎等于是在委婉地劝当事人主动辞职了。而这些人也理解上面的意思，尽管满口怨言，但还是纷纷辞去了警察的工作。

然而只有渡濑不仅没被肃清风暴所波及，还从浦和分局调到了县警总部，如今他已经是侦查一班的班长。在职场上如此顺风顺水，原本应该饱受他人美誉，但偏偏这个人是渡濑，因此没少被人在背地里抱怨。

那家伙动不动就连累自己的上司，不想出事的话就不要和他走得太近——总之在同事眼中，渡濑就像是个瘟神。

由于在埼玉县警察局内的侦破率经常高居首位，因此渡濑并没有遭到露骨的排斥。但光从同事们的表情上，就能看出他不受欢迎的事实。虽然是迫于无奈，但渡濑的确以一己之力挖出了明大的冤案，并将当时的相关者全部当作牺牲品送上了祭坛。正因如此，渡濑并不打算逃避。而且至少现在，还不会有人来刻意为难他这个刑侦王牌。毕竟是同一个组织里的人，为了为难渡濑而强出头又没有什么好处。

然而或许是有人担心渡濑的地位如果再高下去会威胁到自己，因此他的职务始终停留在警部上，最近甚至已经没人找他去参加升级考试了。

渡濑本人倒是觉得无所谓。尽管偶尔会在侦查方针方面由于上司考虑不周而发脾气，不过他对部下指挥有方，最后总能顺利解决问题。毕竟他还是最喜欢在案情一线工作。他觉得与其靠在办公室的椅子上享清闲，踏踏实实地培养古手川这样的年轻刑警，才算是在为警察组织做出贡献。

渡濑非常清楚自己已经落后于时代，但明大事件让他领会到——手中的权力越大，就越不能眷恋权力。无论年号如何改变，过于强大的权力总是会招致危险。无论什么时代、什么地方，权力的狂信徒最终会被权力本身所驱逐。

将派出古手川的事向栗栖汇报过后，渡濑打开了一份刊登国内新闻的早报。渡濑习惯每天在报纸上浏览东京都及邻县发生的大小案件。县内的案子先不提，辖区外的案子总是很难及时传达到他们这儿，搞不好某些消息还真要靠看报纸才能知道。然而警视厅的案子往往又与埼玉县警手上的案子息息相关，古手川之前

239

提到的那起连续杀人案正是如此。

当渡濑看到都内版时,一个名字映入他的眼帘。

十五日下午三点左右,府中市新町二丁目一公园男厕中发现一名男子的尸体。经调查,该男子名叫迫水二郎(五十五岁),居无定所,无业。死者侧腹被捅数刀,当场死亡。府中分局立即对此展开调查……

迫水二郎。

渡濑的目光紧紧盯着这四个字。他到死也忘不了,这个被自己逮捕后招认出明大蒙冤的人。

记得最高法院给他判的是无期徒刑。不过,也有可能是通过假释等方式出狱。

光看报纸,只能了解到他在公园厕所里被人刺死这件事本身。渡濑急忙打开单位配发的电脑,查询监狱的出狱记录。信息立刻就找到了。

"迫水二郎　预定于平成二十四年三月十五日释放出狱。预定住址　东京都足立区西新井……"

也就是说出狱当天,而且是刚出狱门不久,他就在府中监狱附近的公园里被人杀害了。

吃了二十三年的牢饭,迫水早已和外界断绝了关系。换言之,他不可能与观护人①以外的人产生人际关系。

那他为什么会被人杀害?

有可能是抢劫吗?撞到了那些闲着没事干、在公园里晃悠的劫匪——不,不太可能。劫匪通常会通过猎物的衣着打扮来判断对方身上有没有钱,但刚刚出狱的迫水不可能穿着范思哲、阿玛尼之类的名牌。渡濑想要更多关于案件的信息,但事情刚过一天,报刊上实在没有更多消息了。

迫水二郎与楠木明大一样,都是令渡濑难以忘却的人。立体的五官、穷酸的长相,加上一副中等身材,与其说他是被抢的,倒不如说他更像抢劫的。

当初在审讯室里逼问他的情景,如今又一次清晰地浮现在脑海中。回想起来,那时才是他刑警生涯的转折点。

越想越觉得迫水的死并不单纯。如果不是抢劫,那只可能是仇杀了。既然昨天才刚刚出狱,那么仇恨极有可能在他入狱之前就结下了。

入狱之前的仇恨。

能立刻想到的,就只有明大那起冤案了。由于迫水在作案后并未自首,导致无辜者遭到逮捕,蒙冤判刑。虽然是自杀,但明大等于是被警方、检方与法院共同杀死的。而这起冤案的被害人自然也会对迫水恨之入骨。

---

① 隶属国家公务员,但工作属于兼职性质。负责对出狱后的犯人进行观察和保护,以预防其再次犯罪、帮助其自力更生并融入当地社会为目标。

忒弥斯之剑，难道还在渴望着吸取更多的鲜血吗？

不能光是等待信息，渡濑拨通了警视厅麻生的号码。过去两人有过几面之缘，他比渡濑小上十岁，却见多识广，颇有肚量。

"嗨，渡濑老哥，好久不见，别来无恙啊。"

"别来无恙。我把这边的古手川派到你们总部去了，那小子别看年轻，但很有韧劲儿，你们随便使唤。"

"渡濑老哥你客气了……然后呢，找我有什么事？就我所知，你可不会连这点小事都要特地打来电话通知。"

看来从一开始就没能瞒过他，不过这样倒也方便。

"岂敢岂敢。其实就在昨天，府中监狱附近发生了一起命案，我想打听打听消息。那起案子是麻生老弟你负责吗？"

"没有，是桐岛他们班负责。不过我们班也去了几个人帮忙……渡濑老哥，这事该不会和你那边的案子有关吧？"

"死者迫水二郎，当初就是我逮捕的。"

电话对面顿时没了声音。

"光看报纸，只知道他出狱之后不久就被杀了。有什么东西丢了吗？"

"没有。钱包里分文没少。就连已经失效的驾照都还留着，所以警方立刻就辨认出了他的身份。"

"听说他的侧腹被捅了好几刀，凶器找到了吗？"

"好像还没找到。据法医来看，凶器应该是尖头的单刃刀。"

"凶手留下指纹了吗？"

"毕竟是公厕，鉴定科验出了许多身份不明的指纹。不过被害人的身份既然已经查清，这边的探员应该早晚会找你去打听消息。"

这话倒是没错。那起冤案的相关者里如今还在当警察的，恐怕只剩下自己了，再傻的刑警应该也能想到来找自己问话。反过来说，要是连这种常识都没有，还是趁早别在这行混了。

"具体情况我也就只知道这些，只不过这起案子已经震惊了辖区的警察局。"

那还用说，凶手在监狱的眼皮子底下把人杀了，这让府中分局和警视厅的面子往哪儿搁？

"我比你小几岁，可能没什么资格唠叨，但渡濑老哥，你最好还是别对这起案子插手过多。都说枪打出头鸟，更别说是在辖区以外了。"

看来麻生也是这么想的。

"感谢忠告。只不过我对迫水比较熟悉，职业道德让我无法坐视不管。"

"那倒也没什么。刚刚不是说过嘛，我们这边的探员应该会去找你。"

"这话的意思是……"

"你的拿手好戏不就是从那些菜鸟刑警的嘴里套话吗？"

正如麻生所言，还没过两个小时，就有一名警视厅的年轻刑警过来找他。他叫葛城公彦，看上去忠厚老实、和蔼可亲，不过这似乎也是他唯一的长处。葛城此行的目的是调查迫水过去的罪行，不过这种发个邮件就能解决的小事都要特地跑一趟腿的人，要从他嘴里套话想来也不会太难。

葛城问到了迫水被审讯、逮捕到送检的经过，以及迫水的人际关系等信息。都是些正常刑警会想到的问题，所以渡濑也就实话实说。整个过程像是预先演练好的一样，没有一个问题能够引起渡濑的兴趣。

接下来轮到渡濑提问了。

"话说回来，葛城小哥，你们已经筛选出嫌疑人了吗？"

"算是吧。首先是遭到迫水杀害的房产中介夫妇与高岛母子的遗属。我们打算请这两人今天到局里配合调查。"

"说起那对房产中介夫妇的遗属，应该就只有他们的女儿那美了吧？可她不是住在北海道吗？"

"不，她在差不多一年前搬到都内来了。"

这件事还是第一次听说。

"好像是和丈夫离婚之后没了收入，所以就搬回来了。现在在新宿的一间酒吧打工。"

"那高岛呢？"

"恭司在老婆孩子死后，就从原来的家里搬走了。如今住在都内的一间公寓里，听说还是在做贸易。"

上木崎的房子是高岛的妻儿惨遭杀害的地方。留下了如此惨痛的回忆，也难怪他会搬离那里。

"还有就是，之前冤死在狱中的楠木明大的父母，我们也在关注。他们的动机没有久留间的女儿和高岛那么充足，但他们的独生子是因为迫水而死在狱里的，或许也会对他恨之入骨吧。"

"也就是说，侦查组目前打算沿着这三条线索进行调查咯？"

"嗯。不过也有人持否定态度，认为已经是二十三年前的案子了，谁会记仇记得这么深呢。"

"这是属于加害者一方的想法。"

"咦？"

"别看楠木明大是自杀的，他的家人可不会这么认为。在他们眼里，自己的儿子就是被警方和检方狼狈为奸害死的。这种事情加害者会忘记，但对被害者来说可是刻骨铭心。人类就是这样的生物啊。"

"可是，渡濑警官……"

葛城吞吞吐吐地说，

"如果凶手是因为冤案而杀人，那他的目标恐怕不只迫水一个。"

渡濑觉得他说的没错，侦查组里的人恐怕也是这么想的。不过这种可能性有些匪夷所思，拿到台面上的话会造成严重影响，因此每个人都在装糊涂。

"你说得很对。"

听到渡濑的赞许，葛城非但没有高兴，脸上反倒流露出些许惧意。

"如果动机是为明大报仇雪恨，凶手报复的对象就不会只有迫水一个。对明大进行起诉的地方检察院、最高检察院的检察官，对明大下达死刑判决的地方法院、最高法院的法官，那些明知是冤案却还试图隐瞒的浦和分局相关者……至于对明大进行审讯，伪造笔录的刑警就更不用提了。不过两位法官早已不在人世，负责审讯的刑警之一鸣海五年前也已经死了。所以说事实上的相关者，其实就只剩我一个。"

没错，鸣海健儿于平成十九年的冬季被人发现陈尸家中。由于既没有亲属，附近也没有熟人，尸体被发现时已经是死后的第三周。

好歹也是自己的老上司，渡濑与其他几名警方人士参加了他的葬礼，但除此之外的出席者寥寥无几。

嫌疑人眼中的恶鬼罗刹、上司眼中的最强王牌，晚景却如此凄凉，连渡濑也不禁感到一丝怜悯。

面前的葛城似乎有些忐忑不安，坐在椅子上的屁股动来动去。

"警官……恕我直言，您说得是不是太直白了。"

"或许是吧。不过山室与住崎检察官早已退休，如今都只是平民而已。浦和分局的相关者们基本也都辞职去私企找了工作。说点不怕丢人的话，最遭凶手憎恨的我依然被警方保护着，而那些退休、辞职的人却并非如此。如果要进行报复，找他们或许更方便些。"

"警官您的意思是，会继续出现牺牲者？"

"不清楚。不过刚才我也说过，人心里的恨意未必会随时间而消逝，说不定反而还会像老酒那样越发醇厚，最终酝酿出纯粹的杀意。这是只有被害者一方才能理解的现象。"

"……我会把您的考虑汇报给侦查组。"

"是打算派人保护我？"

"我们当然也会商讨。"

"那样就太不划算了。"

"咦?"

"用不着派人保护,只需要让我知道嫌疑人的信息就好。"

"这个,您的意思是……"

"岁月不饶人,有些过去的事,我一时半会儿也想不起来,等到想起来后我会一一汇报上去。所以说侦查组手中那些大大小小的信息,也请你们同步给我。"

"可是……这个有点……"

"不就是信息共享吗?凶手的目标是我,我总得努力保住自己的老命吧。"

纵向组织架构有许多值得称赞之处,其中之一就是对外部干涉极为敏感。渡濑向葛城提出信息共享的要求后才过四个小时,侦查组的桐岛便把电话打了过来。

"该说你是手段高超,还是肆意妄为好呢?你这不管对谁都要乱提要求的老毛病,可真该好好改改了!你说是不是啊,渡濑老哥?"

渡濑对桐岛这个人还算了解。与麻生不同,这个人一向难以捉摸。虽然没有小肚鸡肠到非要与渡濑在侦破率上争个高下,却也不像渡濑这样大大咧咧。虽然不像公务员那样谨小慎微,却也没有那种敢于豁出一切的勇气。

但只有一点非常清楚,那就是他绝不会允许别人插手自己的案子。

"你跟葛城说要信息共享,到底打的什么算盘?"

"没打什么算盘啊,只是怕死而已。"

"哼,你会怕死?和鸣海搭档那会儿你就已经臭名远扬了。"

"在组织里待了快四分之一个世纪,脸皮厚点也很正常。你不也一样吗?"

对面一时无语,或许是觉得渡濑说的有道理。

"我对葛城提到的事也不是不可能发生嘛。毕竟被杀的人是刚刚出狱的囚犯,任谁都会往他过去的案子上想吧?"

"听说你想得还挺周到,连那两位前检察官的安危都开始担心起来了?"

"不能排除那种可能性而已。当然了,如果侦查组已经筛选出嫌疑人,事情就另当别论了嘛。"

对面没有回答。案件发生还不到一天,估计警方对案件相关者的讯问都还没有做完。

"想套话也挑挑人,你以为我会着你的道儿?"

"没这个意思啦,不过我确实想要些信息。这起案子和我关系很大,搞不好哪天晚上我就被人割喉了呢。"

"要是怕死就去找埼玉县警,让他们派几个人保护你。"

"凭我的身手,保护一下自己还是没问题的,但你至少得告诉我应该提防谁吧?"

"哼,真是不长教训。"

"不长教训的人可不只我一个,大仇未报的人都是这么想的。你又不是不知道被害人的遗属有多苦大仇深。"

对面又不说话了。

"都是因为'人权派律师'之流胡作非为，那些加害者的权利反而被保护得好好的。可被害人的遗属呢？他们直到现在才好不容易获得了出庭的机会，就在不久之前，他们除了在法庭上旁听以外，根本获取不到任何与案情相关的信息，也不能与加害者见面。加害者是有了人权，被害人的人权反倒是一丝不剩了！那些顶着律师名号的骗子，说得好像被害人才是有错的那一方一样。媒体也只会写些吸引人眼球的东西，被害人就算被骚扰得不胜其烦，却也毫无办法，只得连夜举家搬走。至于给被害人家属的赔偿金更是可怜巴巴的一丁点。好不容易赢了民事诉讼，如果对方没钱，就算执行令下来，还是一分也拿不到。受过这种对待的人，怎么可能会忘记当初的痛苦。我承认有些人确实能看淡仇恨，但关于仇恨的记忆永远不会消失。"

"……看来你还挺懂。说不定他们仇恨的矛头对准的就是你呢。"

"呵呵，这是在担心我？那向我这个关系人透露些目前的侦查状况，应该也无妨吧？"

"那可不行。"

"真是铁石心肠啊。"

"渡濑警官，你是案件相关者，我不能把目前的侦查状况透露给你。"

"我这个相关者，搞不好就变成被害人了。"

"听说你们局里都是些练家子，难道还保护不了你？而且我觉得组织还不至于那么冷血，也不至于对那些前检察官，还有警方的相关者见死不救。"

也就是说，包括已经辞职的两名检察官在内，那些曾经在浦和分局工作的警察迟早都会受到监视。

然而组织也并不像桐岛说得那样温情脉脉。这种将市民当作诱饵进行钓鱼执法的行为，反而更加显得组织冷酷无情。

"看在我们都是中层的分上，送你一句忠告。这是警视厅和府中分局的案子！你只不过是个潜在的被害人，就别再掺和这起案子了。"

桐岛以一副不容反驳的语气撂下这句话，随即挂断了电话。

唉，既然双方都是一副厚脸皮，那就很难达成共识了。

渡濑回味着与桐岛的对话，开始寻找下一个突破口。

既然桐岛负责管理案发现场，那么就算在警视厅打探，也得不到什么像样的消息。

那该怎么办呢？

首先浮现在脑海中的，是府中分局重案组里的面孔。渡濑在那边有几个熟人。

在与警视厅联合侦查的情况下，辖区警察局通常负责后方支援，探员们也相对接受这样的安排。

然而这起案子就发生在刑事机构附近，等于是让府中分局颜面扫地。而且现任府中分局局长心高气傲，刑事科的手下更是雷厉风行。

所以说，府中分局不可能甘愿在后方打杂。

渡濑立刻给府中分局的某个人拨去了电话。

几分钟后，渡濑得知了案件的详情：

发现迫水尸体的，是来公园里上厕所的高中生。报警时间是下午三点二十分。府中监狱附近有不少学校，早晚都有不少学生上学放学。换句话说，在其他时间里几乎无人经过此处，会去公园的人更是寥寥无几。迫水死在市里却很晚才被人发现，就是这个原因。

尸体的侧腹被捅了三刀，法医认为其中一处是致命伤。这与对尸体进行解剖的情况一致。

公园里的厕所每隔两周雇清洁工打扫一次，因此残留在案发现场的无主指纹与脚印数量众多，难以锁定凶手。

推测死亡时间为上午十一点到十二点之间。尽管法医解剖后所预测的死亡时间范围更大，但根据迫水出狱的时间以及附近便利店店员的证词，可以将这个时间段缩小到一小时以内。

从刺切伤的形状来看，警方推测凶器是柳叶形的单刃菜刀，不过凶器尚未发现。

警方推测，迫水出狱后要去的是观护人田丸惣一家中。根据出狱资料上的记载，迫水的预定住址位于足立区西新井——田丸家的所在地。也就是说，那里是迫水找到新工作或新住处之前的临时住所。然而到了约定好的时间，迫水却一直没有出现。田丸等得不耐烦，打电话向府中询问，随后震惊地得知了迫水的死讯。

目击者为零。

案发现场残留的指纹难以识别。

除此之外,被害人已经在监狱里生活了二十三年,与外界彻底断绝联系。

初步调查毫无线索,侦查组的人想必已经成了热锅上的蚂蚁。

如果让我负责侦查,我会怎么做呢?自然是先调查二十三年前那起案件的相关者,然后一一确认他们的不在场证明。不过,桐岛自然也会这么做的。

那么,自己这个被排斥在外的人应该从哪里下手呢?

正当渡濑琢磨着要怎么做时,栗栖科长突然毫无预兆地叫他过去。

"警视厅和我抱怨过了,听说你在向警视厅和辖区的探员打听府中监狱附近的那起案子?"

一丝不快爬上渡濑的眉梢。

"那个遇害的犯人过去是我抓的,稍微表达一下关心,没什么问题吧。"

"稍微?人家说你的语气和威胁差不多!"

"对方小题大做而已,常有的事。"

"这种事要是常有,那还了得!"

栗栖大喝一声。他的声音本就尖锐,如今在渡濑听来更像狗吠一般。

"警视厅和府中分局以威信做担保,誓要破获这起案子,贸然插手只会被他们当成绊脚石。这么明显的事你还看不出来?"

渡濑瞥了栗栖一眼。焦躁、迷茫、胆怯——真是个肤浅的家伙。

光看表情就能猜出上司对他发了什么牢骚，又命令他做什么。

"首先，那个迫水确实是你逮捕的，但这件事到底重不重要，不由你来决定。"

渡濑明白对方的意思了：

"你的意思是，二十三年前发生的事与这起案子毫无关联是吗？"

"这也不是你和埼玉县警该考虑的问题！"

侦查组对渡濑的行动进行阻挠，或许是碍于面子，或许是不喜欢有人在自己的地盘上撒野。然而埼玉县警接受对方的抗议，对渡濑进行敲打和警告的行为，也并非完全出于对警视厅的一片忠心。

他们只是不想重新提起二十三年前的那起冤案罢了。要罗列出杀害迫水的嫌疑人，自然不得不追溯二十三年前发生的那起案件。尽管涉及此案的相关者如今只剩渡濑一人，但这依然是埼玉县警史上最为严重的恶性事件，县警高层当然不会愿意自揭伤疤。

真是无聊透顶。

这和小孩尿床后拼命掩盖尿迹的行为有什么区别？

"退一万步来讲，就算这件事确实和你有关，但你身为相关者，对案件怀有特殊的情感，在办案过程中就可能会感情用事，所以说你更不适合插手这起案子。"

渡濑可以选择跟栗栖翻脸，但这种事还是不宜做得太早。反正栗栖也无非只是想要一句承诺，好方便跟刑事部部长交差而已。

于是渡濑恭恭敬敬地鞠了一躬：

"我会注意的。"

如渡濑所料，栗栖满意地点了点头。真是太单纯了，如果警方高层都是这种货色，想要以下克上简直轻而易举。

从栗栖面前离开时，渡濑的脑海中突然再次浮现出桐岛说过的话——

"这是警视厅和府中分局的案子！"

你错了，桐岛老弟。

这是我的案子。

第二天，渡濑来到府中监狱的会面室。

等了八分钟，要找的人在狱警的陪同下出现了。

那人一见渡濑，便咧开嘴笑了起来。

"啊呀，渡濑老哥！"

"有阵子没见了，白须。"

名叫白须的人在亚克力板对面坐了下来。

渡濑再次打量着这名囚犯的面孔。

他的实际年龄应该只有三十九岁，头顶却有不少白发。咧开的嘴角让他看上去颇有好人范儿，然而那双眼睛里毫无笑意。这副模样与渡濑当初逮捕他的时候别无二致。

"进来五年了吧。你好像瘦了不少。"

"这儿的饮食营养均衡，生活也有规律，是个减肥的好地方。"

"我倒是希望你能在精神上也减减肥。"

"那是不可能的，人的欲望天生就是要膨胀的。想在精神上减肥，那得去寺庙里修行。"

也就是说在他的精神层面里，依旧在疯狂地渴求着人血吗？

"唉，渡濑老哥，这种事其实不说也罢。来到这里后，我越来越感觉到人性本恶。无论身着气派的服装，还是在日常生活中装出一副举止优雅的样子，人类这种生物依然是种野兽。不，当出于生存以外的目的杀人时，人类或许连野兽都不如。"

"是不是这里惯犯太多，才会让你这么想的？"

"跟初犯惯犯没什么关系。我们所有人都是野兽，所以才会被关在社会这个牢笼里。这里和社会的唯一区别，是这里的栅栏看得到，社会的栅栏看不到罢了。"

白须愉快地笑了起来。

这个叫作白须长雄的人是一名专挑女性下手的连续杀人犯。他所惯用的作案手法是用锋利的刀子割断颈动脉，并在被害人死亡后取走对方的右眼球。他的目标仅限于二十多岁的漂亮女人，在渡濑将他逮捕归案前，已经有两个女人成为牺牲品。

"把社会上所有人都说得和你一样，未免有点吓人。"

"用不着失望吧，渡濑老哥。外边还有一大帮像我这样的，甚至比我还坏的人，你们可是生意兴隆啊，这还不好吗？"

"拜你们所赐，一科长期缺人。要是犯罪率能再降低点就好了。"

"那也是不可能的。"

白须突然压低了声音。毕竟狱警在场，不能对监狱里的待遇说三道四。

"你进来一次就知道了，渡濑老哥。监狱可不是什么让囚犯改过自新的地方，相反，它只会让囚犯对它更加依赖。"

"是吗？"

"所有二进宫、三进宫的人都是这么说的。监狱里住着最舒服了。在这里不用看人眼色，没有人瞧不起自己，所以工作起来也更加带劲儿，还有可以推心置腹的朋友。这里不缺吃不缺喝，风吹不着雨淋不着，所以从这儿出去的，最后大部分都还会回来。所谓的监狱，就是这样的地方啊。"

"真想把你刚刚说的这些话讲给法务大臣听听。"

"话归正题吧，今天怎么会来找我？应该不是来听我讲人生哲学的吧？"

"我对你的人生哲学倒还挺感兴趣，不过今天有别的事。听说你在监狱里负责洗衣服对吧？"

"哈哈哈，准备工作还是做得那么充分。既然这样，我的考勤记录你应该也查过了吧。"

"这份活儿轻松吗？"

"干了这份活儿后，我总算理解那些太太们天天洗衣服，为什么还能那么高兴了。看着污渍脱落能够获得一种快感，将那些被汗水和泥巴弄脏的衣服洗净，感觉心情会好很多，而且没有危险，我还蛮喜欢这份工作的。"

"和你一个班的人里，有没有个名叫迫水的老囚犯？"

话音刚落，白须就盯着渡濑，笑得更开心了。

"我就知道是这么回事。"

"你就知道？"

"像你这样的刑警，来这儿怎么可能光是为了闲聊。既然来了，就肯定是有新案子，想要挖掘线索。听说迫哥刚一出狱就被杀了，你来这是为了追查这件事吧？"

"你在报纸上看到的？"

"怎么会呢。像这种模范囚徒刚出狱就被杀掉的消息要是在监狱里传开，会搞得人心惶惶吧。而且我们看的报纸，像这样的消息都会被涂黑，电视里播放新闻的时候也会切到娱乐节目。但俗话说得好，好事不出门，坏事传千里，这事我们还是很快就知道了。毕竟我们离迫哥可还不到一千里呢。"

"你管他叫迫哥？"

"他是个老资历了，而且是模范囚徒。"

"听说你俩的牢房离得很近？"

"所以你才会找上我的吧？说起来也真巧，我和迫哥都是被同一个刑警送进来的。渡濑老哥，你可是相当了不起哪。"

"运气好而已。"

"怎么，难道我们的运气就差了？别开玩笑了。真是这样的话，我和迫哥，还有其他囚犯的老脸要往哪儿搁？我们可不是因为运气不好才被抓的。我们都很聪明，作案之后也都相信自己能够瞒天过海。真要说运气不好，也是因为负责案子的刑警是你吧。"

"怎么，你们还在狱里搞了个'渡濑受害者协会'？"

"只不过我和迫哥恰好是这样的关系而已。毕竟迫哥的年纪比我大上一轮，要说有什么共同话题，首先就是渡濑老哥你了。"

"那可真是荣幸之至。你们很聊得来？"

"我们的家庭环境很像，平时和人说话也都比较温和，不摆架子。彼此算是比较投缘吧。"

"我想了解迫水这个人的本性。"

"本——性？"

白须重复了一遍，像是第一次听到这个词一样。

"我想知道他在监狱里是个怎样的人。"

"刚刚我不是说过，监狱可不是什么让囚犯改过自新的地方。既然如此，迫哥自然和刚被渡濑老哥你逮到的时候没什么区别咯。"

"既然犯人不能在监狱里改过自新，自然也有可能变得更坏对吧？"

"哦？原来还可以这么想。可是再怎么合得来，他也不一定会把心里话都告诉我吧。"

"没问你们聊过什么。我只想知道在你心里，迫水是个怎样的人。"

"为什么想知道？"

"因为你很擅长观察别人。那帮糊涂虫们看不出来的东西，你看得出来。他们想隐瞒的事情，也瞒不过你。"

"……你夸我又没啥赚头。"

"是的，我只是在对你进行客观评价。"

这份敏锐的观察力在监狱之外的用途，是挑选可怜的牺牲品。监狱里倒是没有牺牲品，所以白须也只能单纯去观察别人了。

白须原本一直盯着渡濑，但很快便半是敬佩半是惊愕地叹了口气。

"跟迫哥闲聊时，我们两个就经常说。"

"说什么？"

"说你当刑警真是太可惜了。如果你是我们的领导，我们或许就会把自己的才能用在正途上了……然后，你刚才问我迫哥的本性对吧？"

"是的。"

"这些年里他一直都是模范囚徒。工作认真踏实，从不偷懒。平日里也很谦虚，见了谁都笑呵呵地打招呼。他原本是无期徒刑，在牢里蹲了二十三年后获得了假释出狱的机会。其实我们都觉得对他这种模范囚徒来说，这个假释已经来得够晚了。其实想要缩短刑期还有别的办法，比如说皈依宗教。要是迫哥去当和尚，估计谁也不会觉得奇怪。"

"也就是说，他是个十足的圣人君子咯。"

"没错，凭他的演技，拿个奥斯卡金像奖完全不成问题。"

"你说他是装的？"

"一个为了抢劫而杀了四个人的人，一进监狱就成了圣人君子，你觉得这可能吗？"

"可能性并不是零吧。"

"没错，并不是零，但也是无限接近于零了。迫哥跟我是一丘之貉。野兽不都是凭借味道来区分敌我的吗？他身上的味道和我一模一样。"

"什么味道？"

"完全不排斥杀人的味道，野兽的味道。"

"……我记得在审讯的时候他说过'为自己的所作所为感到后悔'。"

"只要是人，总会有那么一丁点良心。就算是我，在牢房里看见蜘蛛也不会特地把它按死的。"

"哼，当你是芥川龙之介小说里的人①啊。"

"不过嘛，有良心的未必是好人，犯过罪的也未必就是坏人。至于迫哥嘛，他心里住着一头疯狂的野兽，只不过是在平日里努力掩盖罢了。"

"你能确定吗？"

"渡濑老哥你想想，现代社会又不是战场。杀一个人或许还情有可原，可是杀了两个、三个以后，还有可能会是什么圣人君子吗？从第二个人起，人的心里就会对杀人这件事免疫了。表面上会装出一副悔恨不已的模样，但在心里，他甚至会为此感到自豪。不过习惯杀人和保持良心，彻彻底底是两码事，既不能把杀人与喜怒哀乐混为一谈，也不能将本能与情感混为一谈。"

白须的话里矛盾重重，在一般人听来，只会觉得是个疯子在说胡话。

然而渡濑清楚，就某方面来讲，他说得很有道理。自己本应是道德的卫士，白须则是一个道德扭曲的人，然而最能理解白须

---

① 指芥川龙之介作品《蜘蛛丝》中的大盗犍陀多。

这番话的，却正是自己。这不得不说是种讽刺。

"你的意思是，迫水的内心依旧是头野兽？"

"至少他那副认真、温和、低调的模样都是装出来的。要是没有发生那件事的话，或许我至今还看不出来。不得不说，迫哥确实很了不起。"

"那件事是什么事？"

"那是在迫哥接到假释许可的消息后发生的。怎么说呢，你可能不太容易理解，但一个人被关了二十多年后，突然得知可以获释的那种心情，可以用喜忧参半来形容。"

渡濑隐约还是能够理解这种心情。

"然后呢，接到消息后的迫哥就有些郁郁不安。有天他看着报纸，突然脸色一变。打那天起，他就再也没有表现出担心的样子。"

"他看了什么报道？"

"谁知道呢。在我眼里只不过是些正常的时事或者社会新闻罢了。只不过那个时候我眼里的迫哥，已经彻底摘下了伪善的面具，露出一副彻头彻尾的恶人相，简直像是猎人看到猎物一般。直到那时我才终于发现，原来迫哥过去只是在装出一副好人的模样。"

"那是什么时候的报纸？"

"真是不好意思，我记不太清了。"

渡濑的直觉告诉他，这个人在撒谎。

对他人的行为和脸色如此敏感的人，怎么可能把最关键的信息忘掉。恐怕是想看自己着急的样子取乐吧。白须被判的也是无期徒刑，能让把他抓进监狱的人面露难色，恐怕是他唯一所能获得的乐趣了。

"最后一个问题。迫水还在监狱里的时候，有没有联络过谁，或是试图联络过谁？"

"应该没有。他这个人既不是黑社会也不是政治犯，和那些救助团体也不搭边。至少我在监狱的这五年里，迫哥从没有收到外面寄来的信。"

3

"我都听说了,渡濑老弟。你还是老样子,习惯动用人脉查案。"

恩田的声音还是和过去一样。

"真是不好意思,上个月您新上任埼玉地方检察院的检察长时,我就该过来祝贺了。"

"哈哈,无所谓的。我知道你最讨厌表面应酬,要是真来祝贺我,我反倒不知如何是好呢!"

"您说笑了。"

"我在检察院里总能听到你的传闻,可不知怎么的,这名声总觉得是越来越差。最开始说是足智多谋,后来是手段高超,再后来就变成老奸巨猾,到最近已经是阴险毒辣了。也不清楚到底几分真几分假。不过话说回来,你简直就像鲤鱼跃龙门一样,事业一路高升啊。"

恩田的客气倒不是虚情假意。那天是恩田的话给了他勇气。如果没有恩田，就没有今天的自己。

"你这条鲤鱼，怎么又纠结起陈年旧案来了？"

不愧是恩田，自己的行动丝毫瞒不过他的眼睛。既然如此，也就没必要掖着藏着了。

"您已经知道迫水那起案子了吧？"

"嗯。其实这个名字我几乎都快忘了，但先前检察厅收到了一封署着他名字的信件。我刚想起这个人和你的案子有关，就在报纸上看到了他的死讯。"

"迫水给检察厅寄信？"

"你知道吧，最近假释出狱的机会越来越难获得了。"

因为许多假释出狱的犯人在出狱后不久又会作案，因此从前几年起，每当下达无期徒刑的判决时，法官都会附上一份参考意见，表示对该犯人的假释要格外谨慎。

"而且在检方要求判处无期徒刑并不得减刑及假释的情况下，即使犯人再怎么提出申请，地方改造保护委员会也不会予以同意。或许是观护人帮迫水出的主意吧，差不多就在他提出假释申请前后，我们也收到了他亲笔写的类似于恳求信的东西。"

"恳求信？里面没有什么奇怪的内容吗？"

"在我看来应该没有。这封信在寄出之前，应该受到过狱方人员的审核。要是你想看，可以来我这儿看。不过话说回来，你这边的问题似乎更大，甚至有人专程来向我汇报你的行动。个中用意，我觉得你应该不难理解。"

"可是那起案件的直接相关者,如今已经只剩我一个了。"

"就算当时的相关者遭到清洗,想必还是有人不愿旧事重提。而手握权力的组织,自然就更是如此了。"

"迫水死后,没有一家媒体提起过二十三年前的那起冤案,难道是因为有人在向他们施压?"

"你说那起案件的直接相关者如今只剩下你一个,但间接相关者又如何呢?"

渡濑不由得张大了嘴巴。

"当时恶意贬低明大,导致他社会性死亡并落井下石的,其实并非只有公检法人员,更有法务省的相关单位、狱方人员和媒体工作者。无论楠木明大还是迫水二郎,都是压在他们身上的十字架。如果这时候把陈年旧案再翻出来,想必有很多人不愉快。所以就算有压力,也不是来自个人,而是来自群体。"

"我没想翻陈年旧案,只是想对过去的错误负责。"

"可是没几个人会这么想。而且遗憾的是,现在我这个检察长的身份反而不好保护你。事情就是这么讽刺,爬得越高,行动却越不便。"

"我理解您的意思。"

"这样下去你会被彻底孤立。虽然知道你不爱听,但我还是想说,一定要谨慎行事。"

"您是想要我收手吗?"

"不是命令,而是请求。"

电话那头,恩田的语气有些哽咽,

"我真的不忍心看到一位精明强干的刑警,不,是我的朋友成为众矢之的……"

"谢谢您,恩田检察长。"

渡濑把手机贴在耳朵上,身子站得笔直,

"有您这句话,对我来说就足够了。"

"喂,等等。"

"抱歉,我先挂了。"

礼貌地挂断手机后,渡濑向着田间小路对面远处的一户人家望去。

所泽市神岛町五丁目,楠木明大的老家。

这里的景色与二十三年前几乎相差无几。不,仔细观察的话,会发现民居的数量少了一些,加上破旧的房屋,让这里显得更加荒芜。

侦查组应该已经开始行动了,他们不会漏掉这里。

渡濑缓缓迈出脚步。因为害怕听到楠木夫妇的叹息和指责,担心这里还留有明大的怨恨和不甘,过去的他始终不敢踏足此处。而这种感觉至今还隐隐藏在他的心底。

但二十三年间,除怯弱以外,渡濑的心里萌发了其他的意志,正是这种意志驱使着他来到了这个命中注定的地方。走近楠木家后,渡濑看到一个身着务农装束的人,驾驶着拖拉机在屋外的田里犁地。他穿着宽松的衣服,头戴宽檐帽,看不清身材和面孔,但渡濑大致能够猜到他的身份。

渡濑走了过去,拖拉机的声音震耳欲聋。那个人终于注意到渡濑，便给拖拉机熄了火。

"……我还以为是谁，原来是你小子。"

楠木辰也摘下帽子露出脸来。

他应该已经年近八十了，脸上深深的皱纹已经让他彻底变了模样。

"您还记得我啊。"

"你会忘记杀子仇人的长相吗？"

辰也望向渡濑的视线，依旧像是在俯视脏东西一样。

寒意再次缓缓爬上渡濑的后背——这个人依旧憎恨着自己。

长时间憎恨一个人，需要非比寻常的精力。也就是说在漫长的二十三年里，辰也的精力依旧没有消磨殆尽。

"找我有什么事？"

"那起案子的凶手，叫迫水的那个男的……"

"被人杀了是吧。"

听他的语气，简直像是邻家的狗死了一样。

"昨天警视厅那边来了两个警察，问了我不少问题。你来也是为了这个？"

"嗯。"

"先进来吧。在这儿聊的话，邻居都看到了。"

渡濑跟在辰也身后。本以为会像过去那样只能待在门口，没想到辰也主动请他进了屋子。

来到客厅，一尊佛龛映入渡濑眼帘。佛龛不大，但渡濑却无法从上面移开视线，因为佛龛里摆放着的，正是那个让他永生难忘的人——明大的遗像。

佛龛旁边还有一坨圆滚滚的东西——不，其实那是一个人，只是渡濑一开始看成了物件。

那个人向渡濑缓缓望来，她的头上几乎没有头发，眼窝凹陷，脸颊瘦削。尽管已经面目全非，但毫无疑问，那正是明大的母亲郁子。

"谁呀？"

郁子用沙哑的声音问道。那声音里没有一丝生气，而且她似乎已经不认识渡濑。

"好像是明大的熟人。"

"哦哦，失敬失敬。你是来给明大上香的吧？"

"呃，我是来……"

"来来来，明大他肯定很高兴。"

渡濑连忙望向辰也，对方只是一言不发地对着佛龛抬了抬下巴，看样子是想让渡濑和郁子聊聊。于是他深鞠一躬，随即跪坐在佛龛前。

虽说有点顺水推舟的感觉，但自己最终还是得以来到明大的遗像前。渡濑端正好姿势，把后背挺得笔直。

照片里的明大，脸上还带着一丝少年气息，笑得十分灿烂。

原来他笑起来是这样的。

想起明大被捕后，自己从未见过他的笑容。这让渡濑对自己的所作所为更加痛恨。

将那名年轻人的笑容夺走的，不是别人，正是自己。

没有脸向他赔罪。

也没有脸祈求宽恕。自己已经冤枉了这个无辜的人，如果再有什么多余的奢求，无疑是身为加害者的傲慢。

自己能够做到的，只有为这个遭遇不幸的灵魂祈求安宁。

渡濑双掌合十，专心致志地祈祷着。

你不必原谅我。

如果你原谅我，或许我会忘记自身的罪过。

我会时常想起你，好让我及时注意到自身的过错。

但是，至少希望你能获得安息。

我也会尽我所能，让你获得安息。

渡濑在心里再次向明大致以歉意，随后转向辰也和郁子。郁子一言不发地向他鞠躬行礼，辰也招了招手，示意渡濑站起身来。

两人来到隔壁的厨房，辰也让渡濑坐在餐桌旁边。

"谢谢您，允许我给明大上香。"

"一点礼仪而已。光是供奉灵位又能改变什么，我只是想让我老伴高兴一点。你应该也看出来了，她现在有些老年痴呆。要是她还认得你，早就抄刀子砍你了。"

"或许是吧。"

渡濑第一次来的时候，郁子简直像是要吃了他一样。想起她那时的凶相，渡濑反而觉得心里空落落的。

"她的身体也不太好。也就从这两周开始，身体状况突然更差了，光是在客厅里待着。"

机械化再怎么发达，对于这对年近八十的夫妇来说，务农依然是件吃力的事。而且日常劳累带来的负面作用也并非突然之间,而是会日濡月染地体现出来。

楠木夫妇就是典型的例子。

"警视厅的人问了您什么问题?"

"问我们知不知道迫水二郎十五号要出狱。知道的话,那一天在干什么。说白了就是把我们当成嫌疑人。哼,和明大那时候一样。回想起明大当年也被你们这么盘问,我气就不打一处来。"

辰也说着,话里像是带着一肚子气:

"我们怎么知道他什么时候出狱。就算知道,和我们又有什么关系?"

其实只要向监狱咨询,犯人出狱的信息不难获取。当然,能够获取消息的人仅限被害人及其家属,还有在判决中作证的目击证人等。如果犯人与被害人所居住的都道府县不同,那么回答时会用某月上旬、中旬或下旬这样的方式表达。

不过这样的咨询记录会被保留。为防万一,渡濑已经事先查过,但得到的消息是,并没有人打电话问过迫水的出狱时间。

"但他们还是没完没了,追问我十五号上午十一点到十二点在干什么。还能在干什么?当时我就像刚才那样,在田里面开拖拉机,我老伴儿在家里。我跟他们说,要是不信,你们就去问问邻居。"

想都不用想,那些警察在询问辰也之前,肯定已经问过他们的邻居了。

"真不知道为什么要问我们。那家伙是害明大背罪的凶手,我们确实恨过他好一阵子,可他后来去蹲了监狱,我们这些小老百姓又哪能动得了他一根手指头?"

"与案件有关的人,警方都会这样问话。"

"还是那套老把戏。过了四分之一个世纪,警察还是没有半点长进。"

"您说得对,所以像我这种没能耐的家伙,依然可以赖在警察的位子上。"

"听说那个叫迫水的家伙是假释出狱?"

"是的。"

"他杀了四个人对吧?"

"没错。"

"杀了四个人,也能假释出狱?"

"服役后,监狱内部会进行相关调查,地方改造保护委员会也会审查囚犯是否具有假释资格。"

"也就是说,只要通过审查,就能顺利假释出狱?"

"是这样的。"

"你不觉得这样太不公平了吗?"

辰也的眼神变得阴郁起来:

"足足杀了四个人,进了监狱之后,光靠讨好卖乖就能出狱,世上哪有这种荒唐透顶的事!无期徒刑,无期徒刑,不就是要在牢里关一辈子的意思吗?如果我是那四个被害人的家人,你看我在不在监狱外面等着这王八蛋出来?"

语气算不上暴躁,但辰也的声音里带着一丝沉静的愤怒。

"我听人说，现在的监狱根本没办法让犯人改邪归正。不管在监狱里怎么教育，被放出去的囚犯里有六成还是会继续作恶，然后继续坐牢。用来教育他们的费用，归根结底是我们纳税人的钱。也就是说，我们辛辛苦苦缴上去的税钱，最后却被拿去教育这帮根本改不好的罪犯。还有比这更没天理的事吗？那个叫迫水的家伙就算没有被杀，也一定会继续去干坏事，最后再进监狱。这么想想，凶手干的反而是件好事，省得浪费我们纳税人的钱了。"

这番言论显然会得到被害人及其遗属的赞同。如果被释放的囚犯真的有六成会再次作案，那只要不释放任何囚犯，也就不会有人再次作案了。从保护好人安全的角度来说，的确没有比这更有效的措施。

然而这是一种非黑即白的看法。犯罪的就是坏人，不犯罪的就是好人，这种区分方法本身就很幼稚。

与此相比，就连白须的道德观都要更加成熟。当然，被害者的观点或多或少总会受情绪所控制，加害者心里不会有被害者的想法，自然能够表现出更加冷静的洞察力。

"这话你们听了可能不太高兴，但我一点也不觉得杀了迫水的凶手有错。我老伴儿肯定也是这么想的。"

"那您也不用说得这么明显。"

"我就说了，怎么着？要把我抓起来？然后又要捏造莫须有的证据，像栽赃明大那样，把我也栽赃成凶手吗？"

赤裸裸的挑衅。辰也的表情看起来半是奚落，却也有一半是认真的。

想想也是,他当然不会再对警察怀有信任。然而如果不相信警方、警力所维护的治安,又有什么能让人心得到安宁?而这自然也是冤案发生所导致的恶果之一。

决不能在这里逃避。

渡濑也不打算逃避。

"楠木叔。"渡濑直直地看着辰也,"过去我曾在你们家门口发过誓——我再也不会犯同样的错误。"

同一天晚上九点三十分,东京都新宿区歌舞伎町一丁目,新宿KOMA剧场[1]。

这儿在头些年里是块炙手可热的地盘,曾受到大大小小的暴力团体以及黑帮的集体争夺。不提帮派成员,连许多平民也遭受了池鱼之殃。后来新宿分局大力整治,终于赶走了黑社会,恢复了这里的和平,然而游客却并未因此而增加。

原本吸引游客的关键——KOMA剧场已经倒闭。想要重新招揽游客,就得打起鼓敲起锣,让这里重新热闹起来才行。然而如今这里依旧门可罗雀,连演出的笛音也听不到一声。

在风月场所与快餐店之间,点缀着几栋破旧的小楼。

---

[1] 由阪急阪神东宝集团旗下公司 Koma Stadium 经营,于1956年12月在日本东京都新宿区歌舞伎町一丁目开幕的剧场。剧场共有2092个座席,模仿希腊时代的剧场样式采用圆形舞台。同心圆状配三重环回的舞台,可以做出回转与上下运动,以营造多种多样的舞台效果。原本有"演歌的殿堂"之称,但后来由于来客减少,于2008年5月宣布闭馆。

渡濑走进其中一栋。

乘上一台顶多能装下三个男人的电梯之后,渡濑按下了三层。感觉每上升一米,电梯都要剧烈摇晃一下。电梯门打开后,走廊尽头的一家店铺就是渡濑的目的地。

"欢迎光临。"

打开店门后,眼前是一间小到一眼可以望到头的酒吧,里面只有一个长吧台与两张客桌,看上去顶多能容纳九个客人。不知是不幸还是万幸,店里生意冷清,没有一个客人,只有一个女人站在吧台后面。

"打扰了。"

渡濑把警察证拿给她看,女人原本带着媚笑的脸立刻变得冷若冰霜。

"你是松山那美对吧?"

想到她或许就是那对房产中介夫妇的独生女,不禁令人百感交集。

年龄在四十五岁到五十岁之间。妆面与昏暗的灯光微微遮掩了她半老的容颜,然而除此之外,她已无法显得更加年轻。

"怎么又是警察?求求你们放过我吧,该说的我已经都说了。"

"我和他们不是一拨人。"

没等对方客气,渡濑便自己坐到吧台边上,

"我可能会问到和他们一样的问题,还是麻烦你回答了。"

"行行好吧,这样会打扰我做生意的。"

渡濑故作夸张地左右张望起来。那美"哼"了一声，随即别过脸去。

"能来杯苏格兰威士忌吗？"

"啊？你没在执勤？"

"我不是在执勤，所以你也不是必须回答我的问题，当是服务顾客就好。"

"……你可真是个怪警察。"

那美把倒了威士忌的杯子放到渡濑面前。

"听说去年以前你都在北海道？"

"是啊。我老家在浦和，但是因为老公的工作，最近二十七年都住在北海道。"

"你丈夫的工作是？"

"银行职员。我老家是做房产中介的，我老爸常说，嫁人就得嫁银行职员。他说干了房地产这行之后，就知道银行职员有多精明了，饿着谁也饿不着他们。当时我也是天真，听什么信什么，就找了个银行职员做男朋友，急匆匆地就结婚了。结果婚后不到一年，老公就被调回总部，我也跟着搬去了北海道。"

"那不也挺好吗？"

"好什么呀，他是拓行的人。"

渡濑默默点了点头。北海道拓殖银行，因为经营散漫，平成九年就破产了。因为是第一家破产的城市银行，当时还受到了广泛关注。

"老爸从来没想到银行也会破产，所以叫我嫁给银行职员……唉,说白了,没了工作的银行职员根本就是废物一个。在北海道那边不管找什么工作,工资都不如以前,所以他拖了好久也不去工作。女儿都上小学了,还是那么死要面子,说自己过去好歹是银行的人,怎么能做那些寒碜的活儿。拓行过去确实是北海道数一数二的公司,在那儿工作,连走在路上都倍儿有面子。可是公司倒闭之后,他也不过是烂摊子里剩下的烂货而已。可他根本没有一点自觉,还以为过去赚得多是因为自己有能耐,至于公司倒闭就都是管理层的错。听他这么一说,我真的觉得他纯粹是个废物。"

其实诸如此类的故事比比皆是。然而令人意外的是,银行职员、证券交易所职员、上市公司高管,做这些职业的人一旦失业,往往很难找到新工作。在职介所的工作人员眼中,这是他们不了解自己在人才市场上的真实价格所导致的。

"然后我那个蠢老公又说,他已经厌倦给公司打工了,想要亲近土地,改行去干农活儿。当时我真的觉得他傻到离谱。他自己觉得追梦是件好事,可我这个银行职员的太太难道也要跟他务农?光是想想就够可怕、够让人绝望了。但我还有女儿,不能随随便便离婚,最后也就只好跟他去了。听说城市附近的农田便宜,品牌农作物又可以卖出高价,所以我们就去了夕张。"

那美嗤嗤地笑着,她的笑声听起来空落落的,或许是在嘲笑自己眼光太差,选了这么个老公吧。

"务农之后的第八年,夕张市赤字过高,财政重整,原本的补助也没有了。最后我只剩下一屁股债、一堆残次的农产品,还有一个废物老公。当时我们的女儿已经出嫁，所以我就果断离了婚。一个独身女人在乡下生活不易，因此我还是回到了这里。"

不知什么时候，那美给自己也倒了一杯加冰的威士忌，开始啜饮起来。

"你父母过世后不是给你留下了不少遗产吗？我记得他们好像挺有钱的。"

"留是留了，但遗产税收了不少。剩下的交给我老公去管，结果全都填到务农的亏空里去了。"

"你在这里的老家已经没了，为什么还要回来呢？"

"谁知道呢。或许是听到了故乡的呼唤吧。"

"故乡的呼唤？"

"上了年纪之后，就总是想念和父母一起生活过的地方。但是过去的老家已经没有了，所以有的时候会很伤心。结婚后往来虽然少了，但我还是很爱爸爸和妈妈的。"

"为他们处理后事的人听说也是你。"

"当时我哭了三天三夜。后来我的蠢老公干了那么多蠢事，我都没有哭过那么久，感觉我这辈子的眼泪都在那时候流干了。当时我恨透了凶手，恨不得亲手杀了他。把父母的骨灰带到北海道后，我听说凶手被抓，本以为是报应不爽，没想到最后是冤枉了好人，真凶另有其人……每次发生变故，我总是冷静不下来。北海道离东京那么远，我这个遗属总是像个局外人一样，所以每次都心急如焚。"

渡濑能够理解那美焦急的心情，毕竟离得那么远，也不能每

277

次审判都千里迢迢地跑到东京来。

"那个叫迫水的凶手杀了四个人,最后却没判死刑,只判了个无期。看到判决结果之后,我气得把报纸都撕碎了。我想,这难道也算是法治国家?当时我们的生活还算宽裕,所以我还有余力对老公以外的事情生气。但最高法院驳回上诉,判决也确定下来后,我的生活就开始麻烦不断,我渐渐也没那么多闲心去关注迫水了。"

看来那样的生活一直持续到了现在。

"原本我强迫自己去想,虽然迫水那家伙判不了死刑,但在牢里蹲一辈子,多少也能让我出口恶气。所以……听说那家伙要假释出狱之后,我简直要气到发疯。"

什么?

"咦,等一下。你早就知道迫水要假释出狱的事?"

"有人给我寄了封信。"

"信?"

"信里说那家伙会在三月十五号出狱。"

"那封信在这儿吗?"

"在啊,你等一会儿。"

说完这句话后,那美离开吧台,不一会儿拿着一个信封回来。

"就是这个。"

渡濑急匆匆地抢过信件。那是一个平平无奇的白色信封,收件地址是札幌市的某个住址,上面贴着一张转寄东京都新宿某住址的便签。没有寄件人,邮戳上的时间是三月五日。

"这个住址是我老公还在拓行工作时我家的住址。他在这方面还算讲究,把转寄到夕张的这封信又转寄到了我在东京的住处。"

渡濑打开信封检查,发现里面有一张纸。

"迫水二郎　预定于平成二十四年三月十五日上午十一点释放出狱。预定住址　东京都足立区西新井……"

渡濑见过这种文字的排版和留白方式。

没错,与渡濑在县警察局的电脑上看到的出狱信息如出一辙。

"之前来这儿打听的刑警也想看这个,但当时我忘了放在哪里,就说过后找找,然后也找到了。既然你是刑警,给你也一样吧?"

"这封信是什么时候寄到你手里的?"

"三月十六号。"那美似乎觉得这个问题很无聊,"转寄了两次,中间花了不少时间。看到信的时候才知道他前一天就出狱了,当时我就气得眼前发黑。可是昨天看了报纸,又发现他在公园的厕所里被人杀了。这是什么意思?有人想要折腾我的情绪?"

"也就是说,十五号你没有见过迫水,对吧?"

"那些刑警也是这么问的。我说要是十五号之前收到这封信,我说不定真的会去府中,但是它来晚了。不信你可以去邮局,问问他们这封信是不是十六号送到的嘛。"

估计侦查组已经去邮局的收发科确认过了。

"但他们还是问我,十五号上午十一点到十二点这段时间人在哪里。"

"你是怎么回答的?"

"实话实说咯。我说每天这个时候我都在店里打扫卫生、擦杯子什么的,那天应该也在店里。"

"有人能帮你作证吗?"

"有个打工的女孩叫沙纪,当时我们就在一起。"

侦查组应该也在查证这句话的真伪。

"你刚才说,如果那封信能早点寄来,你说不定会去府中?"

"是啊。"

"去府中打算干吗?"

"这个嘛,谁知道呢。"

那美举高杯子,把里面的冰块摇得哗哗作响。

"你觉得我会像那个凶手一样把迫水捅死?"

"是我在问你问题。"

渡濑的语气变得有些急躁。

"那家伙杀了我父母,还有另外两个人。后来他出了狱,从法律上来讲已经赎清罪孽,可以堂堂正正地做个普通人了……虽然从理性上能够理解,但从心情上来讲,我接受不了。很离谱不是吗?那个被他杀害的小男孩不是才五岁吗?难道说这份罪孽,在牢里蹲个二三十年就可以偿还干净了?那人命究竟算是什么?杀人又算什么?这笔血账,真的这么轻易就能一笔勾销了吗?"

那美死死地盯着渡濑，

"问我见他想干什么？我有一大堆问题想要揪住他的领子问个清楚！这些问题在我心里已经憋了二十三年！可是……连我自己也不知道我到底会不会宰了那家伙啊！"

4

千代田区神田淡路町。

在旧书街神保町与电器街秋叶原之间,竖立着不少办公楼,还有许多专为上班族而开的快餐店。

渡濑在靖国路上连进两条胡同,随后走入一栋办公楼内。看了眼告示牌——要去的地方在十八层。

眼前的门上挂着写有"高岛进口商务"的牌子。推开门后,一名女员工迎上前来。

"我叫渡濑,是埼玉县县警。"

"总经理在等您,这边请。"

办公室差不多占据了整层的一半,里面整齐地摆放着办公桌,三名员工正坐在电脑前工作。除写在白板上的工作计划表和一些纸箱外,没有其他值得注意的地方。室内气氛颇为安静。

女员工带渡濑来到总经理室。高岛从椅子上站起身来,见到渡濑后显得有些意外。

"你是……"

"还记得我吗？我就是当时负责艳子太太与芳树小朋友那起命案的警察。"

"……先请坐吧。"

上木崎案件发生后，渡濑只与高岛谈过寥寥数次，然而这个失妻丧子的男子的面庞，始终清晰地留在他的脑海当中。当时渡濑亲眼看见了一个人受到绝望性打击后那副万念俱灰的模样——无论别人问他什么，都只能得到空洞的回答，同时一直重复地问着相同的问题。在极度悲痛下，当时的他已经丧失了思考的能力。

近四分之一个世纪没见，高岛似乎已经从当时的悲痛中走了出来。尽管过去的一头黑发如今已经变得花白，但嘴角和眼神处却都透露出沉稳。

"办公室很整洁。恕我直言，因为你们经营进口商品，我还以为这里会有些乱。"

"哈哈，你觉得这里会是瓶瓶罐罐散落一地的样子吧。我还挺喜欢这种冷冰冰的风格，所以特地让员工这么布置的。"

"听说你已经从之前的住处搬走了。"

"对，现在这里就是我的家，也是我工作的地方。"

"这里吗？"

"办公室后面还有个单间。小是小了点，住起来足够了。"

高岛过去在上木崎的房子堪称豪宅，即便对一家三口来说也过于宽敞。想到这里，渡濑不禁问了句："住这儿不太方便吧？"

但高岛轻轻摇了摇头：

"我一个大老爷们儿，有浴室、厕所和床就足够了。"

"您的家人呢？"

"那件事情过后我就一直单着，所以也没什么不方便的。而且这里的景色看着让人舒服。"

从十八楼往下看能有什么景色——渡濑原以为高岛这么说只是为了面子，但似乎并非如此。

"你看，这附近都是办公楼，里面的日光灯会开到很晚，星星点点的，不会有家庭那种温馨的感觉。而且这里既不像六本木附近那样灯光璀璨，也看不到东京的晴空塔，看上去非常单调。"

"那为什么你会觉得这种景色看着舒服？"

"因为没有家的味道。这里也只有我一个人的东西。在上木崎的家里留着我老婆和孩子的味道……生活在那里，只会让我痛苦不堪。"

"你把他们的东西都扔了？"

"嗯，就在迫水被判无期徒刑之后。我也觉得这样做太过懦弱，可最后还是逃避了一切。没能让迫水被判死刑，我无颜面对老婆和孩子。要是留在那栋房子里，自责的念头和对法官的怨恨会把我逼疯。所以我把那栋房子，还有里面的东西都卖掉了。"

渡濑不由得低下了头。

"都怪我们能力不足。"

"渡濑警官，请不要这么说。我听说迫水就是你抓到的，你没有必要道歉。你已经做到了一个刑警应该做的一切，检察官也尽力去起诉犯人了，我所恨的只有迫水的辩护律师，以及那些听信他胡说八道的法官。"高岛的语气依然平静，话中的情感却潜伏着波澜，"在法庭上，检察官陈述了迫水丧尽天良的行径，证据和口供也句句属实，毫无夸张成分。可那个卑鄙无耻的辩护律师编了个悲惨的故事，说被告从小生长在缺爱的家庭里，还公然在法庭上撒谎，说迫水是因为一时冲动才杀了人。在后来的庭审上，对方还多次提交精神方面的医学鉴定书，以及迫水患有妄想症与思维障碍的医师诊断书。俗话说谎言重复一千遍就成了真理，那些天真幼稚的法官，居然还真的被什么'忏悔之情''反省之意'给蒙蔽了双眼。凭那种拙劣的演技，居然也能骗到一个终身监禁的判决。渡濑警官，从那天起，我就对日本的审判制度彻底丧失了信心。那些法官简直比小学生还要天真愚蠢，光和稀泥，不负责任。他们真的想过这些死刑没判成的罪犯回归社会之后，会给民众带来多大的危害吗？他们肯定以为这些侥幸活下来的被告人一定会改过自新，重新做人。真不知道他们的自信是从哪儿来的！"

然而并没有那种料事如神的法官。

事实上自己所认识的那几位法官，无一不是经验丰富、学识渊博且善于观察的人。即便如此，他们在撰写判决书时乃至撰写过后，也无一不是一副愁容满面的样子。

不过渡濑不知道如果把这个告诉给高岛，对方会作何感想。

正如高岛所说，目前对法官的道德观念背离民众这一现状的批判不在少数。事实上，法官也的确应该多向民众学习，以弥补与大众之间日益加深的鸿沟。然而在事实上，司法系统总是用吸纳了民众意见的陪审团制度来当作批判的挡箭牌。

然而陪审团制度真正吸纳的却并非民众的理性思考，而是民众的感性情绪。渡濑并不是瞧不起大众的伦理道德观念，但他认为司法裁决不应该建立在情绪之上。最终，廉价的正义感与幼稚的复仇欲驱逐了理性和逻辑——引入陪审团制度后，法院的判决越发严厉，一些案件的判决甚至比检方提出的判决更重。上级法院推翻下级法院判决的现象也越来越为人们所注目。

时刻替被害人与被害人的遗属着想——这种意识至关重要，甚至可以说一名探员如果不能时刻拥有这种意识，便没有执法的资格。然而这与权衡犯罪者的罪责，是完全不同的两个问题。

不过再怎么说，对于没有真正受过伤害的人来说，上述的一切都不过是空谈罢了。

只要被害人与被害人的遗属还被法庭隔绝在外，那么无论凶手是被逮捕还是判刑，他们都不会感到安心。失去至亲后的打击与空虚带来的绝望会令他们终日以泪洗面。对于这些遭遇不幸的人来说，再多对判决的解释都只不过是白费口舌罢了。

"你这辈子都不想再组建家庭了吗？"

"渡濑警官，你养过动物吗？"

"动物吗？我家太小了，养不下。"

"我小时候养过一条狗，它很有灵性。每天我放学回家，还没等我出现，它就从家里飞奔出老远来迎接。后来它生病死了，我十分伤心，抱着它整整哭了一晚。宠物比主人死得早，想来倒也正常。可是从那以后，为了避免看到心爱的生命离我而去，我就再也没有养过宠物。当时我不让芳树养宠物，也是出于这个原因。可他还是捡流浪猫捡了好几次回家，他妈妈也总是发愁。芳树在这方面，或许是和我一样啊。"

渡濑的脑海中再次浮现出那个睡衣被鲜血浸透的孩子。

"这么比喻或许不太合适，但对我来说，家庭已经同样是这种感觉了。"

正因为曾经拥有幸福，回忆起过去才更加痛苦。

"或许我依旧不够成熟吧。我那么想要忘记他们，可是不管工作有多忙碌，我还是会偶尔回忆起他们的面孔。"

"会有这样的想法，也再正常不过了吧。"

"或许是吧，但……我真的很痛苦。每当我回忆起家人，就总会感受到那种锥心之痛。紧接着我又会想起迫水在法庭上时那副嘴脸。真不知道该说他卑鄙还是狡猾才好。他事先和那个律师串通好了，只要可以不判死刑，多不要脸的事他都愿意去做。在被告席上耷拉个脑袋，摆出一副垂头丧气的样子，最后还失声痛哭。估计是他的律师让他模仿精神障碍的样子吧。在他眼里，四条人命就像垃圾一样卑贱，轮到自己的时候怎么就开始怕死了？五岁的孩子说杀就杀，轮到别人把绞索套在他脖子上，就撒泼耍赖不干了？每次回想起他那副胆小如鼠的样子，我就只恨日本是个法治国家。我曾经想过，要是法院不肯判他死刑，我宁可让他无罪释放，到时候我会亲手给老婆孩子报仇。当时我想把家人的遗像带进法庭，还想看看案件记录，可他们连这也不让！只告诉我老老实实坐在旁听席上，不要干扰被告人的情绪！"

或许这就是被害人遗属的真实感受吧。但在那时，整个政法界都还没有"被害人及其遗属人权"这一概念。这是因为在"二战"以前，日本的司法系统通过刑讯逼供制造过太多起冤案，民众纷纷对此表示痛恨。然而，如果仅仅维护加害者的人权，而不考虑受害者的遗恨与遗属丧失亲人的悲痛，那么民众的道德观念迟早会发生扭曲。助长这种风气的固然是司法系统，但如果过度抑制被害者一方的情感，民众对法律的信任终究会大打折扣。

"但是想要持续憎恨一个人，要花费莫大的精力。我恨了迫水那么久，把自己的精神搞到疲惫不堪之后，才终于明白了这个道理。我想年龄增长的意义，一定是为了让人忘记过去的怨恨吧。随着年纪越来越大，我确实不像过去那样会常常想起迫水了。如果他能一直关在监狱里，我情愿这辈子既不见他，也不和他说话。我甚至想过，如果我们真的永远都不在一个世界里，我甚至可以不再恨他。可是这一切……这一切，都被那封信给……"

"那封信？"

"是一封通知迫水即将假释出狱的信。"

"那封信的信封是什么样的？"

"没有任何图案的白信封，上面也没有写寄信人的名字。"

"里面写了什么？"

"内容很简单，只有迫水出狱的预定日期、时间以及住处。"

"那封信你还留着吗？"

"我处理掉了。"

高岛淡然回道，

"收到那封信后，我暂时放在了办公桌抽屉里。但十六号，我在报纸上看到那家伙的死讯，就用碎纸机把信处理掉了，因为它对我已经没有用了。"

"你是什么时候收到信的？"

"应该是三月十号左右吧。是从浦和的旧址那边转寄过来的。我的供应商经常会寄东西给我，所以每年我都会把最新的地址发给他们。"

也就是说，高岛的情况与那美非常相似。

"有可能是出于好意，也有可能是恶作剧。但无论怎样，我好不容易平静下来，看到这封信后，却又失落、愤怒到无以复加。我不知道迫水在监狱里生活得怎么样，所以也不知道他在牢里蹲了二十三年究竟有什么意义。但我知道他从监狱里出来了，不仅重新回归社会，还能优哉游哉地享受生活。得知这件事的时候，你知道我是什么心情吗？这个国家光是重视杀人凶手的人权还不够，甚至还可以替他们洗刷罪名。迫水这笔买卖做得可真是不亏啊。可艳子和芳树却像流浪的猫狗一样死去，死得毫无价值……"

渡濑偷偷看了看高岛的眼睛。

那双眼睛乍看之下还算平和，但里面却不断闪出阴郁的光。

"渡濑警官，得知你曾经逮捕的犯人要假释出狱后，你是怎么想的？"

尽管只是假设，但这个问题终究还是回避不开。事实上，渡濑过去所逮捕的穷凶极恶的罪犯中，已经有好几个都刑满释放了。

"已经出狱的犯人里，有大约六成会继续犯罪，这是个严峻的事实。至少我会在内心祈祷，希望他们不要再二进宫、三进宫吧。"

"如果他们继续犯罪，你还会去抓捕他们，对吗？"

"老实说，是这样的。"

"因为这就是你的工作嘛。我多羡慕你啊，但我却不能这样做。杀害我老婆孩子的凶手从监狱里出来，连日期和时间也一清二楚。这不是明摆着让我去复仇吗？"高岛的眼神变得更加阴郁，"渡濑警官，你是亲手逮捕迫水的人，所以我对你实话实说。自从知道迫水将要被释放的那一刻起，我就在头脑中一直模拟着，模拟着我要如何在他出狱之后把他宰了。在哪里动手，什么时候动手，是要用他杀害我老婆孩子那样的刀去杀了他，还是从国外弄把枪来。在他死前，我要在他耳边小声说些什么……我不停地思考着这些问题。每当想到他的面孔因恐惧而颤抖，最后在血泊里咽气的模样，我的内心就莫名感到激动。"

"高岛，难道你……"

"只可惜我没有得到复仇女神的青睐。在他出狱的前一天，客户那边突然出了点麻烦，我匆匆忙忙地就出差去了英国。"高岛自嘲般地笑了笑，"虽然现在是网络社会，但和外国人做生意，还是得当面沟通才行，一旦出麻烦就更是如此。因为采购方面的负责人言语不通，最终还是得我亲自过去一趟。所以从三月十四号到十六号的这三天里，我始终都在英国。刚一回国就得知了迫水被杀的消息。航空公司应该会有我的乘机记录，要是你怀疑我，查证一下就清楚了。"

如果有乘机记录，那将是极为牢靠的不在场证明。这样的不在场证明，即使是侦查组恐怕也难以推翻。

"你运气不错。或许你没有得到复仇女神的青睐，但其他的女神就不一定了。"

"你觉得我会为这个高兴？"

别说高兴了，听他的语气简直是遗憾至极。

"有人宰了迫水，我对这个结果表示满意，只可惜宰了他的人不是我。在刑警面前说这种话或许不太合适——但我认为'每个生命都应该被善待'这种说法纯粹是在放屁！在我看来，也有那种明明早就该死却依然恬不知耻地活在世上的人，迫水二郎就是其中一个。"

渡濑用言语试探过府中分局的探员后，发现三人的不在场证明都很牢靠，侦查组暂时还未筛选出嫌疑人。

首先是楠木夫妇。十五日十点到十二点之间，邻居目击到辰也在自家旁边的农田里用拖拉机耕地。无论时间还是穿着都与平时相同，丝毫没有可疑之处。此外，警方检查了郁子的病历，证明她的确如辰也所说的那样患上了老年痴呆症。医师表示，像她这样的病人，很难独自从所泽前往府中。

接下来，松山那美的不在场证明也成立了。与她在同一家店里打工的城岛沙纪证明，当天的十一点到十二点，那美和她在店里一起做开店准备。尽管中途那美因为采购店里需要的酒水出了趟门，但考虑到新宿到府中的距离，那点时间远远不够她去杀人再赶回来。除此之外，鉴定科对那美交给警方的那封无名信件进行了彻底调查，但上面没有除那美之外任何人的指纹。信件内容是用电脑打出来的，同样证明不了任何事情。

高岛恭司的不在场证明则是最为牢靠的。在航空公司的乘客名单上赫然记录着"高岛恭司"的名字。因此案件发生那天，高岛理论上不可能身在日本。当然由别人代替他去了英国的情况不是没有可能，但考虑到成田机场与希思罗机场①在过海关和出入境审查时都要验证身份，因此作假的可能性还是几近于零。

至于摄像头所拍摄到的信息就更少了。过去某些"黑道大哥"出狱的时候，总有不少"小弟"围在门口迎接，因此府中监狱附近设置了不少摄像头。可距离一旦稍远，到了案件发生的公园附近，摄像头的数量反而少了许多。因此别说可疑人士，附近的摄像头连迫水本人都没拍到。

就渡濑所见，目前的案情可以说是毫无进展，在侦查过程中触碰了暗礁。

就在这时，渡濑被里中叫去了。

县警察局局长里中——不用说也知道，他就是埼玉县县警察局的一把手。里中突然越过栗栖科长和刑事部部长直接找他，这让渡濑有些惊讶。

---

① 位于英国英格兰大伦敦希灵登区的民用机场。

就连向来以目中无人、自作主张而闻名的渡濑，也很少被叫到局长室去。

渡濑走进屋去，里中依然大大咧咧地靠在椅子上。这个人在县警察局中素有"古道热肠"的名号，但在渡濑看来，这只不过是他标榜自己地方公务员身份的面具罢了。他对一线的案情也并非像他自己所说的那么了解，一旦剥去他的伪装，就能知道他不过是个崇尚权威主义与功利主义，又只会逃避责任的家伙。

"局长，我来了。"

"知道为什么叫你吗？"

对方没有劝坐，因此渡濑站在原地继续听他说话。

"被叫到这儿不是领奖就是受罚，不过最近我不记得谁夸过我。"

"栗栖科长的好话你不听，自作主张去查别的案子去了，对吧？今天早上警视厅的刑事部部长正式向我提出抗议，说你向侦查组和府中分局索要各种案件信息，妨碍人家侦查，让我立马叫停你呢。"

"我没打算妨碍他们侦查。"

"你身为案件相关者还到处行动，不叫妨碍侦查还叫什么？"

"要是他们会被这种小事妨碍，那我看他们根本就破不了案。"

"少在那儿装了不起了。"

"我没装了不起。侦查组的人纯粹一帮乌合之众，这是事实。"

"嚯。"

"监狱里的人刚放出去就被杀害,初期侦查延误,后续协调不力,侦查组根本没有起到应有的作用。连证人答应要给他们的证据当天都没拿到手,真是丢脸丢到姥姥家了。"

听完渡濑的话,里中微微一笑。

"把那封信送到侦查组的人是你吧。你觉得这样做,就能卖他们一个人情?"

"别说卖人情了,不被嫌弃就不错了。"

"我承认你能力出众,但这样的人是会被疏远的。"

过去好像也有人说过类似的话,看来警察组织不太喜欢能力出众的人。

"就算他们侦查组没起到应有的作用,也没我们什么关系。更何况你插手那起案子本身就是越权行为,他们能乐意吗?"

"我信不过他们。"

"你是想从南到北,把国内所有的大案要案全都干涉个遍吗?你还真当自己是什么了不起的神探了?"

里中抬起脑袋,用蔑视的眼神望着渡濑。

"要是警视厅或者警察厅插手县警的案子,你会有好脸色吗?"

"可能不会有好脸色,但至少不会觉得麻烦。"

"你是觉得自己宽容大量?"

"因为在那之前,我早就把案子破了。"

"少吹牛了!"

然而里中的斥责相当无力,因为渡濑并非虚张声势。他的侦破率够高，就是有资格这么说。

"不管怎么说，他们现在非常敏感，我不准你再介入这起案子，暂时给我老实一点。"

"这算是给我警告处分吗？"

在国家公务员法与地方公务员法中，对工作人员的惩戒处分共有以下四级：

— 免职

— 停职

— 降薪

— 警告

与公务员法无关，属于警察局内部的处分则分为以下几种：

— 训诫

— 局长警告

— 严重警告

— 部门负责人警告

前者会影响到个人将来的调动与升迁，后者则不会。

尽管渡濑无意于升迁，但通过处分的严重程度，可以判断出局长究竟更加看重那些功利主义者的抗议，还是更加看重自己这员得力干将。

渡濑注视着里中，对方迅速撇开视线。

"这次是局长警告。"

也就是说只给了渡濑一个提醒，依然要保留他这员干将。

"不过我忙得很，没工夫写你的处分材料。"

哼，想卖人情的恐怕是他自己才对。

"是想让我老实点？"

"就是字面上的意思。要是你再插手府中那起案子，可就不是局长警告这么简单了。"

里中大概是想吓唬吓唬渡濑，但渡濑早已看清了他的性格，因此这种威胁根本不起什么作用，顶多会让渡濑心情差些。不得不说，他那副拿着鸡毛当令箭的嘴脸颇为好笑。

"别以为侦破率高就没人敢动你！既然身在组织，就不要去做那种哗众取宠的事情。要知道，三个臭皮匠，顶一个诸葛亮。"

这句话渡濑已经听过无数次了。

轻视个人能力的人自然会更喜欢强调团队合作。但如果团队里都是些平庸之辈，又该怎么办呢？

如果团队当中的每一个人都是不同领域的行家，那么这支队伍自然是所向无敌的。可惜这只是理想状况，几乎不可能实现，所以就只能用"团队合作"这种粉饰性的说法敷衍一下了。

当了这么多年警察，渡濑见过以鸣海为首的形形色色的刑警。因此早在他打造自己的班底时就已经决定，在自己的队伍里一定要拥有不同领域的行家。而这种做法也卓有成效，目前渡濑班的侦破率要远远高于其他班。这当然并非仅凭渡濑一人之力，而是以古手川为首的探员们共同努力的结果。

个人能力重要，团队合作同样重要，不过其中最为重要的依然是团队的领导者。如果领导是个无能之辈,团队的凝聚力便会在顷刻间丧失。

"你的带薪年假还没用吧?正好,给你放一周假,好好休息一下吧。"

这是要让自己居家反省?

"不错嘛,一周这么久,出国旅行都绰绰有余了。"

"得了吧,你可别再打着旅行的幌子去希思罗机场查案。"

里中最后瞪了渡濑一眼,

"老老实实待在家里,少出点门。"

"钓个鱼总没问题吧。"

"随你的便。"

"那我回去了。"

渡濑鞠躬后便转身离去。

钓鱼还是可以的吧。渡濑暗自窃笑。

不过我可没说要去钓什么鱼。

终冤

"您还记得法律女神忒弥斯吗?"

"记得,过去我曾对你讲起过她。"

"记得当时您说,

忒弥斯手中的剑所象征的权力,

必须时刻与正义相结合。

然而忒弥斯的另一只手里还提着天平,

这杆天平又要怎样来衡量您的罪行呢?"

1

走出县警察局总部，正门阴影里突然闪出一名男子。

"渡濑警官，您这是去哪儿？"

看清对方的面孔后，渡濑叹了口气。在心情最差的时候偏偏碰上了最不想碰到的人，真是晦气透了。

"二版[1]有那么多位置刊登我的时间表吗，埼玉日报社的？"

"等您升迁到局长的时候，应该就有的商量了吧。"

"县警察局局长？那可有点难。"

"您说笑了。在我看来，您可比现任的里中局长更适合坐这个位子。他也就和稀泥还行，平时的日子里或许干得不错，可一旦天下大乱，他立马就要完蛋。"

---

[1] 日本的报纸版面习惯分为"硬派"（政治、经济）和"软派"（社会、运动）。二版通常为刊登较重要新闻的版面，仅次于头版头条。

尾上善二说着，嘿嘿笑了起来。他的笑声十分猥琐，把渡濑的心情都搞差了。

埼玉日报社负责社会新闻的尾上。由于身材低矮、谨小慎微，在记者同事中得了个"耗子"的诨名。不过他那双凹陷的小眼睛和突出的门牙，确实都会让人联想到啮齿科动物。

至于他爱蹚"浑水"、从不"挑食"的性子也与耗子如出一辙。他一向喜欢用下流的手段去挖些下流的八卦，最后写出一些下流的文章，因此连同事都对他十分疏远。

"天下大乱是什么意思？"

"类似于二十三年前将浦和分局跟县警总部逼到绝境的那起冤案。那个只会和稀泥的领导万一遇上这种事，立马就要完蛋，到时候不就轮到渡濑警官您上位了？"

肉麻的奉承话简直令人作呕，但他说的前半句话却不能当作没听见。

"哪儿那么容易就天下大乱。"

"或许吧。可是在我看来，恐怕已经祸在旦夕了。迫水被杀以后，县警察局那些官老爷们心中原本不愿意触碰的旧疮疤，或许又要被人揭开来了。"

得知迫水出事后，立刻跑到二十三年前试图掩盖真相的县警门口来埋伏？耗子的嗅觉还真是不容小觑。

"你觉得县警会被那点陈年旧事耍得团团转吗？"

"要不然警官您怎么会在这里？"

"什么意思？"

"像您这样的警官在查案的时候，要么在坐警车去现场的路上，要么在刑警办公室里呵斥手下。但这会儿就您一个人，还是徒步从总部大楼里出来的，想必是上司命令您老实点，不准您插手案子，对吧？"

"我怎么就不能插手？"

"因为迫水的案子不是府中分局或者警视厅的案子，那可是您的案子啊。"

渡濑在心里暗骂。真是讽刺，这个臭记者反倒比警察要更明事理。

"恰好警方的那点丑闻最近在国内闹得沸沸扬扬，县警察局担心被人揭了疮疤，会这样做也是理所当然的嘛。"

"埼玉日报社的，你就这么瞧不起县警？"

"我哪儿敢瞧不起县警，只是设身处地考虑问题而已。"

尾上的每一句话都令人火大。尽管不会动不动就拿记者的身份说事儿，但他那副阴阳怪气的语气，让人听着就不舒服。

"想必您也知道，所有报纸杂志社都认为，迫水被杀与楠木的冤案脱不了关系。反过来说，谁要是觉得没关系，就根本没资格干新闻这行。然而府中分局和警视厅却连像样的消息都不肯放出来一点，所以外面已经谣言满天飞了。甚至还有人认为，凶手就是当初因为掩盖冤案而被迫辞职的相关者。"

"那还真够乱的。"

"难道县警总部就不乱了？连渡濑警官您都被限制行动，我猜他们肯定也相当神经质了吧？"

言外之意相当于，被采访的对象越是神经质，负责报道的一方就会逼得越紧。

"就算是旧疮疤，也是二十三年前的事了，你当时还只是个学生吧。"

"这是哪儿的话呢。楠木明大那起冤案，再加上浦和分局的掩盖，这可是县警察局史上最大的丑闻。我刚进报社那会儿，就听人详细讲过这件事。听说那个时候，《埼玉日报》总是一上架就卖个精光。"

当时因为县警察局爆出惊天丑闻，不只全国性的报纸，连地方性报纸都加印了不少。对县警察局来说是旧疮疤，对媒体来说却是一块肥肉。

"冤案这个话题，说旧也旧说新也新。不过只要还有被冤枉的囚犯活着，这方面的新闻就是越旧越有价值。"

"你好像还挺开心的？"

"开心的是大众。我们只负责提供新闻。"

可惜尾上说得没错。大众最喜欢打压警察和政府的权威。每当有丑闻或可疑事件发生，他们便会一拥而上，纷纷以正义使者自居，极力对公权力加以贬低。

"我们是报社记者，有人滥用权力，我们自然要加以批评。有这样的题材，我们自然要飞速赶来了。"

"你觉得县警会犯和过去一样的错误？"

"人类就是这种无可救药的生物，总是重复着同样的错误。警察也是人，自然不能例外。"

"跟着我就为了这个？"

"我听说那起冤案的相关者无一例外地遭了处分，但只有一人除外。"

"哼。"

"如果迫水真的是因为过去的那起冤案而死，那么在肃清风暴中得以幸存的警官您，就很有可能是凶手的下一个目标了。"

"打算亲眼看着我被凶手刺死，然后抢个头条新闻？可真够敬业的。"

"哪里哪里，只不过是看您没有部下保护，自告奋勇来做您的护卫罢了。"

真是护卫就有鬼了。

尾上的目标十分明确——在肃清风暴中幸免于难的渡濑，一定会对迫水遇害一事加以追查。那么只要跟着他，就能获得更有价值的信息。就算渡濑在此过程中被杀害，恐怕他也只会用相机把这一幕记录下来，随后再对凶手详细采访一通。尾上善二就是这样的一个人。

就在此时渡濑突然想起，假释出狱前，迫水曾有一段时间显得郁郁不安，但看过报纸后便放下心来。后来渡濑在狱警那里得到证实，迫水偶尔会购买和阅读的报纸正是《埼玉日报》。

如果是全国性报纸，去最近的图书馆就能阅读到合订版，但那里未必会有《埼玉日报》这样的地方性报纸。尽管现在会用光盘保存，但内容过多的报道也未必会一一收录。

"埼玉日报社的，过去的报纸，你们都有留档对吧？"

"那倒确实。"

"立刻带我去看。"

"哦？您这是要光临敝司？"

"你占用了我宝贵的时间，我自然要收点报酬。"

尾上露出一副疑惑的表情，可能是觉得自己的脸皮已经够厚了，没想到对方更胜自己一筹。

渡濑不露声色地看了看了身后，并未发现有人跟踪，但依然大意不得。

"报社的车在哪儿？"

"我是打出租车来的。"

"好的。看到那边有个县民保健中心了吧？"

"看到了。"

"从它后面往北走有个公交车站，你去那里等我。"

让尾上先走后，渡濑拦了辆出租车，让司机开到公交车站的位置捎上尾上。为防万一，渡濑始终注意着后方是否有人跟来。

"您这也太小心了吧？简直像个逃犯似的。"

逃犯这两个字让渡濑觉得莫名想笑。

明明是在查案，却受到里中和他手下的妨碍。在他们眼里，自己说不定真像是在逃跑一样。

"和警官您认识这么久，但还是第一次坐同一辆车呢。"

又不是什么了不起的经历。

不过这话倒也没错。渡濑轻蔑地想。自己过去从未向任何媒体人士透露过案件相关的信息，也从未与任何记者做过必要程度以上的接触。

倒不是瞧不起他们，但从事媒体工作的人，大都喜欢在报道中夸大其词，刻意吸引人眼球。而读者们也偏偏喜欢这种报道。看来不得不承认，任何市场都是基于供求关系而形成的。

渡濑之所以远离媒体，是因为既不想利用他们，也不觉得自己能利用好他们。

得知明大的冤案并打算曝光的时候，恩田采取的方法就是将真相透露给媒体。尽管这种做法无异于自杀式袭击，然而在当时的情况下，如要说服事件的相关者，真相一定会遭到掩盖。此时动用媒体的力量无疑是最好的做法，但渡濑终究还是难以做到。

"埼玉日报社的，问你一个问题。"

"问呗，这么严肃干吗？"

"那些喜欢你们报纸、早报晚报都不落下的人，自然也会读到你写的那些报道吧。就当我是在夸你们好了，在描写警察和检察院丑闻的时候，你们总能写得妙笔生花，在执着地进行人身攻击这方面，其他报社更是拍马也追不上你们。"

"您过奖了。"

"可是，公检法的丑事就这么能刺激你们的采访欲？"

"刺激采访欲谈不上吧，单纯觉得有趣而已。"尾上肆无忌惮地说，"执行法律、尊重法律的人最终却犯了法，这不就是屠龙勇者变成恶龙的故事吗？我不过是想嘲笑这些蠢货而已。"

"不是批判，而是嘲笑？"

"跟蠢货讲道理，就相当于对牛弹琴。因为愚蠢，所以不会学习。去批判这种人，不过是浪费精力而已。这话听了您别生气，在我看来，警方和检方的丑闻如今就像固定节目一样，每年都要来上那么几次。"

面对蠢货，就只能嘲笑了吗？

"说了您可能不信，但我对渡濑警官您还是相当敬重的。"

"是吗？那我还蛮荣幸的。"

"因为警方和检方总喜欢强调那套关于正义的、冠冕堂皇的大道理，但警官您好像从来都不相信这些。"

渡濑忍不住嗤嗤地笑出了声。

"逮捕、起诉、判决，多么了不起的权力啊。行使权力的人想必为自己的正义感所陶醉，认为自己具备了足够贯彻正义的见识与才智。他们坚信这些权力是凭自己努力获得的，真是笑死人了，其实那只是别人施舍给他们的。拥有权力的人终将被更大的权力打倒，正义的使者最终也会被正义抹杀。就像试图掩盖楠木明大冤案的那些人一样，想要维护组织、维护组织颜面、为组织的正义而行动的人，最终依旧被民愤这种更加宏大的正义所反噬，真是让人笑掉大牙。"

听着尾上的观点，渡濑真的很难相信对方只是一个单纯的媒体人。

这种视角甚至已经有些脱离人类，近似于神明了。

"嘻，说得有点多了。"

"也就是说，审判罪人、处决罪人的权力，都不过是人类代神执行……是这样吗？"

"不不不，我要说的没有那么夸张。我只是想痛骂、嘲笑那些仅仅一时手握权力就被冲昏了头脑、自以为了不起的家伙。而这或许也是社会群众的共识。"

在埼玉日报社调查了过去的报道，返回宿舍时，天已经彻底黑了。

尽管如此，渡濑也已经好久没像今天这样，在八点之前回家了。正想着晚上要吃什么时，身后突然有人叫了他的名字。

渡濑万万没想到自己会在宿舍门口遇袭。

匆忙转过身后，一张熟悉的面孔出现了。

"还以为是谁呢，是堂岛老哥呀。"

时隔二十三年未见，对方的脸上却丝毫没有重逢的欣喜。

"我在这儿等你很久了。离开县警察局之后，你去哪儿闲逛了？"

堂岛连招呼都没打一声，便气势汹汹地迎面走来，尽管手上没有武器，但浑身上下散发着危险的气息。

和过去相比，像是彻底变了个人。

过去还在浦和分局的时候，堂岛总是喜欢摆出一副老资历的样子。他对组织忠心耿耿，为人和善，也很有包容力。

然而，如今在他瞪着渡濑的眼睛里，流露出些许畏缩的神色。原本乌黑的头发如今已经花白，脸上也刻满了又深又丑的皱纹。不过倒也正常，毕竟距离上次见到他，已经过了快四分之一个世纪。他应该才五十多岁，却已经显得老弱不堪。

"说，你到底去哪儿了？"

"你已经不是警察了，我不能告诉你。"

"难道你就是警察了？"堂岛冷笑一声，"你过去就一直这样，身为警察，却处处脱离组织，总是自作主张，喜欢和组织作对。"

"……方便的话，进屋说话吧。"

"用不着，我是来给你忠告的。"

"忠告？哈哈，你不会是被他们找过来劝我的吧？"

"迫水的，不对，是二十三年前的那起案子，你不要再挖了！"

渡濑愣了。不知道是县警察局还是警察厅干的，但那些人如此不愿意揭开过去的疮疤，居然把已经辞职的同事都找过来劝阻自己。

如此强大的组织力和行动力，为什么不能去干些更加有用的事呢？

"你又在私自查案对吧？"

"你怎么想都行。"

"明大的案子不是已经结了吗？！法官、检察官，还有我们这些一线警察全都遭受牵连，只有你，只有你这个王八蛋躲在安全的地方看我们的笑话！"

堂岛的每句话都在凸显自己受害者的身份，然而渡濑依旧无力反驳。在不考虑到渡濑心情的前提下，事实的确正如堂岛所言。

在明大事件里，受到处分的众多相关者被迫离职。在一般情况下，警察或检察官在离职后都能得到再就业方面的关照，然而堂岛等人却没有得到这样的待遇。或许是组织担心外界批判他们对自己人的处罚草草了事，因此采取了弃车保帅的做法。

"你可真行。出卖了同事，一路高升到县警总部，现在都已经是侦查一班的大班长了！这次你又要出卖什么？是部下？还是自尊？"

"我什么都没有出卖，反倒是一直在被别人找碴。"

堂岛突然逼近过来，揪住了渡濑的领子：

"你到底在查什么？查到了什么线索？说！"

揪住领口的力量虚弱到可怜，丝毫没有过去那种凶狠的气势。

"堂岛老哥，你冷静点。"

渡濑不禁对堂岛感到同情，尽管他知道这样的想法对人很不尊重。

既然同情了，就随便找个理由应付过去好了。

"我是最近工作繁忙，所以回家之前都会去喝一杯。"

"呸，你不是这样的人。"

堂岛看上去根本不信他的话，

"你这个人一向喜欢自以为是，觉得全天下只有自己是正义的。像你这种人会因为受了局长警告，就老老实实夹起尾巴做人？"

看来连受了局长警告的事都已经泄露出去了。

"我不知道你在说什么，堂岛老哥。楠木那起案子确实牵连到许多人，但是在迫水的笔录公之于众之后，渎职方面的处分就已经全部结束了。"

"你好意思说这种话？你又不是不知道，遭受处分的都是明显犯了错的人，还有一些底层的小人物。决定将楠木送检的人、和判决相关的人、东京拘留所与楠木接触过的狱警，还有其他很多人，这些人都在畏惧着楠木的亡灵，都在担心着某天会和我们一样遭到报复。"

原来是这样吗？

渡濑回忆起了恩田的话。

对案件相关者来说，光是楠木明大和迫水二郎这两个名字，就足以成为他们内心的重负。一旦陈年往事被重新提起，他们不可能好受。压力并非来自单方面，而是来自各方各面。

"堂岛老哥，他们和你说什么了？你重新找工作时没有受到关照吗？被他们抓住什么把柄了吗？"

揪住渡濑领口的手突然没了力气。

"从各方面来讲，你都已经解脱了吧？像这样来难为我，应该不是你的本意。"

"我的本意是想狠狠揍你一顿。一想到你仗着虚伪的正义感爬上侦查一班班长的位子，我就气不打一处来！"

虚伪的正义感？

这句话让渡濑不由得感到心酸。要是他真的虚伪，早就因为受到打击而放弃了，怎么可能会为此坚持二十多年。

"离开警察局后，我去了一家保安公司。"

"我听说了。"

"工作没那么好找。劳介所不知跑了多少次，面试也不知道失败了多少次。像我这种三十五六岁，一没关系二没门路的人，哪有那么容易找到工作。"

这个渡濑也听说过。

浦和分局的相关者遭到处分后,渡濑打听过他们的消息。大费周章后找到工作的堂岛还算好的,但有的人甚至连老婆都跑了,最后不得不靠社会保障金生活。

法律女神忒弥斯对引发冤案的人进行了残酷的制裁,简直像是要为明大报仇雪恨一般,将这起案件的相关者纷纷送上祭坛。

原本渡濑以为只有自己得以从天网中逃脱,然而就在最近他改变了看法。

他并不是得以逃脱,只是女神的宝剑还未挥向自己而已。

断罪之日终将到来,而且那天已经不远。

"我费了好大劲儿才找到这份工作,如今也总算有了些地位和信用……"

"那你为什么要……"

"公司总经理过去也是保安部的,他跟我说了很多。"

局里的人觉得是上司劝不动,找过去的老熟人来哭诉,就能让渡濑心软吗?这未免太小看他了。

"你来找我就是为了这个?"

"什么叫就为了这个?"堂岛瞪大了双眼,"我还有家人要养活,不能被你这样没完没了地折腾!"

渡濑望着堂岛的眼睛叹了口气。

过去他维护组织的时候,也曾像这样拦在自己面前。而他现在要维护的,是自己的家庭。

他绝不是什么坏人,甚至可以说所有试图掩盖那起案件的相关者,都只不过是尽忠职守、热爱组织的人。

然而可悲的是,他们引发了冤案,并试图掩盖组织的错误。而在社会上,罪恶的根源往往并非恶意。

"堂岛老哥,就算我手上真有什么线索,你觉得我会因为听了你的话就同情你,不再侦查吗?"

堂岛的眼光里流露出惶恐不安的神色。

"我刚才说去喝酒,你说我不是那种人。没错,我不是那种人。"

渡濑将堂岛揪住自己领口的手反扭过去。同样的事情过去也曾有过,只不过这次比上次更加轻松。

"让你来拦着我的人,不是看重你的能力,而是想用感情来绑架我。可是这样毫无意义,换别人来也是没用,你知道的,我这个人根本没有感情。"

堂岛惨叫一声,身子向下耷拉着。渡濑本想手下留情,但似乎还是用力过猛,因为受痛,堂岛甚至已经"哎哟哎哟"地连声叫了起来。

心里突然有些惭愧,渡濑放开了手。

论格斗,堂岛原本就不是渡濑的对手,如今自然差得更远。只见堂岛趴在地上,用一只手撑着地面,那副模样要多狼狈有多狼狈。

"没别的事了吗,堂岛老哥?"

"畜生,少得意忘形了,你这个王八蛋!"

不由得有些意外。

自己什么时候得意过呢？

"混账东西，死性不改。"

堂岛咒骂着，委屈得像要哭出来一样，

"伪君子！只会标榜自己是正义的。在你眼里，像我这种人就只会作恶对吧？我舍不下脸面和地位的样子，只会让你觉得可悲是吧？开什么玩笑！少他妈的居高临下，狗眼看人低！"

然而渡濑并不记得自己有过居高临下的感觉。

何止如此，他反而觉得自己始终都在抬头仰望，只为了伸手抓住那束难以触及的光。

至于自己得知明大蒙冤那时的心情，堂岛恐怕也无法理解吧。过去的所有成绩土崩瓦解，自身的清白也遭到玷污。那种心情仿佛被人扔进一片伸手不见五指的虚空里，在自嘲与自弃中彻底腐烂一般。

所以渡濑渴求着真相的光，渴求着那束或许残酷却依然能为迷失者指引前路的光。

"你说我只会标榜自己是正义的。没错，我不打算否认。但是在这方面，无论警方还是检方，甚至连你也都是一样的。"

"你一个人的正义，就能和警方的正义相提并论？真是大言不惭，笑死人了！"

"我原本不想以这种方式和你再会。"

说完这句话，渡濑便转过身去。

背后传来堂岛的喊声：

"别以为你永远都能一帆风顺！你这种人，你这种人嚣张不了几天！"

渡濑没有回头。

这我当然知道。

因为我的罪孽比你深重得多。

2

第二天,渡濑来到了位于埼玉市绿区的浦和高速入口。

距久留间夫妇遇害已经过去了四分之一个世纪还多,附近的景色却变化不大。这里依旧车来车往,周围情人旅馆林立。要说有什么改变的话,也无非是那些旅馆全都改造成了时下最流行的模样。

久留间房产中介所在的建筑早已拆除,原本的位置只剩一块空地,上面杂草及膝,只有孤零零的一块立牌插在中间,上面写着"此地出售"。走近一看,立牌上的油漆已经剥落,立柱也腐朽不堪。

高速入口附近的地价与市区相比较为便宜,理论上这块地很快就能卖掉,但久留间房产中介的旧址依然无人问津。

想想也是,周围开着这么多情人旅馆,无论是盖高层公寓还是独栋小楼,应该都不会有人想住进来。开店也是同理。会来这里的都是些想要避人耳目的男女，就算在附近开店，又有谁会光顾呢？开药店赚不到钱，就算想跟风开一间旅馆，也因为面积太小而开不起来。既不适合居住，也不适合商用，再加上过去的住户惨遭强盗杀害，因此这里自然始终无人问津。继承了这块土地的独生女那美，想必也在为这块地卖不出去而发愁吧。

在成片的旅馆中，这里就像是一个突兀的开口。

来到这里，那桩命案仿佛在拒绝随风消逝般再次浮上心头。

这里是一切的源头。

无论是明大的冤案、警方对冤案的掩盖，还是那场吞噬了无数相关者的肃清风暴。

这样一想，不由得感慨万千。

渡濑转过身去，望向空地对面的情人旅馆。当时案件的第一发现者便是这里的店员。店名依然是"山猫公馆"，经营者似乎也没有变过。

旅馆前台处坐着一名中年妇女。考虑到女性顾客的感受，这种店的前台一般也是女性。

渡濑说明了来意，那名前台大为疑惑：

"二十八年前……那里发生过这样的事吗？"

看来她连那起案件都不知道。

"请问还有当时就在这里工作的人吗？"

"那么早的事，可能只有经理会知道吧？"

原本就没抱太大希望，但听到这句话，渡濑还是有些失望。二十八年的光阴不仅磨灭了证物，连证人也都不知所终了。

"可以见见你们经理吗？"

"稍等。"

或许是被杀人案勾起了好奇心，前台并没有表现出反感的态度。等了差不多五分钟，渡濑便被请进了办公室。

除装有用来监控停车场的屏幕，以及反映各个房间使用状况的指示灯外，这里与超市办公室的区别不大。

"抱歉，久等了。"

出现在渡濑面前的是一位似乎已经年过六十的女经理。她叫沓泽，长相算不上有多美，但笑起来如孩童般可爱。

"没想到经理是女人吗？"

渡濑摇了摇头表示否认。

不少情人旅馆都是从经理到前台，甚至连保洁人员都是女性。因为这方面的工作常常会经营至深夜，为了防止员工之间出现不必要的麻烦，男性自然便不容易得到雇用。

"听说您是为了久留间店长的案子来的，那真是好久以前的事了。"

"经理您还记得？"

"当然了，因为最先发现尸体的人就是我啊。"

"咦？"

"不过当时我还只是个小小的店员而已。这家旅馆的时薪虽然不算高，但工作比较轻松，所以每天可以多干一会儿，这一做就是这么多年。因为平日里的工作还算令人满意，渐渐也就做到经理的位置了。"

渡濑的内心不禁升起了期待。

真是太难得，太幸运了。

"那起案子的细节您还记得吗？"

"当然记得。成为杀人案的第一发现者，这种体验可能一辈子也就只有这么一次，怎么会忘得掉呢？"

沓泽经理表情凝重，语气中却微微透着股兴奋劲儿：

"毕竟这附近除情人旅馆以外，就只有久留间这么一户人家，所以当时我们还有些邻里往来。久留间店长总是沉默寡言，但久留间夫人非常友好，每次见到她，我都会打声招呼。"

"那发现他们的尸体时，您肯定相当震惊吧？"

"是的，所以当时我非常积极地配合刑警工作。我想想，当时那位刑警的名字叫堂……堂……堂前，堂圆，不对，叫堂山……"

"堂岛。"

"对对对！好像就叫堂岛，他现在好吗？"

渡濑压抑着激动不已的心情，不断告诉自己，此时一定要倍加慎重。

这是非常重要的证词，中途一旦出了差错就会前功尽弃。首先要确保能够唤醒证人的记忆。所幸沓泽经理记忆力惊人，堂岛只在二十八年前和她交谈过一次，她却能隐约记得堂岛的名字。

"可以请您回忆一下当晚的情况吗？"

"我想想，那天晚上……对了，那天晚上雨下得很大，大到在旅馆里听着外边的水声，感觉就像瀑布一样。"

很好，就是这样。

"能再说说发现尸体的经过吗？"

"当时我想，外面的马路可能被水淹了……对了，我还担心旅馆的地下停车场会进水，就想去外面看看。因为地下停车场过去也因为下雨被淹过。"

渡濑回忆着当时的侦查记录。沓泽经理刚刚的证言，与她在二十八年前的说法分毫不差。

"走出旅馆后，我感觉久留间店长的店里有些异样……为什么来着……我想想……对了，是因为店里没有开灯，店门却敞开着。要是放着不管，屋子里进水就糟了，所以我就走到门口往里面看……"

"等等，你不是说店里关着灯吗，为什么可以看见里边的样子呢？"

"这个……哦，对了，因为一楼外侧用的是玻璃墙，虽然上面贴着几张房产信息，但借着旅店霓虹灯的灯光，隐约还是可以看到里面的样子。"

"我知道了。您接着往下说。"

"我看见有个人倒在里面，就吓得赶紧报警了。"

渡濑此刻真想为她拍手喝彩。沓泽经理的回忆太完美了，这让他对下一个问题的回答充满期待。

"沓泽经理，刚才的问题都是警方问过您的，但下一个问题就不是了。您见过这张照片里的人吗？"

渡濑将一张照片递到沓泽经理面前。

这张照片是渡濑在埼玉日报社获得的唯一战果。是他瞪大了眼睛查遍报纸的每一处角落后，好不容易才找到的。

沓泽经理的视线落在了照片上。

"案发当天，您在附近见过这个人吗？"

渡濑在不知不觉间攥紧了拳头。

旅馆的店员在工作中很少出门，而且光顾这里的男女多半是开车，步行前来的很少，因此渡濑只是单纯想要赌上一把。

沓泽经理皱起了眉头，表情显得十分凝重，看上去像是拼命在记忆里搜寻，却又一无所获的样子。

只见她歪起脑袋，对着照片仔细端详。

"呃……"随即抬起头来，"不好意思，似乎是见过这个人，却又想不起来。"

渡濑一下子泄了气。

"唉，是吗……"

"倒也不是完全没有印象，总觉得它就藏在脑海中的某个角落，却又被更加显眼的东西遮挡着……唉，我表达得不太明白。"

沓泽经理又念叨了一阵，但最终还是没能回忆起来。

渡濑强忍着不露出失望的神色，继而递出一张名片。

"照片和名片我都留下，要是想起来了，麻烦您通知我。"

少安毋躁。一时没能想起，后续却因机缘巧合突然想到，这样的情况也时有发生。如今也只能先等一等了。

渡濑走出了"山猫公馆"。

除沓泽经理之外，还有没有会记得那件事的人呢？

尽管知道歪打正着的好事不会接连发生，但依然不能放弃继续搜寻。

就在渡濑迈着沉重的脚步走向其他情人旅馆的时候——

"渡濑警官！"

背后突然传来一声叫喊。渡濑回过头去，发现沓泽经理正向这边跑来。

来到渡濑身前时，她已经累得气喘吁吁。

"怎么了？"

"想起来了，我终于想起来了。虽然不能保证就是同一个人，但我那天的确见过和那张照片里很像的人！"

"真的？"

"车，是那辆车！"沓泽经理一边缓着气，一边断断续续说道，"因为我正好是她的影迷。"

"影迷？"

"发现尸体前，我去便利店里买过一趟宵夜。当时我打了伞，却还是浑身湿透，所以才记得很清楚。差不多刚过晚上十点，我出门之后，发现有辆车从久留间房产中介旁边的那家旅馆里开出来。"沓泽经理咽了咽唾沫，随后继续说道，"那辆车和我擦肩而过时，我恰巧看到了坐在副驾驶席上的女人。我是她的影迷，所以吓了一跳。当时因为太过震惊，所以顺便也瞧了眼开车的人。但是她给我的印象过于强烈，所以有些没注意另一个人，真是不好意思。"

"没关系。那个女人究竟是谁？"

"生稻奈津美，过去是演员，现在已经隐退了。"

脑海中隐约浮现出一个形象,渡濑平时不关注演艺圈,但他也听说过这个名字。

"那时候恰巧她丑闻缠身,经常出现在娱乐新闻里。所以当时我还纳闷,她怎么会出现在这儿?"

东京都涩谷区广尾四丁目。

沿着外苑西路往西,日本红十字护理大学与阿曼大使馆之间一带。即使在东京都,这里也是屈指可数的高级住宅区。

亲身感受到安宁闲适的氛围后,渡濑方才理解这里被称作高级住宅区的原因。即使站在大街上,也只能微微听到远处孩子的喧闹声,既没有吵闹的汽车行驶声,也没有街头宣传车那种令人躁郁的喇叭声。这里不缺少生活气息,只是这里的居民都比较克制,不会打扰到其他人。

四周公寓楼林立,渡濑走进其中一栋。

刚一进门,渡濑就注意到楼内各处都布有摄像头。入口处是一个门厅,门厅里装有一台带摄像头的对讲机。

输入房间号后,对面传来一个女声——"喂?"

"打扰了,我是埼玉县警渡濑,刚刚打电话联络过。"

渡濑对摄像头出示了警察证。

"请进。"

应声的同时,通往楼厅的大门解开了锁。

楼厅的天花板很高,高贵典雅的装潢让这里显得像是高级酒店一样。面前有三台电梯正在等待,它们似乎只会停在访客要去的楼层。渡濑不禁苦笑——就安保条件而言，这里简直比县警总部的办公大厦还要好。

抵达目标楼层后，在房门前还有最后一道关卡。门口同样是一台带摄像头的对讲机，渡濑再次出示了警察证。

"请进。"

房门打开，后面是一个神色略显紧张的女人。

生稻奈津美，隐退女演员。

她今年应该是五十五岁，看上去却像只有三十多，究竟是平日里注重保养，还是出于演员的天生丽质呢？工作原因，渡濑见过各种各样的女人，但就在短短一瞬间里，他也不禁对奈津美的美貌感到心驰神往。

"冒昧叨扰，实在是过意不去。"

"也没别的地方可去。这些话，又不能在有外人的地方谈。"

被奈津美请进屋内之后，渡濑发现这里大得惊人。户型似乎是五室一厅，光客厅恐怕就有十五叠①那么大。

"好大的房子！"

"一个人住确实很大。买的时候是考虑给有两个孩子的一家四口住的，现在看来真是浪费。"

奈津美自嘲般笑道。

"不过警察还真有本事，像是住址、电话这样的个人信息，我应该从来没有对媒体公开过。"

---

① 表示日本房间面积大小的单位，一叠通常为 90 厘米 × 180 厘米，即 1.62 平方米。

"因为你是一起案件的关系人,所以警视厅有你的个人信息。"

"是这样啊。唉,那也没辙。一旦惹到警察,就避免不了麻烦上门。"

嘴上这么说着,但奈津美似乎心情不错,只见她径直向厨房走去。

"不过好久没来过客人了,我还是欢迎你。喝点什么?我打算来点酒。"

"我可以陪你喝一点。"

"那太好了。不借着点醉意,这种话也不好开口。要是听我说话的人太过清醒,我是会生气的。"

大白天和隐退女演员喝酒,没想到执勤外出警还有这种好事。渡濑心里突然胡思乱想起来——要不今后就光私下出警算了。

奈津美从厨房里拿来一瓶红酒。尽管没法通过口感猜出牌子,但光凭芳醇的酒香,渡濑就能知道这瓶红酒绝对价格不菲。

刚把酒倒进杯子,奈津美便迫不及待地喝了一口。渡濑只是浅浅一抿,随即偷偷观察着奈津美的样子——很好,喝吧,喝醉后要是能多透露点真相,就更合我意了。

"接到你的电话后我想了好半天,真没想到那件事已经过去二十八年了。唉,这些年里又多了不少皱纹。"

"哪里,我看你也就三十多岁的样子。"

"再怎么说我过去也是个演员。不过不行了,心老了,现在已经完全不想出镜或站在聚光灯下面了。"

"你已经彻底放弃了那个光鲜亮丽的世界吗？"

"什么光鲜亮丽。渡濑警官，你见过摄影棚的布景吗？"

"没见过。"

"摄影棚的布景，从外面看上去既豪华又气派，可绕到后面就会发现，都不过是用廉价的三合板搭出来的而已。不仅乱七八糟，上面还全是灰。演艺圈也是这样，从后面看，就是一个藏污纳垢、猥琐下流的地方，只会让人作呕罢了。"

红酒刚一下肚，奈津美就絮叨起来。渡濑望着她，再次回忆起了她的经历——

昭和五十年代，生稻奈津美以宝家歌剧团新晋女演员的身份出道，首部出演的作品是在NHK频道上播放的晨间剧。该剧创下了高达百分之二十的收视率纪录，而她作为主演也迅速走红。随后她的演艺生涯更是顺风顺水，各大电视台没有一天看不到她出演的电视剧或广告的。除此之外，她还频繁担任电影主演，人气排行榜上更是在前几名的位置久居不下。

然而明星总会过气，奈津美则更加迅速。渐渐地，她只能出演配角，接到的广告邀请也大幅减少。讽刺的是，当聚光灯不再集中在她身上时，观众们对她的热情也迅速消退了。

所谓的女演员，或许是种依靠聚光灯的灯光进行光合作用的生物吧——渡濑如是想道。

过气女演员的出路不多，但奈津美选择了一条最最体面也最最安全的道路。

这条路就是与企业家山本智也结婚。山本智也是一家软件公司的董事长,在当时也备受社会瞩目。能与山本结婚,无疑是嫁入豪门了。

就这样,昭和五十五年,奈津美成为董事长夫人,正式从演艺圈隐退。尽管有人为她感到惋惜,但奈津美本人对演艺圈已经没有任何眷恋。因此在婚后,女演员生稻奈津美便从荧幕上彻底消失了。

只可惜天不遂人愿,各路媒体终究是要找上门来。四年后的昭和五十九年八月,过去的时代宠儿山本智也,因涉嫌违反证券交易法,遭到了东京地方检察院特别搜查部的逮捕。

账目造假、证券报告造假、虚假交易、散布谣言——尽管最初涉嫌的罪名只有这些,然而特别侦查部在他家里搜到了更要命的东西。

他们从山本智也的书房里搜出了四袋晾干的植物,还在壁橱里发现了大量盆栽,而这些全都是如假包换的违禁品。

因此山本智也的案件由原本单纯的经济犯罪,一下子变成了涉及违禁品的罪行。

如果仅仅是账目造假,或许还可以说与奈津美无关。但如果是先生持有并吸食违禁品,身为夫人的奈津美也很难脱得了干系。于是奈津美连日受到警方传唤,媒体也再次对她大肆纠缠。只不过她的名头不再是当红女演员,而是先生涉及违禁品犯罪的过气女演员了。

"最终警察还是相信我与此事无关,持有和栽培违禁品的人就只有我家先生,可外人依旧在用异样的眼光看我。"

手里的杯子已经空了一半,正如渡濑所期望的那样,奈津美开始酒后吐真言了:

"探望我家先生、和律师碰头、与高管商量对策……动不动就连续好几天都没时间睡觉。身边的人都劝我,反正你们也没有孩子,不如离了算了……可我做不到啊,我是因为爱他才会和他结婚的。他的财产、他的地位,这些虽然也很有魅力,但我不是那种傻女人,光为了这些就决定自己的终身伴侣。"

选了个违法的人做老公还不傻?头脑中闪过这样的想法,但渡濑当然不会说出来。

"我家先生名声好的时候,别说经济报纸,连演艺圈的杂志都会来采访他,又是风云人物,又英俊潇洒,通篇都是赞美之词。拍照的时候我也和他一起,当时我们是羡煞旁人的名人夫妻。可我家先生被捕后,媒体立马就翻了脸,什么骗子、瘾君子,说尽了他的坏话。可是当时我家先生还被关着,被媒体没日没夜追踪采访的其实只有我一个人!看他们写出来的报道,简直像是我杀了人一样。幸好他们不知道这个住处,当时我连出个门都胆战心惊!"

这也难怪。跟尾上谈过之后渡濑再次确信,媒体所追捧的既非富贵也非权势,而是尸臭。他们只有在闻到尸体腐烂所发出的味道后,才会不顾一切地蜂拥而至。

"最后我家先生遭到起诉,一审判决以证券报告造假的罪名判处有期徒刑十年,以违反违禁品管控法的罪名判处有期徒刑五年,二罪并罚,一共十五年有期徒刑,几乎和检察官要求的判罚一致。这种情况一般来说都会在刑期上打个折扣，但他是在被捕后发现了其他罪行，所以才会重判的吧。

"我们自然是当场提出上诉，可是……重金雇来的律师也拿不出主意，根本派不上用场。"

奈津美手里的杯子已经空了，渡濑不失时机地给她续上第二杯。奈津美也不客气，端起杯子就喝。

"最后我家先生被判了十五年，对我来说简直就是晴天霹雳。当时他四十五岁，出来的时候都要六十了。我希望在二审中争取减刑，哪怕卖了这间房子，砸锅卖铁，也一定要把我家先生救出来。"

奈津美举起酒杯，又是"咕咚"一口，

"信不信由你，但我真的很爱他。"

"我当然信，所以你才会上了这个人的当吧？"

渡濑把之前给沓泽经理看过的那张照片递到奈津美面前。

盯了好一会儿，奈津美轻叹一声，放下了手中的杯子。

"你拿这张照片来找我，有什么打算？"

"有人看到你们从浦和高速入口附近的旅馆里出来。"

"多久之前的事了，那个人的话可信吗？"

"那个证人是你的影迷，记忆力也非常好。而且我不是来责备你的，只是想求证这件事的真伪。"

"为什么要这么做？"

"我想让他受到应有的制裁。"

"谁来制裁他？二十八年过去，早就过追诉时效了。"

"能制裁别人的，可不只是法院。"渡濑紧紧地盯着奈津美的双眼，"能够对人进行批判和制裁的并非只有法律，这点你不是最清楚不过了吗？"

"那要是我也犯了同样的罪行呢？"

"毕竟你只是为了给先生减刑而已，人们会同情你、原谅你的。可这个人利用你的弱点乘虚而入，你能原谅他吗？"

"你觉得我只是单纯和他发生关系而已吗？这可是婚内出轨。"

"一审判决的结果足以证明法官对你先生印象不好，二审要是举不出更有力的证据，胜诉的可能性十分渺茫。你为了救你先生，也没有其他办法。这件事应该是他要挟你，你不是他的共犯，你只是被害人。"

奈津美的瞳孔在颤抖，仿佛是在犹豫。

渡濑趁热打铁，连忙再加一句：

"当时他还犯了更加严重的罪，远远超过诱骗你的罪行。"

渡濑将自己经过侦查所得出的结论向奈津美和盘托出，对方听后露出一副惊愕的表情，久久不能出声。

"这下你能理解为什么我会来求证了吗？"

奈津美的视线低垂，落在玻璃杯上。过了好一会儿，终于嘟哝一句：

"你打来电话的时候，我真的吓了一跳，没想到那么久之前的事情都会暴露。你可真有本事，二十八年前的事都能查出来。"

"因为我有义务查清这起案子。"

"义务？"

"那个时候究竟是谁看错了什么？那起案件的相关者如今只剩下我一个，我自然有义务查明。"

"刑警这份工作，责任真的这么重吗？"

"这不是刑警的义务，而是身为一个人所应尽的义务。刑警这份工作我干了四分之一个世纪，虽然记性还是不好，但我也吸取到了很多教训。其中一个教训就是，无论是多久之前的陈年旧案，一旦发现错误，就必须加以纠正，若非如此，其中一定还会萌发出新的罪恶。"

已经不再讲究什么花招和技巧，此时的渡濑彻底敞露了心扉。

就算挺身作证，奈津美也得不到任何好处，因此想要说服她，就只能吐露心声了。

奈津美望着渡濑，流露出惊愕的表情。

"长得像个老滑头，说的话却这么幼稚。"

"抱歉，我不仅记性差，也始终学不懂人情世故。"

"不过我就喜欢这样的人。让我觉得非常怀念，毕竟每个人都有过幼稚的时候。"

奈津美微微一笑。光是抬抬嘴角就能让表情显得截然不同，不愧是退役女演员，实力不容小觑。

"好吧，我承认我和他有过关系。如果有机会，我会作证的。"

"谢谢你。"

渡濑深深鞠了一躬。或许没有机会请奈津美站上证人席了，但这至少是张能将那个人逼入绝境的王牌。

"就在我为二审发愁的时候,他突然联系到我,说可以帮我家先生减刑,但是要我听他的话。当时我别无他法,为了救我家先生,就答应了他的要求。"

"可就算这样,为什么要在那种廉价的旅馆里私会?东京的高级酒店才更符合你们的身份啊。"

"这是他的要求。"奈津美眼光阴沉,愤愤地说,"他说这样做是为了打击我的自尊心,还说和我这样的女人上床,在廉价的旅馆里就够了。你知道他在那里强迫我做了多么屈辱的事吗……他精神有问题。我只和他私会过三次,但每次想到和他那种人发生过关系,就觉得自己的身子好脏,不想活了。"

话虽不多,但说完后奈津美还是深深地叹了口气,仿佛将滞纳在胸中的闷气一吐而尽,表情也变得轻快了些。

这些话一定在她心里憋了很久,没有向任何人说过。想到这里,渡濑再次低头向她行了一礼。

"最后我先生在二审中改判为六年有期徒刑,辩方大获全胜。"

后面的事渡濑就知道了。尽管过去的公司已经解散,但刑满释放后不久,山本便再次成立了新公司。

然而时运不济,恰逢泡沫经济崩溃后不久,经济严重萧条,山本的新公司很快也随之垮台,山本更因过度劳累而被病魔所击倒。

"不过他还是为我留下了这间房子和一些存款,我才不至于流落街头。"

奈津美伸手从柜子上拿过一个相框，相片上的人正是山本。

"活着的时候没能告诉你……等我下去找你了，再向你道歉吧。"

奈津美开始与亡夫说话了。

久留无益，渡濑向她行了一礼，随即打算离开。

"等等。"

"怎么了？"

"我特地准备的酒，你就只抿了一口？"

"嗯。"

"至少把杯里那些喝完再走。该说的我都说了，最起码的礼貌总得有吧？"

"你说得对。"

渡濑回过身去，将杯中的红酒一饮而尽。

"渡濑。"

刚一出楼，就听到有人在叫自己。

"哟，是什么风把科长您给吹到这儿来了？"

"这句话该我问你吧？"

栗栖毫不掩饰怒意，看来他早就在跟踪渡濑，但因为进不去楼里，只能在外面等待。

昨晚是堂岛，今天又是栗栖，无论是老前辈还是现役警官，统统被找来阻止自己，真是滑稽透顶。

"科长您可真行，跟踪这么久我都没发现。"

"跟踪你的是其他班的人。"

看来他是接到跟踪者的联络后赶来的。

"你不是接到局长警告了吗？为什么还私自行动？"

"局长批准我休假，我就开开心心地出门钓鱼咯。只不过我钓到的不是鱼，而是科长您啊。"

"别胡闹了！"

栗栖彻底抛弃了冷静，向渡濑步步逼近。

"你把警察证和手铐当成玩具了吗？少去干那些自我满足的事了！你的身份首先是公务员，地方公务员法明确规定，公务员要服从上司命令……"

凑过来的栗栖突然皱紧了眉头。

"大白天的你还喝酒？"

"这不是放假嘛，本来我就贪杯。"

"你不仅违反命令，还酒后侦查？渡濑呀渡濑，先不说人品如何，身为一名刑警，我过去好歹敬重你有自尊、有资历，所以过去你喜欢擅作主张，我也基本都是睁一只眼闭一只眼。"

"那还真得谢谢您呢。"

"可是组织也容不得你这样肆意妄为！"

"组织啊……"渡濑强忍着哈欠说道，"过去有几个公务员也是为了维护组织而隐蔽事实，科长，您该不会忘了他们当时的下场吧？"

"都多久以前的事了。"

"这么想你就错了。它是组织的旧病，如今又再次复发。如果一心只顾着维护组织,那么一定会忽略掉更加重要的事物。"

"要是组织出事,我们连本职工作都做不了!少在那里扯些有的没的!"

原来这就是组织的逻辑。

话还没说几句,渡濑已经厌烦了。

保护组织,维护组织的颜面,保证司法系统在国民心中的固有威信。

然而负责侦讯查案的人,以及司法相关的负责人,正是因为纠结这些面子上的问题,才会导致冤案频发。冤案的发生才是导致司法系统崩溃的症结所在,可他们非但意识不到这点,甚至为自己和组织寻找借口,百般搪塞。

"要是您觉得我的做法没有意义,别来管我不就行了?反正我孤身一人,折腾不到哪儿去。"

"你还想要怎么折腾?"

"科长,您听我说。组织的颜面固然重要,但只有警察不抓错人、检察院不起诉错人、法院不判错人,在国民当中树立起威信,法治国家的名号才能站得住脚。只不过,这些说不定都只是我们公检法的一厢情愿而已。"

"一厢情愿?"

"我们的国民想要的,既不是权威的司法,也不是牢不可破的组织,而是安全和放心。他们想要相信司法系统,希望司法系统即使犯错也能进行内部纠正,不要陷入自相矛盾的怪圈。日本人是宽容的,随着时间的推移,大部分的过错都能得到原谅。

但犯下错误却死不承认——唯独这种卑鄙的行径是不会得到原谅的。"

栗栖望着渡濑，显得惊愕无比。

"开始教训起上司了？我看你真不是干公务员这块料！"

"是啊，我也这么觉得。"

"身为组织领导，我不能继续放任你不服从安排了！"

"您打算怎么做？"

"我要向局长汇报。这次你别以为吃个内部处分就能了事，准备受惩戒处分吧！"

"有话好说嘛，受了惩戒处分，我可就没法查案了。"

"都这种时候了，你还胡说八道？"

栗栖不再多说，反身就走。

急性子的领导就是这点麻烦。渡濑伸出手去，抓住他的肩膀。

"科长，行行好，先别走。"

"放手！"

"等一小会儿就好。"

"说了放手，没听见吗？"

"明天我就能抓到杀害迫水的凶手。"

原本正在挣扎的栗栖听到这句话突然不动了。

"你说什么？"

"就是那个令府中分局和警视厅颜面扫地的凶手。不管是我们自己逮捕，还是转交府中分局卖他们人情，对咱们都没有坏处，对吧？"

"你确定能抓到？"

"多给我一天时间又不会让局长丢脸。科长您等着看结果就行。"

渡濑突然语气大变。栗栖扭头望着他，看表情像是在心里飞速计算着得失。

"您刚才说我人品如何如何，这方面我心里有数。换成我是上司，也不想有个这么麻烦的下属，所以也不用您对我的人品有什么信心。不过在逮捕犯人这方面我还是把好手。放心吧，我会把那个杀害迫水的凶手揪出来的。"

3

"你对农机感兴趣？"

辰也的声音从对面传来，蹲在手扶拖拉机一旁的渡濑连忙起身行礼。

"我还在想，等以后不干刑警了，就找个地方务农。"

"算了吧，当老百姓可不轻松。"辰也摘下宽檐帽子擦了擦脸上的汗，"最近听说国家想提高粮食自给率，不少人都觉得干农业蛮有前途的。每年都有不少像你这样的人来到这里，都是些辞掉了公司的工作，突然要去务农的人。"

这么说来，松山那美的老公似乎也说过这样的话。

"不愿意当员工被人指使倒也正常。可转行来务农的这些人，多半都不靠谱。原本就不感兴趣，却以为种地简单，觉得自己也能干好。等到真的干了又叫苦叫累的嫌不够睡。好不容易入了点门，没过多久人又跑了。老实说，我最看不上这种人。"

"您老还挺严格。"

"警察还不是一样。不是谁都有资格当刑警的。"

这算是对自己和鸣海这种刑警的奚落吧。

"您说得对。是否熟练先不提,天赋也很重要。"

"什么是刑警的天赋?一旦怀疑,就刨根问底,把人往绝路上逼吗?"

"您的话我无力反驳……但硬要说的话,刑警的天赋就是执着,还有一颗善于怀疑的心。"

"什么意思?"

"不去臆测。对证物时刻保持怀疑,对自己时刻保持怀疑,也不相信任何与案件相关的人。"

"哼,要是见什么就怀疑什么,那还怎么办事?"

"这样的确会拖慢破案进度,但至少不会慌里慌张地乱来一通。这是我从明大的案子里得到的教训。"

辰也用鼻子哼了一声。

"今天过来干吗?又要谈些不方便让邻居听到的话?"

"是的。"

"进来吧,但我不会当你是客人的。"

"打扰了。"

渡濑跟着辰也走进屋内,客厅里空无一人。

"阿姨不在吗?"

"她身体不太舒服,一早就躺在屋里。"

听说郁子不在,渡濑稍稍松了口气。那个在儿子的遗像面前蜷缩成一小团的身影，实在令渡濑目不忍视。

"老年痴呆症真是不得了。最开始我以为只是记忆力会稍微下降，但我家老伴儿的病情好像加重得特别快，最近越来越严重了，根本记不住几件事。"辰也叹了口气，"听别人说这种病发展到最后，会连家人都想不起来。可是我想，如果她能忘了明大的事，多少也能好受一些。这二十几年来，只要一想到明大，她就抽抽噎噎地哭个不停。这对她来说实在太残忍了。刚吃过的早饭都能忘记，可就是忘不掉自己的儿子。"

"加害者会忘记，被害者却刻骨铭心。"

"是啊。明大死得那么惨，她自然更忘不了，可是……"辰也一时间停下了话头，似乎是想让自己不要太过激动，"可是，我至少想让她的心情平静一些。我实在舍不得她到死的时候还保留着这么痛苦的回忆……"

说话的当间，辰也没看渡濑一眼。

然而渡濑很清楚，辰也所谴责的人正是自己，而给这个家庭带来不幸的人也是自己。无论时间过去多久，无论他怎样向明大的遗属道歉，都无法改变他害死明大的事实。

如果郁子至死无法忘记明大，那自己也绝对不能忘记。将自己制造的冤案铸成十字架背负一生，这便是渡濑赎罪的方法。

"恕我多嘴……最近新开了不少专门治疗痴呆症的医疗中心，要不带阿姨去看看？"

"你确实很多嘴。行了，提正事吧，来和我谈什么？"

"我不是来谈，而是来劝您的。"

"劝我什么?"

"劝您自首。"

辰也打量着渡濑,似乎想要看穿他的本意。

"楠木叔,杀害迫水二郎的凶手就是您。"

说完这句话后,两人之间一时无语。

"你看上去不像是开玩笑。"

"是的。"

"我记得这起案子由府中分局负责,为什么是你来查?"

"迫水遇害是明大蒙冤导致的,我不能袖手旁观。"

"既然是其他辖区的案子,你也没必要管。然后呢,你说我是凶手?怎么,你打算把我们父子都污蔑成杀人犯吗?"

"之前我发过誓不会再犯同样的错误。"

"何止是犯错,简直就是捏造罪名。你又打算歪曲事实了?府中分局的人应该和你说过,那家伙被杀的时候,我还在田里务农。"

"听说当时您坐在拖拉机上。"

"是啊,邻居们都看到了。我有完美的不在场证明。这次你打算怎么污蔑我?难道你想说,附近的邻居全都在做伪证?"

"不是这样的。您的邻居们没有做伪证,毕竟他们与您没有利益关系,就算做伪证也得不到什么好处。"

"既然这样,你是认可我的不在场证明咯?"

"那也不是。那个时候,您正在府中监狱附近等着迫水出狱。"

"什么狗屁逻辑?你在愚弄我吗?"

"邻居们当时看到的人并不是您,而是楠木阿姨。"

"你说什么?"

"您让楠木阿姨穿上您的衣服,戴上那顶宽檐帽子,让她坐在拖拉机上耕田。当然,她也知道这样做是在帮您制造不在场证明,因为您出门,就是要杀掉那个害你们儿子冤死的人,她当然没有理由拒绝。戴上宽檐帽子之后,从远处根本看不出坐在拖拉机上的人到底是谁。而且大家都以为楠木阿姨在家疗养,看到有人在田里,自然会认为那是您。楠木阿姨的痴呆症应该也是真的。尽管诊断书表示她无法独自从所泽前往府中,但日常工作,例如操纵农机她还是做得到的。"

"说得好像看见了一样。你有证据吗?就算邻居认错了我和我老伴儿,又能证明什么?就算我老伴穿上那身衣服后和我很像,你也没有证据证明我让她扮成了我,纯属瞎猜罢了。"

"或许是吧。如果您在去府中的路上一直遮着脸,应该也不会有目击者看到您。"

"哼,承认得倒是爽快。"

辰也用轻蔑的语气挺胸说道。

然而接下来的话就将打破对方虚张声势的态度,因此渡濑预先撇开了视线。

"刚刚我说,是否熟练先不提,天赋也很重要。"

"那又怎样?"

"在杀人这方面也是如此。楠木叔,您既不是熟练的杀人犯,也没有杀人的天赋。因此您的杀人手法也很拙劣,不像迫水那样熟练,一看就是外行人的做法。"

"听不懂你在说什么。"

"内行与外行的区别之一,就体现在对凶器的处理上。例如多次抢劫杀人的迫水,在偷走现金财物后,一定会在逃跑途中将凶器和工具扔进河里。因为相比将凶器留在自己手上,这样做要安全得多。逃跑路线越长,凶器就越不容易被发现。但您不是一个熟练的杀人犯,因此并没有这样做,您担心途中丢弃的凶器被人发现,而警方也恰巧是以迫水丢弃的凶器为线索抓住他的。他害您儿子背罪,相信您一定在报纸上看过他被捕的来龙去脉。您坚信凶器是不能扔掉的,所以在杀害迫水后,您没有丢掉凶器,而是把它带回了家。"

"真是荒唐透顶,少胡说八道了。那家伙被杀以后,我就知道会有人怀疑我。可你也知道,那么多警察都来过我家里。既然这样,我会把凶器放在家里吗?"

"是的。"

"那就没法聊了。你也是刑警,应该知道他们已经在我家里翻了个底朝天。要是我把凶器放在家里,早就被他们发现了。就算杀人再不熟练,也不会干出这种蠢事来吧?"

"您把凶器藏起来了。"

"那你说,我把凶器藏哪儿去了?我怎么想不出究竟要藏在什么地方,才能瞒过你们这些专业人士?"

"是啊,谁能想到呢。谁能想到拖拉机的零件居然会是凶器呢?"

听完这句话，辰也的表情一下子僵住了。

"如果是放在家里的刀具，很快就会被搜出来。如果在建材超市之类的地方购买，也一定会留下记录。但一般人不会将农机零件与凶器联想到一起，于是您利用了这个盲点。"

"说……说什么呢。"

"其实上次来的时候，我就觉得有些不对劲了。当时您开着拖拉机，我走近的时候，觉得声音有些刺耳。而我来这之前，已经在其他人的农田里听过好几台拖拉机的声音了，但它们与您的拖拉机所发出的声音略有不同。"

"不是一个类型的机器，声音当然不一样了。"

"不对。声音差别太过明显，连我这种没有绝对音感①的人也能听得出来。这不是机器类型不同所导致的。那个声音听起来非常别扭，像是一部分齿轮在打空转。于是我就检查了一下您的拖拉机。"

渡濑此行之前，事先去过一家农机制造厂的产品展示中心，并听那里的负责人讲解了拖拉机构造与维修的相关常识，因此想在辰也使用的拖拉机里找出凶器并非难事。

"拖拉机用来耕地的部件是一组刨刀，刨刀的形状接近于一个平缓的弧形，在用久后顶端部分会被磨尖，就像柳叶形的菜刀一样。坚硬的土地对刀刃的磨损特别严重，为了方便替换，刨刀都是用螺丝固定的。之所以会听到怪声，原因就在于此：螺丝松

---

① 一种能够在没有参照音的情况下，仍能够辨认出由乐器或周围环境发出的音高的能力。

345

了,所以八把刨刀里有一把没能固定牢靠。而且您还额外将那把刨刀打磨得十分锐利。楠木叔,您就是用这把打磨之后的刨刀刺死了迫水,再将它装回原处。由于螺丝没固定紧,它才会松得这么快。"

辰也一动不动,渐渐垂下视线,不敢去看渡濑。

"把刨刀装回原处的时候,您应该已经擦干了血迹。但很遗憾,通过现代科学手段,警方可以轻松检测出血液反应。上面的指纹应该也只有您一个人的。这是证明您是凶手的有力证据。"

说完,气氛再次陷入沉默。

突然间,渡濑感觉辰也的面孔与过去的明大如此相似。

实在不想继续追问下去。真希望被逼进死路之前,他能自己放弃挣扎。

片刻过后,辰也终于泄气般地低下头去。

再次缓缓抬起头后,辰也的脸上却像是洗脱了阴霾。

"是否熟练……你说得对,我的确不适合杀人。"

"您可以自首吗?"

"既然你已经注意到拖拉机,那我也没法抵赖了。我还以为自己藏得很高明呢。"

"其实我也是这么想的。"

"渡濑警官,我恨你。"

"嗯?"

"既然你能明察秋毫,为什么当时却发现不了明大的冤情?"

渡濑心头一紧:

"是我做得不够，当时我太过年轻。"渡濑艰难地吐出这句话，"您说过，让我这辈子都不要忘记明大和您一家，所以我学到了教训。我不想再重蹈覆辙，不想陷入自以为是和先入为主的想法当中。说起来万分惭愧，但这些都是您和明大教给我的。"

"如果真是这样，那就太讽刺了。你是我儿子的仇人，最后我却被仇人戴上了手铐。"

"但有一点我不明白，您怎么会知道迫水出狱的时间？"

"我收到一封信，装在白信封里，寄信人不知道是谁。信里写着迫水的释放日期、时间，还有预定要居住的地方。"

毫无疑问，那美和高岛收到过的信，辰也也收到了。

"老实说，我和我老伴儿的心情本来都已经平复了。虽然想到明大还是会很痛心，对那个真凶迫水也是万分痛恨，但他已经判了无期，想到他至死都要关在狭窄的牢房里，我们多少也算有些安慰。谁能想到就在这时，我们收到了那封信。看过以后，我气得眼前发黑。假释出狱？无辜的明大死在监狱里，害他背罪的人却能重获自由？我不能接受，天底下还有比这更没有天理的事吗？"辰也的声音因为激动而颤抖，"那家伙不死，就真的没有天理了！郁子和我的想法一样。所以我嘱咐好郁子后，就去府中监狱前等着迫水出来。那封信上写的没错，时间一到，他果然出来了。"

回忆起犯案经过，辰也的眼中射出异样的目光。

"我一直跟在他身后。老实说，虽然带了刀子，但我还是有些害怕，担心自己杀不了他。我看他边走边疑神疑鬼地打量四周，还想过如果他肯向我道歉,也不是不能原谅他。可是,可是……那个混蛋后来进了便利店,坐在停车场的车挡上喝酒,喝得那个开心!看到迫水那副表情,我简直气昏了头。明大再也不会有这种表情了,而这个人以后却还能享受人生……想到这里,我就再也忍不住了。我跟着他进了公厕,来到他的身后。旁边一个人也没有,他又因为撒尿没法转身。这是千载难逢的好机会,我想一定是明大在天有灵,要助我替他报仇。于是我从身后用刀刺进他的侧腹,他连叫都没叫一声,很快就不动了。后面的事你们都知道了。"

说完这番话,辰也筋疲力尽般垂下了身子。

"您刚才说的话,可以在警察局里做成笔录吗?"

"可以。不过可以的话,我希望你来给我做笔录。同样的话我不想说上好几遍。而且……"

"而且什么?"

"明大当时也是你审的吧,我希望审讯我的也是同一个人。"

渡濑理解了他的想法。

"因为辖区不同,可能会有点困难,但我会和上司商量。"

"对了,还有我老伴儿……"

"在您杀人之前,她就已经确诊为老年痴呆症了。只要律师不是太过无能,她应该不会被判成共犯,甚至府中分局根本就不会给她立案。"

"我知道了。不过她那个样子,应该很难独自生活……哦,所以你刚才才会向我推荐专业的医疗中心?"

"抱歉,是我多管闲事了。"

听了渡濑的话,辰也长长地呼出一口气。

那是放弃了抵抗,却如释重负般的叹息。

"渡濑警官。"

"我在。"

"向警方自首前,我能先联系医院吗?"

4

干燥的风吹过埼玉地方检察厅的停车场。

夕阳西下,将渡濑的影子拉得老长。

"喔,不好意思,让你久等了。"

走出大门的恩田看到渡濑,露出了愉快的笑脸。

"好久不见。"

"可不是嘛。这儿离县警总部那么近,咱们却总是电话联络,好久都没见面。"

恩田今年应该已经五十八岁了,头发却依旧乌黑,加上那爽利的步伐,显得依旧十分年轻。

"您现在可是检察长,百忙之中叫您出来,真是不好意思。"

"你叫我,我当然要来,咱们可是老朋友嘛。不过许久未见,你的面相好像更吓人了,就像把重案组刑警几个字写在脸上一样。哈哈,开个玩笑。"

"毕竟我一直就是这副面孔。"

"一起吃个饭吗？"

"这个就先算了，今天我是有事向您汇报。"

恩田笑得更开心了。

"听说府中分局和警视厅联合侦查的案子，被你单枪匹马就解决了。那帮人的脸色可不太好看啊。虽然逮捕了凶手，保住了颜面，可破案的毕竟是辖区外的埼玉县警。虽然对外宣称是府中分局破的案，但背地里，警视厅可是欠了你们好大一份人情啊。"

"我运气好而已。"

"像你这样的刑侦高手，查案的时候当然不会用大海捞针那样的低级手法了。听说凶手是楠木明大的父亲。"

"确切来说，母亲算是共犯，但府中分局似乎并不想对她立案。"

"持续了二十多年的杀意啊。虽然是迫水害得明大替他背罪并死在狱中，但恨了这么久，确实也不容易。听说民众都很同情明大的父亲。"

"与其说是恨了这么久，倒不如说是余烬未熄。"

"余烬未熄？"

"听说明大被判死刑，并在狱中自杀后，楠木夫妇的怒火的确到达了顶峰。可是憎恨一个人，要花费莫大的精力。从建筑行业转行务农，还要努力维持生活，我想明大父亲很难有如此多的精力。事实上他自己也在供述中表示，近来他们的生活是比较平静的。他们夫妻两人在哀叹中相互安慰，内心的怒火已经逐渐归于平静，似乎仅余下了苍白的灰烬。然而这摊灰烬当中，却依然残留着火种。"

"哦，这种比喻倒也颇有诗意。但明大的父亲最终还是杀了迫水。"

"那是因为有人火上浇油。"

恩田微微皱了皱眉头。

"其实在迫水这起杀人案里，有一个问题始终没能得到答案，那就是楠木辰也为什么会得知迫水即将出狱？事实是被迫水杀害的那些人，他们的遗属松山那美、高岛恭司，以及楠木夫妇全都收到了写有迫水出狱日期、时间，以及预定住处的信。少数案件相关者如果向监狱咨询，确实能得到迫水的出狱信息，但不会详细到具体的日期和时间，然而那封信上的时间却能够精确到小时。那么寄出这封信的人，究竟是怎样得知这些信息，以及遗属住址的呢？其中关键的信息是，松山那美与高岛恭司的信都是寄到了他们过去的住址。考虑到楠木夫妇没有搬家，因此寄出这封信的人，应该只知道遗属们过去的住址。"

恩田似乎听得津津有味。

"请说下去。"

"前两封信所寄的地址是北海道与浦和市上木崎，这两个地方分别是迫水遭到逮捕时松山那美与高岛恭司向浦和分局提供的地址。将上述信息综合起来考虑，便能得出一个结论：寄信人是能够自由阅览监狱的出狱信息以及警方侦查资料的人。"

"你说的不无道理。"

"我在想那个人会不会就是您，恩田检察长。"

"哦？"听恩田的语气仿佛事不关己一样，"为什么我要这样做呢？难道你想说，舆论觉得过去政府对被害人遗属的关怀不足，因此我想为他们做些事情吗？"

"为遗属做事？某种意义上可能确实如此。但遗属们在看到那封信后，没有一个不是气红了眼的。不过就算是为他们做事，您又能得到什么？没有好处的话，您又为什么要费这种心神？"

"你说我有好处，那好处是什么？"

"从结果来看，就是让迫水被其中一位遗属杀害。"

"你的意思是，迫水死了对我有好处？"

"没错。"

"等等，你是想说，我为了要迫水的命，给所有怀恨在心的遗属们寄信，就是为了撞大运，赌有人会去杀了他？再怎么说，这也太不靠谱了吧？"

"这个计划的关键就在于借刀杀人。给三人同时寄信，也说明下手的可以是任何一个人。进一步讲，就算没人动手，也不会有什么损失。您行事向来周全，对您来说这只不过是 A 计划，就算没人上钩，你也早就备好了 B 计划。但您当然知道那三个人对迫水的恨意有多深，所以就算是撞大运，成功概率也不低了。后来果然如您所愿，其中一人对迫水出手了。"

"我根本听不懂。就算真的如你所说，我希望其中一人能去杀了迫水，但迫水死了，对我又有什么好处？"

恩田的语气显得非常轻松。这也难怪，毕竟聊到现在，寄信人是恩田的说法依然还是假设。而假设与推理游戏也没什么区别。

"那么在回答这个问题之前，我先解释一下会怀疑检察长您的原因吧。"

"既然你偏偏怀疑上我，总该是有理由的吧。"

"最开始让我留意的，是与迫水共同服役、和他同班的一个囚犯所说的话。听说被批准假释出狱后，迫水非但没有开心，反而有些忧惧。检察长，您知道这是怎么回事吧？"

"我当然知道。刑期越长，囚犯对外界的适应力就越差，这是常有的事。"

"迫水在狱里偶尔可以阅读报纸。而有一天他读完报纸后，却突然摘下了平时那副老实人的面具，以至于被狱友看出了恶人的本性。那个囚犯说，迫水当时简直像是发现了猎物一样。于是我就将那段时间的旧报纸全部找来，仔细阅读了一遍。"

"容我插句嘴，你看了多少天的？"

"从迫水假释出狱那天往前推，看了三周的。"

"也就是整整看了二十一天的报纸？你可真有耐心。结果如何？"

"与迫水所犯的案子，以及与楠木明大相关的新闻一句都没找到。"

"真可惜，白费了一番力气。"

"倒也不对，成果还是有的。我找到了迫水可能会感兴趣的内容，那便是您升任埼玉地方检察院检察长的报道，上面还登载了您的照片。"

"喂，这是硬往我身上扯吧。春天的人事变动本来就很频繁，政府机构的任职报道在这种时候并不少见，你怎么专挑和我有关的呢？"

"我是有根据的。申请假释出狱前后，迫水曾给埼玉地方检察院寄过一封信，对吧？当时您说是类似于恳求信的东西，但既然如此，他为何不寄到离府中监狱最近的东京地方检察院，而是寄到由您任职一把手的埼玉地方检察院呢？既然特地寄到那里，就说明他有消息要让您知道。"

"观点倒很犀利。可他寄给我的就只是正常的恳求信，没有特别之处，之前我也对你说过。"

"既然是服刑的囚犯，写出来的信自然也要经受审查。而且收信人又是检察长您，自然更不能写什么多余的话。正因如此，迫水才把这封毫无可疑之处又合情合理的恳求信寄了出去。至于他要给您的消息并不在文字里，只要您看到他的名字，就能领会他要传达的消息了。也就是说，那封恳求信本身就是只有您和迫水才懂的暗号。"

"你这么说，真的是异想天开了。"

恩田的语气中透出了怜悯的味道。

然而渡濑听出他的话里藏着一丝心虚。

"于是我调查了您和迫水之间的交集，但在迫水那起案件的审判材料中，一次也没出现您的名字，而他也不可能在法庭上见过您。"

"对吧，我也不记得自己什么时候跟他扯上过关系。"

"我调查了您和迫水的出生地、读过的学校和认识的人，没有发现丝毫的共同点。但当反复阅读过迫水那起案件的笔录后，我注意到一处细节，那便是迫水对杀害久留间夫妇、抢走钱财并逃之夭夭时的供述——当我带着抢来的钱逃到门外时，应该是被一对刚从旅馆出来的男女看见了，但警方似乎没找到他们。我认为那对男女的其中一个人就是您。"

"真是荒唐透顶。"恩田连连摆手，"先是胡思乱想，现在干脆是凭空乱猜了。看来我真是高估你了，原本还以为你是个讲道理的人。"

"说我凭空乱猜倒也可以理解，但假设事实如此，就能理解迫水给您传递消息的意图，逻辑也能讲得通了。您目击迫水从案发现场逃跑，却没有出面作证，这就是您被他恐吓的原因。不管怎么说，正是因为警方没找到目击者，才导致无辜的明大成为嫌疑人。换句话说，就等于是您杀害了明大。而您这个前途大好的检察官，自然也不能把这件事公之于众。"

"要是你再说这种伤人的话，我就没法拿你当朋友了。你根本连证据都没有吧？"

"证据我找到了。虽然是凭着运气好，但久留间房产中介对面有家旅馆名叫'山猫公馆'，那里有位老员工一直工作到现在。而且她的记忆力非常好，她告诉我在案发后不久，她看到从案发现场附近的旅馆里开出来一辆车，里面坐着一对男女。"

原本挂在恩田脸上的冷笑顿时烟消云散。

"……你说什么？"

"确切来说，那位店员只记得副驾驶席上的女人，但考虑一下位置就可以理解了。从那家旅馆里开出来的车是向左拐，而从案发现场冲出来的迫水在驾驶席那边①与您擦肩而过。而在车的另一侧，那名员工则是看到了副驾驶席上的女人。当时的暴雨影响了视线，而且店员前进的方向与车相同，因此没能注意到逃往反方向的迫水。而且幸运的是，车里的女人恰好是那位店员非常熟悉的女明星——生稻奈津美。"

听到这个名字，恩田顿时瞪大了双眼。这是只有遇到意外状况时才会出现的反应，此时在渡濑眼中，恩田已经成了彻头彻尾的恶徒。

"由于伪造证券报告，以及违反违禁品管理法的嫌疑，她的先生山本智也当时正官司缠身。我检查了庭审记录，发现二审的检察官就是您。前几天我见过生稻女士，向她询问详情。她说尽管提出上诉，但当时的状况对辩方非常不利。不想办法的话，山本会被判入狱十五年。正当他们走投无路的时候，对方的检察官——也就是您，却突然出现了。您以在法庭上做出对检方不利的辩论为条件，逼迫生稻女士与您发生肉体关系。而生稻女士当时孤立无援，便被迫答应了您的要求。这些事情她都已经告诉我了。"

"……真的？"

"她说如果有机会的话，愿意出面作证。"

---

① 日本的汽车是左侧通行，驾驶席在右侧。

"哼，现在作证，对谁有什么好处吗？"

"您说得对，没有人能得到好处。不仅如此，还会对您造成相当大的打击。身为检察官，却与嫌疑人的妻子发生关系。如果这件事公之于众，您无疑会身败名裂。更何况您现在还是地方检察厅的一把手。正因如此，您才无论如何都要封住迫水的口，哪怕最终会使楠木明大这样的无辜人含冤负罪，也必须隐瞒与生稻女士去过旅馆的事实。您只要作证，说在案发现场附近目击过迫水的身影，不仅能拯救一条无辜的性命，后面迫水也不会因为复仇而被杀了。您这样做，相当于害死了两条人命。"

说完这句话，渡濑便不再开口。

他注视着恩田，如祈祷般等待着他的回应。

恩田曾是他无比敬重的人。

也是在他踟蹰不前的时候给过他勇气的恩人。

然而他彻底想错了。

回想起来，一切都恰恰相反。当渡濑因明大自杀而消沉时，恩田曾经对他进行过鼓励。但早在那个时候恩田就知道明大是无辜的，当时对渡濑说过的话，如今看来无一不是伪善之词。

等到迫水认罪，自己告诉恩田明大被冤枉的时候，对方也期望自己能将案子追查下去。这片赤诚之心曾深深触动过渡濑，然而在背后竟也是恩田不可告人的心机。

"看到迫水在笔录里没有揭发您，您稍微放下心来。您以为仅仅是五年前的擦肩而过，不会对您造成什么影响。而您之所以帮助我将那起冤案公之于众，都是为了打击您当时的竞争对手——住崎检察官。事实上他的确因为那起冤案被追究了责任，甚至还被爆出了滥用职权的丑闻，最终遭到降职处分。然而一切都是您为了铲除障碍而对我进行的利用。"

渡濑向恩田逼近。

这是渡濑费尽千辛万苦后得到的真相，但他在心里依然期待着恩田能够微微一笑予以否认，随后指出自己推理中的缺陷，证明这一切都只是一场误会。

然而恩田接下来的话使渡濑绝望到了极点。

"能谈谈条件吗？你想要什么？要地位，还是要钱？"

如今恩田的脸上已经不再有什么尊严，而是彻底写满了苟且与懦弱。

不过也好，这样就能将过往的交情一刀了断了。

"我没条件要谈。"

"不会是想装什么铁面无私吧？这对你有什么好处？"

"检察官和警察的权力都是公众和法律赋予的，如果拥有权力的人不够真诚，他们的正义迟早会丧失。这是您对我说过的话。"

"我还以为你会更聪明些，真是可惜了。你以为光凭这点小事就制裁得了我？真是愚不可及。"

恩田的声音变得无比冰冷，与过去相比简直判若两人。

然而这才是他的本性。

"能查出我和生稻奈津美的关系算你厉害。不得不说你很执着，可那已经是二十八年前的事了，你再怎么声张也早就过了追诉时效。当初鼓励你揭发冤案，是因为可以提升我的口碑。要是你想把生稻奈津美的事捅出去，你看我能不能抢在前面缴了你的警察证？县警内部看你不顺眼的人可多的是。以我现在的职位，想要让你一无所有，把你变成一个平头百姓，简直轻而易举。"

恩田微笑着，继续引诱渡濑就范。

那是一副试图拉拢对方的笑容。

"你是条天生的猎犬。想要实现抱负，待在现在的位置上是最合适的，你自己应该也清楚。而我也是一名优秀的检察官，这点你否认不了吧？我承认之前的事是为了保全自己，也承认会为了出人头地而打击对手。但我也是个精明强干的人哪。我和你一样，是因为疾恶如仇才会去干检察官这行的。能爬到检察长的位置，我觉得我当之无愧。"

"这我并不否认。这二十多年里，检察长您揭发了霞关的诸多恶人恶行。您的丰功伟绩没人可以否定。"

"既然你也承认，那这件事就不要再声张了吧。我们都是因为资历深厚，才能获得这么大的权力。就让我们大事化小，小事化了，今后继续为民众伸张正义吧。"

恩田停下话头，等着渡濑的回答。

渡濑轻轻地叹了口气，随后缓缓开口：

"检察长，您还记得法律女神忒弥斯吗？"

"记得，过去我曾对你讲起过她。"

"记得当时您说，忒弥斯手中的剑所象征的权力，必须时刻与正义相结合。然而忒弥斯的另一只手里还提着天平，这杆天平又要怎样来衡量您的罪行呢？"

"哼，老掉牙的神话故事，怎么能适用于现代？天平的尺度随着时代而变化，正义的标准也是要随着立场而变化的。"

"没错，所以我自己心里也要有一杆天平。无论是社会的潮流、人心的算计，还是过时的法律，都不能去影响它衡量善恶的尺度。"

话音刚落，一道闪光突然将二人照亮。

"怎……怎么回事？"

突如其来的变故让恩田有些狼狈。与此同时，停车场内的一辆车后突然闪出一个男人。

"都拍到了吗？埼玉日报社的。"

"那还用说吗？离得这么近，连他身上那枚秋霜烈日[①]的徽章都拍得一清二楚。"

尾上炫耀般地举起了手中的数码相机。

"你是什么人？"

"渡濑警官不是刚刚介绍过嘛，我是埼玉日报社的尾上，今后还请您多多关照了。"

"渡濑！这是怎么回事？"

"那个记者已经把我们的话全都录下来了。这件事只要明天往早报上一登，两周之内都会挤占热门话题。各路媒体想必会喜出望外吧。"

---

① 日本检察官徽章的样式，外观为红色的旭日上点缀着菊花的白色花瓣和金色叶子。借由日本四字熟语而来，其寓意"冷如秋霜，烈如夏日"，代表着司法程序的严格和一丝不苟。

恩田的脸上已经写满了愤怒。

然而渡濑看在眼里，只觉得他可悲。

"跟我耍这种卑鄙手段！"

"对组织的自净能力不抱期望的时候，就只能借助媒体的力量了。这招也是您教我的。"

这下一切都结束了。

渡濑转身离去。恩田还在背后咒骂，但他已经不打算听了。

终幕

渡濑深感自己罪孽深重,

可忒弥斯为何依然没有挥剑向他斩下来?

难道神明的意思,

是想让他一生为此烦恼,

永远在过去的错误与无辜者的鲜血中瑟瑟发抖,

却依然要背负着正义的十字架蹒跚前行吗?

墓园里，樱花树上的花瓣已经快要落尽。

飘落下来的花瓣大都随风而去，仅余下碎石路上的少许樱花还保留着一丝春日的气息。

渡濑孤身一人伫立在墓前。

"高远寺家历代先祖之墓"

这里是高远寺静的长眠之处。

这位和蔼可亲的法官曾经为渡濑的正义指明了方向，而如今她已经长眠于此。

法官，我是来向您汇报的。楠木明大的案子，终于彻底完结了——

渡濑在墓前献上花束，再次合掌祭拜。

恩田检察长过去与案件嫌疑人之妻生稻奈津美有染，以及明知楠木明大无辜，却为了避免与奈津美的私会暴露而沉默不语——这件事迅速发酵，成为检察院的惊天丑闻，被媒体大肆报道。那段承认罪行的录音也遭到公开，这让恩田毫无辩解之力。不，或许他曾试图辩解,但最高检察厅已经开始了对他的讯问,在这种情况下,他根本无从反驳。

身为地方检察院的一把手,恩田的身份反而给他带来了麻烦,因为这样一来,这件事就不能再进行内部处理了。检察厅似乎打算对此事进行严肃处理,因此尽管正式通知还未下达,但等待着恩田的必将是严厉的处分。

另一边,渡濑受到的压力也不小。

尽管逮捕了杀害迫水的凶手,但他也违反了上级的命令,而且还将检方的人出卖给了媒体。加之他平日里那副独断专行的态度,导致很多人对他进行批判,却没有几个人肯去为他辩护。不过幸运的是,在想要保他的人里有一位县警察局的高层。

最后,给渡濑的处分仅仅是罚薪一个月。就渡濑的功过与事件的结果而言,这样的处分已经可以接受了。

尽管如此,渡濑的心情依旧十分压抑。

自己轻率的行为害得太多人陷入不幸,这是不可否认的事实。自己若能早点看穿恩田的本性,也许迫水就不会被杀,楠木辰也也不会沦为罪犯了。

渡濑深感自己罪孽深重,可忒弥斯为何依然没有挥剑向他斩下来?

辞去工作,是静对自己的惩罚,也是贴合她性格的做法。

然而渡濑不能效仿这种做法。他薪水不高,地位卑微,又怎么可能光凭辞职就得到法律女神的宽恕?

难道神明的意思,是想让他一生为此烦恼,永远在过去的错误与无辜者的鲜血中瑟瑟发抖，却依然要背负着正义的十字架蹒跚前行吗？

渡濑不禁深感绝望。就在这时，他听到背后有人向自己走来。

回头望去，恰好与一对年轻男女目光交会。男子一见渡濑，惊讶地用手捂住了额头：

"这不是渡濑警官吗？您怎么会在这？"

渡濑记得他。他就是警视厅派来询问迫水一案相关信息的刑警，名叫葛城。他还是老样子，一脸忠厚老实。看到他，渡濑的神色不禁缓和了些。

"高远寺法官生前对我多有照顾。旁边这位是你的女朋友？"

葛城身边的女子礼貌地躬身行礼：

"初次见面，请多关照。我是她的孙女，叫高远寺圆。"

渡濑心里一惊，不禁严肃了态度。

眼前的女子生得楚楚动人。仔细一看，确实能在眼角处看到静的影子。

"记得法官说过她有一个孙女，原来就是你啊。"

"没想到她会与葛城交往——"不过这话只是心里想想，没说出口。

"谢谢您来献花，没想到您还记得我奶奶的忌日。"

说罢，圆将自己手中的花束也献到墓前。

随后她与葛城一同合掌祈福。一下子来了这么多人，收到这么多花，若是静在天有灵，想必也会大吃一惊。

渡濑突然想开一开她的玩笑：

"算是我多嘴吧,刑警夫人可是很难当的,要不要再考虑一下?"

"渡……渡濑警官!"

旁边的葛城顿时狼狈不堪,但初次见面的圆却毫无怯意——

"我不打算当家庭主妇。"

"哦?"

"我要做一名像奶奶那样的法官。"

渡濑再次吃了一惊,不由得望向葛城。

葛城不好意思似的笑了。

渡濑望着他们,一下子明白了。

这样也好。

"你叫作圆对吧?"

"是的。"

"你是高远寺法官的孙女,你一定会……不,是一定要成为一名优秀的法官!"

"这是您对我的要求吗?"

"干司法这行,必须时刻保持自律,千万不能松懈。"

圆先是没有回话,随后突然"噗嗤"一声笑了出来。

"怎么了?"

"渡濑警官,您和我奶奶说的一模一样。"

我明白了。

法官,原来您不只惩罚了自己,也为子孙后代留下了宝贵的遗产。

我也能为年轻人们留下些什么遗产吗？

我还能够赎清自己的罪孽吗？

"期待你披上法袍的那一天。我先走了。"

说完这句话，渡濑便转身离去。

圆的声音从背后传来：

"那您也一定要永远做一个好警察！"

渡濑心中一惊。

在他听来，简直像是静本人在同他说话一样。

看来身上的债，还要再还一阵子了。

渡濑点了点头，举起一只手来示意，继而大步向前迈去。